キコリの異世界譚

Kikori's Other worldly Tales

～転生した少年は、斧1本で成り上がる～

2

amano hazama

天野ハザマ

illustration 藤本キシノ

CONTENTS

Kikori's
Other worldly Tales

第一章 若き竜の戴冠

◆
◆
◆

動けない。全身から流れる汗を止められない。

死ぬ。ここで死ぬと。それ以外の思考が浮かばない。

勇気？　そんなもの、自筆の死刑執行書にすぎない。

知恵？　役に立つというなら立ててみろ。

幸運？　それで覆せるような差ではない。

勝てない。違う。生き残れない。キコリの中にある全てをフル稼働させたとして、生き残るイメージが見つからない。だから戦おうと思ってはいけない。そんな態度を見せた瞬間、ドラゴンはこちらを潰しにかかる。虫を潰す程度の気軽さで、だ。

『……脅えているのか。だが、正しい』

キコリとオルフェをじっと見ると、ドラゴンは突然目を見開き面白そうに笑いだす。

『ハ、ハハ……ハハハハハハハハハハハハハハハハハハハハハハハハハハハハハハハハハ！』

　大地を揺るがすほどの大声で笑ったドラゴンは、キコリに向かってその頭をもたげる。

『なるほど？　面白い。人のようで人で無し。人ではないようで、やはり人だ。だが……ハハハ、お前からは同族の気配もする！』

「俺、は……」

『おお、なんだ。「俺は」、なんだ？　言ってみろ』

　促されてなお、口がカラカラに乾くような感覚をキコリは味わう。目の前のドラゴンが「お話」をしているのが気まぐれにすぎないと分かっているからだ。

「俺は、ドラゴンクラウンがある……らしい」

『ほう、ドラゴンクラウン。誰の命名か知らぬが、良いセンスだ。何を意味するものかよく分かる』

　ドラゴンはそう言うと、牙を剥きだしにして笑う。

『だが、随分と不完全だ。ガラクタを拾って冠と称するが如《ごと》き代物だ』

「そうだろうと思う。俺自身、なんでこんなものがあるのか分からない。オルフェは……妖精は、俺がズレたんだろうって言ってたけど」

『なるほどな。ところで小僧、もう適応したようだな？』

　言われて、ハッとする。目の前のドラゴンと会話できている。オルフェはキコリの背に隠れて未だ震えているというのに、キコリの汗は止まっている。

　あらゆる環境に適応するというドラゴンクラウン。それは「この環境」にもキコリを適応させたというのだろうか？

『ハハハハッ！　面白い、実に面白い！　ズレるにしても、我らの側にズレる者がいようとは！』

「あの……いいの、か？　人間如きが、とか言われると思ってたんだが」

『ハハハ、くだらん！』

ドラゴンはそう言うと、キコリをジロジロと見回す。

『ドラゴンクラウンを得たは、貴様の運命だ。どう転がるかを見る方が、余興としては上等だろう』

どうもこうも、キコリのやることは変わらない。

変わらないが……思考が落ち着いてくれれば、キコリは「ある可能性」に思い至る。ドラゴンがキコリと会話をしてくれるというのであれば、その可能性についても、どうにかできるかもしれない。

だからこそ、キコリはドラゴンへと問いかける。

「じゃあ、俺のことはいいとして……」

『ほう、貴様のことだろう？　何より重要だと思うが』

「うっ……いや、正直俺がどうであろうと何も変わらないっていうか」

『それはどうかな』

ドラゴンはキコリを見下ろすように見つめ……自然とキコリもドラゴンの目を見る。

恐れが消えてみると、ドラゴンは深い知性を湛《たた》えた目をしているのがよく分かる。このドラゴンの話を聞かなければならない。そう思わせるような「何か」がそこには秘められていた。

『貴様が「どうであるか」は、貴様が思うよりも重要だ。現に貴様が我と曲がりなりにも会話ができているのは、貴様が「我ら側にズレている存在」であるからに他ならない。違うか？』

「……違わない。でもそれは」

『ならば貴様の後ろで震える妖精はどうだ。それは貴様がただの人間であれば、そこにいたか？』

「……いない、と思う」

何一つ反論できない。オルフェがキコリと仲良くしているのも、ドラゴンがキコリと話をしているのも。ドラゴンクラウンをキコリが持っているからに他ならない。

それがなければ、キコリなど消し炭だろう。

『自己の立ち位置を常に正確に把握しろ。それができん奴は、必ず周囲を不幸にする』

「不幸、に……」

『納得できんなら、分かりやすく例をあげてやろう』

ドラゴンは言いながら、キコリの背後に視線を向ける。

『その妖精。それを連れて「人間」のコミュニティに入り込んだ結果、何かが起こらなかったか？』

「起こった。騒ぎになった」

そう、妖精を連れていったことで防衛伯まで出てくる騒ぎになった。妖精使いなどと呼ばれて、妙な奴が湧いて出た。

『つまりは、そういうことだ。妖精の件については貴様という「人間」が主体であるからその程度で済んだ。だが貴様自身がコミュニティの中で異物となった時はどうかな？』

「そうなるって、言うのか」

『そうは言わん。異物となる理由は何も物理的、あるいは生物的な要因に限らん』

親身な忠告であることは、充分に理解できる。キコリはドラゴンにしっかりと頭を下げた。

「ありがとう、心に刻む。それと……俺はキコリ。妖精からはドラゴニアンって名称も貰《もら》ってる」

『そうか。我は爆炎のヴォルカニオンだ。それでキコリ。先程は我に何を言おうとした？』

「聞いて、くれるのか？」

『聞かん理由があるのか？』

訳が分からない、といった表情をしているヴォルカニオンに、キコリは気が抜けたように笑う。

「いや、すまない。正直、もう話は終わったと言われるかと思ってた」

『相互理解が足りていないようだ』

「会ったばかりだしな」

『くくっ、その通りだ』

一通り笑いあうと、キコリは先程言おうとしていたことを口にする。ヴォルカニオンならば分かってくれる。そう思えたからだ。

「ついこの間、人間が『汚染地域』と呼んでるこの場所に、大きな変化があったんだ」

『ああ、理解している。ゴブリンどもが紛れ込んできたのもそれだろう』

「人間はこれを『迷宮化』と呼んでいる。今まで理解してたルートが滅茶苦茶になった。この場所は今、人間の住む場所から相当近くなってる。ここに人間が来る可能性は大きいと思う」

だから、とキコリは言う。

「そいつらが攻撃してこなかったら、でいい。見逃してやることは……」

『出来ん』

ヴォルカニオンは、キコリの予想に反して即座にそう断言する。何の迷いもない一刀両断だった。

『ここに紛れ込んだ人間には、例外なく我が炎をくれてやろう』

「え、あ、いや！　攻撃してこない人間だけでいいんだ！　それなら俺が偉い人に伝えて」

『出来んと言ったぞ、キコリ』

「なんでだよ！」

叫ぶキコリに、ヴォルカニオンは明確な拒絶の感情を叩《たた》きつけてくる。

風が吹いたかのように錯覚するその威圧に、背後でオルフェが震えているのが理解できた。

『いいか、キコリ。貴様が人間の権力者と交渉して、我に攻撃させないという確約を得たとしよう。だが交渉して「攻撃をやめていただく」のか？　この我が？「攻撃しなければ襲ってこない」と舐《な》める連中を見逃せと？　我に、その侮辱に理不尽に耐えよと。キコリ、貴様は我にそう望むのか？』

「でも、それだと人間と際限ない戦いになる可能性だって！　ヴォルカニオン、アンタは俺より頭の良いドラゴンだろう⁉　争わないことの大切さだって分かるはずだ！」

『それで我が譲歩する必要性がどこにある？』

「それ、は」

『分かるはずだぞ、キコリ。お前は愚か者ではない。我が人間をどの程度に考えているかをな』

ヴォルカニオンは、キコリの目の前で凶悪な牙の並ぶ口を開いてみせる。

『我はこうも言ったな。自己の位置を正確に把握しろ、と。キコリ、貴様はどこに立つつもりだ』

「……俺は……俺は、たまたま不完全なドラゴンクラウンを手に入れただけの……人間だ」

ヴォルカニオンは、無言だ。それでも、キコリはヴォルカニオンから視線を外さない。

長い……長い、沈黙の後。

『ハハ……ハハハハハハハハハハハハハ！　なるほど、なるほど！』

ヴォルカニオンは、盛大に笑いだす。おかしくてたまらないと、そう言うかのように。

『命拾いしたなキコリ！　貴様がドラゴンのつもりで話すのであれば、ふざけるなと焼いていた！』

その言葉は本気なのだろうとキコリは冷や汗を流す。だがなんとか、正しい返答ができたらしい。

『キコリ。よく覚えておけ。ドラゴンとはエゴの塊だ』

聞き覚えのありすぎるその単語に、キコリは反応する。

『ドラゴンであるが故にそうなのか。そうであるが故にドラゴンなのか。我らは我らの生きたいように生きる。そういうふうにできている。そして、それを通せるだけの「性能」を持っている』

「ドラゴンはあらゆる環境に適応する最強種だから、だよな」

『その通りだ。言い換えれば我らは……』

——己《おのれ》のエゴを通すしかできない生き物。

キコリとヴォルカニオンの言葉が重なって。再びヴォルカニオンが笑いだす。

『ハハハハハッ！　なんだキコリ、もしや我の前にどこぞのドラゴンと会ったか⁉』

「違う。でも、俺はバーサーカーだから。バーサーカーは、こうと決めたことを何が何でも成し遂げるために突っ走る生き物だから」

『そうか。その生き方は好ましいが、話を戻そう。……いいか。ドラゴン相手にドラゴンが、相手の好かぬ意見を通そうとする時。それは互いの存在をかけた争いになると心得ておけ』

同族なのにか、とは問わない。人間も同族で争う。それがドラゴンに適用されない理由はない。

『だが貴様は人間として我に譲歩を要求した。それもまあ、許し難いが……貴様は許さんでもない』

「あ、ありがとう」

『ああ。今一度言うが、我はここに立ち入る人間には例外なく炎を馳走《ちそう》する。それが嫌であればここには立ち入るなと権力者に伝えておけ。それと、貴様を通して我と交渉しようとするな、ともな』

キコリが万が一にも防衛都市に利用されないための気遣いなのだろう。それをなんとなく感じ取って、キコリはじっとヴォルカニオンを見つめてしまう。

「本当にありがとう、ヴォルカニオン。アンタは……本当に凄いドラゴンだ」

『賞賛は受け取っておく。そろそろ来た方向に帰れ。妖精が恐怖でどうにかなってしまうぞ』

「えっ⁉　あっ」

先程から一言もないのが脅えてのことだとは気付いていたが、限界だとは気付いていなかった。

「オルフェ！　今ここ出るから！　えっと……ヴォルカニオン、それじゃまた！」

『ハハハ！　また来るつもりか！　ならば言おう。その時は歓迎してやるとな！』

振り向いてオルフェを両手で包み走るキコリの背中に、ヴォルカニオンはそう声をかけて。

転移門を潜《くぐ》り消えていくのを見守ると、その首を、視線を、天へと向ける。

『不完全なドラゴンクラウン。それが完全になった時……貴様の立ち位置はどこになるのだ？』

その呟きは……当然、キコリに届くことはない。


ヴォルカニオンの住む場所から戻れば、当然先程の豪雪地帯に戻る。

だが……戻った瞬間、オルフェはキコリの手の中から飛び出した。

「バカバカバカバカバカバカ！　なにドラゴンと話し込んでんのよ！　なにドラゴン怒らせてんのよ！　死ぬかと思ったんだからね！」

「ごめん。でも、いいドラゴンだったじゃないか」

「でもじゃないのよ！　あたし、ずっとずーっと『あ、死ぬ。今死ぬ』って思ってたのよ！」

「ごめんなオルフェ」

「うー……まあいいわ。許す！」

オルフェはそう叫ぶと、またあの暖かい球状のフィールドを展開する。

「たぶん、キコリがいないとあたしも消し炭だっただろうし……ドラゴンは大抵自分勝手だっていうけど……あんな視界に入ったら焼くぞみたいなドラゴンもいるのね」

「……オルフェは別のドラゴンに会ったことあるんだよな。どんなドラゴンだったんだ？」

単純な興味からキコリがそう聞くと、オルフェは難しそうな表情になってしまう。

聞いたら拙《まず》かったかな、とキコリが頬を掻《か》いていると、オルフェは「うー」と唸《うな》る。

「あのドラゴンとは、形が凄《すご》く違ってたわ」

キコリが想像したのは前世で「龍」と呼ばれたタイプのドラゴンだが……オルフェの絞りだした言葉に「えっ」と声をあげてしまう。

「……あえて言うなら……クラゲ？」

「ドラゴンだよな？」

「ドラゴンよ。たぶん水に適応した結果そうなったんじゃないの？　知らんけど」

巨大なクラゲにヴォルカニオンみたいな頭がついているのを想像しながら、キコリはコボルト平原の方向に向かって歩いていく。

この雪も寒さもキコリにはほぼ意味がないから、もしかすると地図を作れるかもしれないが……その前に遭難する気がして、地図を作ってはいない。

「で、この後どうするのよ」

「ひとまず戻って報告だな。ヴォルカニオンのことを伝えないと」

「ふーん」

「……なんだよ。何かあるのか？」

ドラゴン……ヴォルカニオンが滅茶苦茶強いのは間違いない。最強生物と呼ばれるモノの一角だし、何より容赦も油断もない。おまけに頭もいい。そんなもの相手に、普通であれば挑みはしない。

立ち入るなという伝言があるのだから、それを伝えて被害者を減らすのが最善だとキコリは考える。オルフェの件で会った防衛伯も、かなり道理の分かる人物に見えた。伝えない理由はないはずだ。

はず、だが。

そんなキコリにオルフェの言葉にキコリは一抹の不安を抱く。


「ないけど。善意を信じてるんだなって思っただけ」

「無条件に信じてはいないさ。そこまでガキじゃない」

この行動は間違ってはいない。……その、はずだ。

キコリは迷いながらも帰路を進んでいった。


キコリが数日ぶりに防衛都市に戻ると、衛兵が「おっ」と声をあげる。

「キコリか。無事だったようだな」

「はい、戻りました」

オルフェの件もあってのことだろうが、すっかり名前を憶《おぼ》えられていることを嬉しく思いつつ頭を下げる。そのまま通り過ぎようとするが、衛兵に「少し待ってくれ」と声を掛けられた。

「お前が戻ってきたら報告するように防衛伯様に言われてるんだ。悪いが、少しだけ待ってほしい」

「防衛伯様がですか？」

「そうだ。光栄なことだぞ、言ってみれば目をかけられてるんだ」

はい、と頷きながらもキコリは「そうだろうか」と心の中だけで思う。

目をかけられてるのか、つけられてるのか。何らかのめぼしい報告を期待されているか、あるいは期待する価値があるかどうか測られているのか。どれであるにせよ、随分と重たいものだ。

そうしてしばらく門の内側で待っていると、護衛を連れたセイムズ防衛伯がやって来る。

「おお、キコリ。どうやら怪我《けが》もないようだな。何よりだ」

「はい、ただいま戻りました」

その場に膝をつくキコリにセイムズ防衛伯は「よいよい、立って構わん」と声をかける。

「礼儀を弁《わきま》えるのは良いことだ。だが、君にそれをこの場で求めようとは思わんよ」

「はい、ありがとうございます」

思わないだけで礼を失していいとは言ってない辺りがポイントだな……とキコリは思うが、勿論《もちろん》口には出さない。立ち上がり、再度セイムズ防衛伯に礼をする。

「私がここに来た理由については察しはついているかね？」

「何かしらの新発見をご期待されてのことかと考えております」

「その通りだ。無論、新発見を望んではいるが、君ならあるいは何か面白いものの一つも見つけたかと思ってね」

なんともプレッシャーだ、とキコリは思う。キコリなどただの子供にすぎないのに、随分と買い被《かぶ》られている。しかも実際、成果を持って帰ってきてしまっている。

それを報告することで「どうなるか」を考えると憂鬱《ゆううつ》になるが……言わないわけにもいかない。

「一つ、ございます」

「ほう！　ハハハ、実はそこまで期待してなかったんだが……今度は何を見つけたのかね」


「ドラゴンに会いました」


その一言に、空気が凍ったかのような沈黙が満ちる。

セイムズ防衛伯の表情が固まっている。周囲の視線も、キコリとオルフェに向けられている。

「す、すまない。もう一回、聞かせてもらえるかね？」

「ドラゴンに会いました。名前は『爆炎のヴォルカニオン』。強大なる、赤のドラゴンです」

ドラゴン。その単語が周囲へ、そのまた周囲へと伝播《でんぱ》していくのにさほどの時間は要らなかった。

「ド、ドドドド……ドラゴン⁉」

セイムズ防衛伯も、流石《さすが》にその単語には平静さを保てなかったのか、挙動不審になってしまう。

「その、なんだ。ドラゴンが……いると？　近くに？」

「はい。立ち入れば殺すと。そう伝言を預かりました」

言いながら、キコリはヴォルカニオンの住み家へのルートを伝えていく。

立ち入れば殺す。その明確すぎるヴォルカニオンからのメッセージと共に伝えられたソレに、セイムズ防衛伯はごくりと唾を呑《の》み込む。

「……なるほどな。そこへの立ち入りは今すぐ禁止としよう」

やはりセイムズ防衛伯に話してよかった。そう考えるキコリに「ところで」と防衛伯は続ける。

「キコリ。君は……そのヴォルカニオンというドラゴンと今後も話をできるのかね？」

「どういう、意味でしょうか」

「うむ。人の言葉を解し会話ができるのなら……あるいはその妖精のように、と思ってな」

「難しいと思います。俺を窓口に交渉しようとするな、と。そう言っていました」

キコリの返答にセイムズ防衛伯は難しそうな顔になって、やがて溜息をつく。

「……そうか。まあ、その程度はお見通しというわけか……本当に残念だ」

もしヴォルカニオンからその一言を与えられていなければ、人間側の使者にされていた可能性は高い。そう考えると、キコリは背中に嫌な汗が流れるのを感じた。

「ドラゴンの件については、すぐに布告する。無意味に刺激する必要性を感じないからな」

「はい、ありがとうございます」

セイムズ防衛伯はキコリをじっと見る。

「……君は、優しい少年だな。では、すぐに各所に布告を開始だ！」

最低限の護衛を残して人員が散らばっていき……セイムズ防衛伯も歩き去っていく。

その背中を見送ると、キコリは横にいたオルフェに「どういう意味だ？」と聞いてしまう。

セイムズ防衛伯が何に引っかかったのか、「優しい」とは何なのか、分からなかったのだ。

「どうもこうも。アンタの立ち位置がどこか測りかねたんじゃないの？」

「ごめん、分からん」

「ドラゴンの要求を通すことに礼を言った。でも逆に考えれば人間側の被害を防ぐ素早い対応に礼を言ったようにも思える。で、アンタはドラゴンからの使者。つまり？」

「あー……ドラゴンの手下みたいにも聞こえるか」

言葉って難しい。しかしキコリがヴォルカニオンに尊敬に似た感情を抱いているのも確かだ。

ままならない気持ちを抱えて、キコリはアリアに会うために冒険者ギルドへと向かうのだった。


冒険者ギルドに到着すると、少しザワつく声が聞こえてくる。

「あいつがキコリ……本当に妖精連れてやがる」

「ラッキーボーイ、か」

「ていうか、なんだキコリって。明らかに偽名だろ」

色々と聞こえてくる。なるほど、確かに「運」もあるだろう。

恐らく偶然にドラゴンクラウンを手に入れたこと。それはキコリの人生最大のラッキーと言える。

「偽名なの？」

オルフェに問われて、キコリは頭を振る。

「あー……両親がつけてくれた名前は違うな」

「ふーん」

キコリ自身、前の名前は捨てている。「その名前」で呼ばれても、違和感しか感じないだろう。

階段を下りて売店に行けば、ボーッとしていたアリアがキコリを見てガタッと椅子から立ち上がる。

「キコリー！」

「ただいま戻りました、アリアさん」

「お帰りなさい！」

強く抱きしめられて、キコリは「戻ってきた」という気持ちが強くなっていく。

そう、今のキコリの家族はアリアなのだ。それを強く自覚する。

とても大切な、姉のような人。それがキコリにとってのアリアだ。

「なんだかドラゴンが出たとかって上で大騒ぎしてましたけど、キコリは大丈夫でした？」

「大丈夫というか当事者というか……ドラゴンからの伝言持ち帰ったのが俺なんです」

「えっ」

そしてざっとアリアに事情を話すと、アリアは「うーん」と唸ってしまう。

「……キコリのやったことは、とれる手段の中では最適だと思います。でもそれが長期的に見て良い影響をもたらすかどうかは、ちょっと判断つかないですね」

どういうことだろうとキコリは思う。最適なのに長期的に見れば良い影響か分からない。それではまるで、どうやっても悪い方向にいってしまうかのようだ。

「ドラゴンっていう単語はですね……強すぎるんですよ」

「あー、それ分かる」

アリアにオルフェまで同意して頷くが、キコリには分からない。

「単語が強い、ですか？」

「そうです。『ドラゴン』という単語が交じるだけで全てのものに力が生じます」

たとえば、とアリアはその辺りに置いてあった剣を掴《つか》む。

「これはドラゴンキラーです。どうです？　強そうですか？」

「えっと……はい。ドラゴンを殺せる剣ってことですもんね」

「そうです。まあ、これはただの鋼《はがね》の剣なんですが」

言いながら、アリアは剣を軽く叩く。

「ドラゴンっていうのは強さの象徴なんです。『ドラゴンの○○』……そういうふうに、交ざるだけで言葉が強くなる。なら、会話は？　『ドラゴンに配慮して○○』とか……逆らえる気、します？」

少し、考えて。キコリはゆっくりと首を横に振る。

「……しません」

逆らえるはずもない。ドラゴンがそれを望んでいる。その言葉の大きさたるや、どれほどだろう？

そして仕方ないとはいえ、自分がその「強い言葉」を使った事実にもキコリはゾッとする。

「つまり、俺がやったのって……」

「いえ、キコリの報告は『しなければいけないこと』だったと思います」

アリアはそう言うと、小さく溜息をつく。

「ただ、それによってこの防衛都市に『ドラゴンの影響』が入った。それが今後どういう流れになるのか、全く予想できないです」

ドラゴンは強い。そのドラゴンが「するな」ということがあるのであれば、当然「しない」がとるべき選択になる。だが……それを協定ととるか、抑圧ととるかで……様々なものが変わってくる。

たとえば将来的に「ドラゴン討つべし」という無謀論が飛び出てこないとも限らない。

それに、たとえばの話ではあるが。

「ドラゴンスレイヤーの称号を欲しがる馬鹿が出てくる可能性もありますしね」

おとぎ話では悪いドラゴンを退治した英雄の話はたくさんある。現実はドラゴン討伐など夢見話だが……キコリと話をしたことで「つけ入るスキがある」と考える者が出ない……とも言えない。

「でも勝てない、ですよね？　そんなのに挑む奴なんて」

「ドラゴンスレイヤーの称号は呪いみたいなものです。輝ける財宝に見えて誰もを引き付けるけど、手に入れようとする者を滅ぼす呪い。そう知っていてなお、手に入れたがる者が後を絶たない。そんな、黄金の呪いです」

「黄金の、呪い……」

「でも流石に、防衛伯が禁止したモノを狙おうとする奴はしばらくは出ないでしょう」

それを聞いてキコリはホッと息を吐く。次に会う時に「本当に伝えたのか」と怒られたくはない。

「とにかく、今日はもう家で休んでてください。疲れたでしょう？」

「はい、ありがとうございますアリアさん」

キコリは階段を上っていき、オルフェもその後を追っていくが……途中で振り返る。

「……何か？」

「確かにドラゴンは狙わないかもね。でも『代替品』は狙われるんじゃないの？」

「どうでしょう。私には何とも」

「喰えない人間ね。キコリに聞かせたくなかったの？」

アリアは、無言。オルフェはフンと鼻を鳴らすと上の階へと飛んでいく。

そう、オルフェの指摘は正しい。ドラゴンを倒せない。なら、自分がドラゴンスレイヤー足り得《う》ると……そんな自尊心を満たすためにワイバーンを狙う者は現れるだろう。

そしてそれを知れば、キコリはオルフェのためにワイバーンに挑みに行くかもしれない。

アリアとしては……それだけは、止めておきたかったのだ。


その日の夜。オルフェが家を出ていくのを見て、キコリはベッドを抜け出した。

どこかに行こうとするかのように飛翔するオルフェに、キコリは「オルフェ！」と叫ぶ。

「……何よ。起きてたの？」

「起きたんだよ。それより、どこ行くんだ？」

「あたしたちの森よ」

「それって、ワイバーンの……」

「そうよ」

なんでもないかのように言うオルフェに、キコリは何を言えばいいか分からなくなってしまう。

あの場所にワイバーンがいることはオルフェも知っているはずだ。なのに、何故。

「他の人間がワイバーンを狙うかもしれないわ」

「え、いや待てよ。それは禁止されてるはずだぞ」

「そうね。でもドラゴンが出たでしょう？」

「それと何の関係が？」

ワイバーンはドラゴンではない。ちょっと似ていてちょっと似たようなことができるかもしれないが、全然違うモノだ。それにドラゴンが出たこととワイバーンを倒すというのが繋《つな》がらない。

「……ドラゴンは倒せない。でも、ドラゴンを倒せそうなくらい強いって称号は欲しい。結果は？」

「は⁉　でも全然違うんだぞ⁉」

「あの人間も言ってたでしょ。『ドラゴン』って言葉は強い。ドラゴンスレイヤーになりたい、でもなれない。なら『ドラゴンスレイヤーに近い者』って称号は欲しい。ドラゴンが出てきたことで、その欲が刺激されてる……たぶん明日にでも、攻め入る奴は出てくるわよ」

そうなのだろうか。人間は、そこまで馬鹿なのだろうか？

妖精の森に攻め入るようなワイバーンが、人間に攻め込まれたらどんな反応を見せるか。

それが分からないとはキコリには思えないのだ。ただでさえ、ゴブリンによる襲撃の記憶すら薄れていないというのに。

「……人間は、そこまで馬鹿じゃない」

「そうかしらね。あたしは馬鹿だと思うなあ、人間」

「損得勘定くらい出来る。ワイバーンを襲ってここに被害が出たら、英雄どころか敵になる」

そう、ワイバーンを一体か二体、倒したとしよう。それで防衛都市に被害が出たら？

ワイバーンを倒したから凄い、なんて絶対にならない。むしろ「お前のせいで」となるはずだ。

それが計算できない奴がいるとは思えないのだ。一部の馬鹿はもしかしたら、いるかもしれないが
……その程度の頭でワイバーンを狩れるほど生き残るとも思えない。むしろワイバーンの食卓に上って終わりではないだろうか？　その程度でワイバーンを刺激することになるだろうか？

分からない。分かるはずもない。

だが……考えれば考えるほど、キコリも不安になってくる。

「……オルフェ」

「何？」

「オルフェは人間に倒される前にワイバーンを倒したい。それでいいんだよな？」

「そうよ」

「でも、俺は手伝っていい。そうだよな？」

「そうよ。それで？」

「なら、俺も行く。だから、出るのは明日まで待ってほしい」

どの道、止めてもオルフェは行くだろう。なら……万全の準備を整えてキコリも行く。

その前に防衛伯に話もしておかなければいけないだろうが……それしかない。

「敵になるとかってのはいいの？」

「勿論防衛伯にも話をするよ。妖精との友好のために……ってな」

ドラゴンほどの力は無いかもしれない。だが、妖精だって防衛伯を動かすくらいには強い単語だ。

「……アンタ悪党ね、キコリ」

「オルフェを見捨てる善人よりはマシだろうさ」

キコリがそう言うと……オルフェは、嬉しそうに笑って見せた。


そして、翌日。オルフェがキコリの鼻を掴んで寝ていたせいで微妙にキコリの目覚めはよくなかったが、とにかく体調はしっかり整った。

「いってらっしゃいキコリ、オルフェさん」

「行ってきます、アリアさん」

オルフェは「フン」とそっぽを向いて相変わらずだが、そんなキコリたちにアリアは手を振って。

市場で必要なものを揃《そろ》えながら、キコリとオルフェは英雄門へと辿《たど》り着く。

そこでキコリは衛兵に、ワイバーンのもとへ向かいたいと事情を添えて伝えたのだが……。

「恐らくそうなるだろうと防衛伯からも伺っている」

「防衛伯様が？」

「そうだ。気をつけて行きたまえと、そう伝言をお預かりしている」

キコリが想像していたよりもずっと、防衛伯はやり手であるらしい。

それを感じながらキコリは「ありがとうございます」と頭を下げる。これでもう何も問題はない。

「……これは俺の個人的な意見だが、ワイバーン相手に逃げても恥じゃない。連中は数体いれば小さな町くらいは破壊する。そういう相手だ」

「はい、充分に気をつけます」

「ああ。幸運を」

再度衛兵に頭を下げて、キコリはオルフェと共に目的地へ向かって行く。

ゴブリンはどこからか英雄門近くの森に戻ってきているようで、「転移門」などとカッコつけた名前をつけても、その広範囲っぷりは以前と何の変化もないことを防衛都市の人々に実感させていた。

キコリ自身、何度かゴブリンに襲われており……その頻度は防衛都市に来た初日を思わせた。

「なんていうか……もしかしてゴブリンって、ここにしか居場所がないのか？」

「可能性はあるわね」

キコリとオルフェはゴブリンの死骸から魔石を抜き取ると、そのままスタスタと奥へ進んでいく。

この調子だと、妖精の新しい集落の周辺にもゴブリンが出ていそうだが……ソレに関してはゴブリンに「ご愁傷さま」とお悔やみを申し上げるべきかもしれない。

どちらにせよ、今回の目的はワイバーンだ。ゴブリンを探して狩る必要もない。

歩いて、歩いて。キコリとオルフェは転移門を潜ってコボルト平原へと辿《たど》り着く。

数日前の喧騒《けんそう》もどこへやら、冒険者の数は減っていた。だが、襲ってくるコボルトの姿もない。

「チッ、全滅しちまったか？」

「かもしれないなあ。相当やったろ」

そんな会話をする冒険者の横を通り抜け、オルフェは「うわあ……」と引いたような声をあげる。

「数には数っていうけど。ドン引きだわあ……」

キコリは苦笑する。まあ、あれだけの数の冒険者がコボルト平原に殺到すればそうもなるだろう。コボルト自身、引くことを知らない感じではあった。

「実際どう思う？　全滅したのかな？」

「どうかしらね。地下掘ってみないと分かんないと思うわよ」

アリみたいだな……とキコリは思うが、もしかすると似たようなものなのかもしれない。

そんなことを考えながら、ワイバーンのいる……「元妖精の森」へと続く転移門の前へ辿り着く。

「じゃあ、行こうオルフェ」

キコリは両手に斧《おの》を構えて。ええ、と応じたオルフェも緊張した様子を見せながら。

そうして、二人は転移門を潜っていく。


そこにあったものは、燃えカスだった。

あったはずの森は燃え尽きて、炭のような木の残骸が立ち並んでいる。

「……オルフェ」

「大丈夫よ。あたしは冷静だから」

元の住み家《か》をこんなにされて、オルフェも心境穏やかではないはずだ。

あの日だって、あんなに取り乱していたのだ。昨日のことを合わせれば、オルフェの怒りは冷めてなどいないのは明らかだ。

「ワイバーンはいない……のか？」

「そうみたいね」

考えてみればワイバーンにだって生活というものがある。オルフェを見ていればモンスターも食事をするのは明らかだし、この燃えカスのような森に食料があるとも思えない。

だが……それならワイバーンは、どこへ行ったのだろう？

「行くわよ、キコリ。ここまで来て『やめた』は、なしよ」

「言わないさ」

どのみちワイバーンが消えた話は遠からず知れ渡るだろう。そうなれば、コボルト平原を狩り尽くしたように誰もが「先」に向かうようになる。

それが分かっているからこそ、キコリもオルフェに反対などしない。

妖精たちとは、約束もある。恩もある。あのワイバーンは……フレイムワイバーンは、キコリの敵でもあるのだ。だからこそ、二人は焼け落ちた門へと一歩踏み出して。

「とはいえ、闇雲に進んでもな……ワイバーンはどの方向から来たんだろうな」

「たぶん『奥』よ。仲間も襲われてたし」

ならば、このまま真っ直《す》ぐだ。キコリとオルフェは森を進み、焼け落ちた家の残骸も発見する。

どの妖精のものかは分からないが……なんとも無惨なものだ。

そうして進んでいくと時折ゴブリンの姿も見える、のだが。即座にオルフェの魔法で微塵《みじん》になる。

「本当に多いな、ゴブリン」

「数だけはいるもの。数だけいても無駄だけど」

「そうか？」

「そうよ。ゴブリンが仮に百万……一億いたとして、あのドラゴンにかかれば一分かかんないわよ」

そのくらい個体の強さは重要なのよ、と言うオルフェだが……キコリの場合は百万もゴブリンがいたら確実に死にそうなので、なかなか素直には頷けない。だが、言いたいことは理解できる。

「ヴォルカニオンってそんなに強いんだな」

「そりゃそうよ。あの時ゴブリン焼いてたのだって、その気なら一瞬で周囲全部消してたわよ」

「……まあ『爆炎』って言ってたもんな。アレは遊んでるんだろうとは思ってたが」

「恐怖と後悔させてから殺したかったんでしょ。趣味悪いわあ」

「オルフェたちは一撃で殺しにきたもんな」

「それは忘れなさい。ていうかアレだって本気ならアンタ死んでたのよ」

「そんなこと自慢されてもなあ……」

苦笑するキコリと、その態度が不満らしいオルフェが次に通り抜けた転移門の先。

そこは、すぐ側《そば》に大きな川の流れている、渓谷《けいこく》だった。

どうどう、と流れる滝の音。川の水は澄んでいて、魚が泳いでいるのが見える。

そして……キコリたちの背後の、今通って来たばかりの転移門で確かに一度途切れているのに、何の問題もないかのように川は流れている。

あれはどこに流れているのか。魚があの転移門を越えたら「どこ」へ行くのか。

ダンジョンというモノの持つ法則の不思議さは相変わらずだが……。

「ここが、ワイバーンの住み家なのか……？」

「たぶんね。あのトカゲどもの好きそうな場所じゃない」

確かに、自然豊かで食料も豊富にあるだろう。だが、だからこそ分からないことがあった。

（なんでアイツ等は、妖精の森をあんな徹底的に焼いたんだ？）

ここがワイバーンの住み家であるならば、自然を無闇に焼いてはいけない程度の知能はある。

なのに、どうして妖精の森を焼きに来る必要があったのか？

食料問題、というわけではないだろう。妖精が木の実を好むのは、あの時色々食べられたから知っている。対して、ワイバーンが木の実をもいで食べるとも思えない。ならば、食料問題がひっ迫して妖精の森に侵攻してきたわけではない。単純に妖精の森を焼き払うために来たとしか思えないのだ。

だが、それは何故なのか？　――分からない。分からないというのは、非常に気持ちが悪いことだ。

「キコリ。何ぼーっとしてんのよ」

「オルフェ」

「なに?」

「ワイバーンは……妖精と仲が悪かったのか?」

「ほとんど関わりもないわよ。『隣』に来てたってのも、あの時初めて知ったくらいだもの」

「だよな……。でも、ワイバーンが森をあんなにした理由が分からない。餌《えさ》を探すのに木が邪魔だって焼くタイプでもなさそうだ」

そう、周辺には妖精の森同様に木が生えている場所もある。ワイバーンが木が邪魔だと焼く程度の知能しかないなら、あちこちに燃えカスがあってもおかしくないはずなのに、だ。

オルフェは、そこで言われて初めて気付いたとでもいうかのように周囲を見回して。

「あー……つまりアレね。あたしたち、ケンカ売られてたんだわ」

「やっぱ、そういう結論になるよな」

「よし。ここ全部焼きましょ」

「いや、それはどうかと思う」

今にも魔法をぶっ放しそうなオルフェを押さえながら、キコリは説得の言葉を考える。

「そんなことして連中が一斉に向かって来ても勝てないだろ」

「じゃあどうするってのよ」

「そりゃまあ……」

キコリはここから見える景色を眺めながら、ハッキリとそれを告げる。

「……ゲリラ戦だろ。俺、少しばかり経験あるぞ」


渓谷に、静かに風が吹く。

ただ静寂のみが支配するその場所に、一体のワイバーンが飛来する。

狙っているのは、木々の近くで草を食《は》んでいる、ゴブリンほどはあろうかという大きさの丸虫だ。

ワイバーンは素早く高度を落とすと、そのまま丸虫を摑んで。

木々の揺れるガサッという音に素早く反応し顔を向け……驚愕《きょうがく》する。

そこには、両手に斧を持ち振りかぶるキコリの姿。

隠れていた木の枝から飛び降りたキコリはそのままワイバーンへと勢いのまま斧を叩きつける。

「ギアアアアア⁉」

「でいやああああああ！」

勢いのままにキコリは斧で乱打する。空には逃がさない。ここで仕留めると、そんな強い意志を込めた攻撃がワイバーンを叩き、切り裂いて。それでもワイバーンは急上昇でキコリを弾き飛ばす。

だが、その更に上にはオルフェが飛び出ている。

「ファイアアロー！」

上空からの幾本もの火の矢に貫かれ、ワイバーンは悲鳴をあげながら地面に叩きつけられる。

そのままワイバーンは動かなくなり……キコリはふうと息を吐く。

やはり強い。ミョルニルで威力を底上げしなければ、キコリでは仕留めきれない。ただ、オルフェとのコンビであれば攻撃力の点では解決する。

「いい感じじゃない、キコリ」

逃げていく丸虫をそのままに、オルフェは上機嫌な表情でキコリの近くに降りてくる。これと似たような手でワイバーンを数体仕留めているからだろう。

土の中、水の中。色々と潜んでは奇襲を仕掛けているが、今のところ順調だ。

「今のところはな。ワイバーンだって馬鹿じゃない。帰ってこない仲間が増えれば対策をするはずだ」

「まあね。でもこうして減らせば減らすほど、あたしたちの勝利に繋がることに変わりないでしょ」

「そりゃあな」

「つまりやることは変わんないじゃない」

そう言われるとキコリとしても「そうだな」と言う他ない。

ただ、この作戦はやればやるほど警戒される。

食事を狩りに行った仲間が帰ってこない。ワイバーンが集団行動できるモンスターである以上、その事実は強い警戒に繋がるはずだ。だからこそ、どこかで打開の糸口を見つけたいが……ワイバーンが全部で何匹いるのかも分からない。

ゴブリンやオークであれば上位個体が統率していたりして、それを失えば途端に集団が瓦解したりする。勿論、上位個体は通常個体とは比べ物にならない強さだが……オルフェがいれば勝てるのではないだろうかと、キコリはそんなことを思っていた。

「とにかく移動しよう。ここに長居するのは良くない」


六体、七体、八体。九体、十体、十一体。

キコリとオルフェはワイバーンを待ち構え、倒し続けていく。

倒す度に移動して、自分たちの位置を悟らせないようにしているが……当然、それにも限界がある。

この領域に入って三日目。定期的にワイバーンが高空を巡回するように飛んでくるのを見て、オルフェが軽く舌打ちをする。

「……完全に警戒されたわね」

「警戒しない方がおかしいさ」

ワイバーン側も、自分たちに敵対する「何か」がいることは充分に分かっている。その何かが地上に隠れていることまでも推察できているだろう。

キコリたちが隠れている場所が焼き払われないのは、そうすることでワイバーンが自分の首を絞める結果につながると、ワイバーン自身が分かっているからなのだろう。

「で、どうするのよ」

「そりゃまあ……手は二つだな」

一つ目は、このままワイバーンの警戒が緩むのを待つ。食事も水も用意している以上、慌てて強硬手段に出る必要はない。緩んだところを狙って再度の襲撃を行うのは、妥当な戦術といえるはずだ。

「二つ目は、この状況を利用することだ」

「どういう意味？」

「向こうは警戒してる。でも、籠城してるわけじゃないってことだ」

ワイバーンが畜産なり農耕なりを行っているならともかく、確認した限りのワイバーンの食生活は狩猟によるものだ。ならば当然食事のために狩りをする必要があり、だからこそ警戒偵察のワイバーンが出てきている。しかし……それは完璧なのだろうか？

「それを専門にする人間の警備計画だって、その穴を突かれるんだ。ワイバーンの警備計画に穴がないはずがない」

「ふーん。その穴って？　あたしにはよく分かんなかったけど」

「簡単だ。連中は『地上に敵がいる』って前提で動いてる」

「そうね」

「なら、その痕跡を見つければ当然素通りは出来ない。なら……」

キコリが言おうとしていることの意味を、オルフェも理解してニヤリと笑う。

「なるほどね。それが罠になる。連中がどう反応するにせよ、そこにおびき寄せられる」

「そういうことだ」

たとえば降りてきて調べようとするなら、キコリが即座に襲い掛かればいい。

空中で留まり調べようというのであれば、オルフェの魔法を撃てばいい。

仲間を呼ぼうというのであれば……それを囮《おとり》に逃げればいい。

警戒が一部に集中することで、逆に警戒の薄いエリアができあがる。そうして狩場を変えることで、しばらくは保《も》つだろう。

「で、具体的にどうすんのよ」

「そうだな……とりあえず、木を組んでみようか」

そして地面に置かれた枝などを組み合わせた「それっぽいオブジェ」ができあがる。見ようによってはそれは、焚火をするための何かに見えないこともない。まあ、人間が見れば「何だコレ」になるであろうことは確実な程度の「何か」でしかないのだが。

「……何コレ?」

「焚火っぽいやつ」

妖精から見ても「何だコレ」であったようだが、それで問題ないのだ。木の陰に隠れるキコリを追いかけながら、オルフェは「いくらなんでもアレはないんじゃない?」と声をかけてくるが、当然だ。

「いいんだよ、アレで。なんか気になるだろ? で、気になるってことは……」

上空を奔《はし》る影一つ。ワイバーンがキコリの組んだ「焚火もどき」を見つけ、「キルルルル……」と高い声をあげる。同時にその場で旋回を始めた。キコリは静かに移動を開始する。

周囲からワイバーンが集まる中、キコリとオルフェはその場を離脱するが、完全に離れた後、どんどん集まってくるワイバーンを見ながら、オルフェは信じられないような表情になる。

「うっそでしょ……あんなのに引っかかってる」

「明らかに人為的な痕跡なんだ。人間文化に詳しくない相手には充分だろ」

「言われてみるとそうかもだけど」

「それより今ので確定したこともある」

そう、それが分かったことが何よりも重要だ。

「今、ワイバーンは仲間を集めた。つまり、群れを作ってる」

「どこかに群れのリーダーがいると考えていいと思う」

そう、ゴブリンの群れをゴブリンジェネラルが率いていたように。妖精の森を襲撃し、ここにいるワイバーンも「何か」に統率されている。今のワイバーンたちの対応で、それが確定したのだ。

そしてそれは、恐らくあの中にはいない。なら、どこにいるのか?

「大体予想はできるが……」

「攻め込むのね?」

「いや。我慢比べだ。わざわざ誘い込まれる必要もない」

統率者のいる場所へ攻め込んでも、今のように仲間を呼ばれる。ならば、攻め込むのは悪手だ。

「我慢比べって。何しようってのよ」

「決まってる。今のと同じようなのを幾つも仕掛けて、連中を疲れさせるんだ」

そのキコリの言葉通り、キコリの仕掛けた「それっぽいもの」を見つけるたびにワイバーンは仲間を呼ぶが……次第に向かってくるワイバーンの数は減り、動きにも雑さが出てくるのが見えていた。

そして二日後にもなるとワイバーンは仲間を呼ぶこともしなくなり……急降下してオブジェを踏み潰すようになる。だが、そうなれば当然。

「ギイイイイイ⁉」

木の上で待ち構えていたキコリとオルフェの格好の標的となる。それは文字通り、我慢比べにキコリたちが勝利した瞬間でもあった。

そこから更に数日。ワイバーンの姿は、ついに空から消えていた。

「あ、あははははは！」

キコリの肩を叩きながら、オルフェは本当に嬉しそうに笑う。

これほどの笑顔は今まで見たことがないというほどだが……まあ、当然だろう。この場を我が物顔で飛んでいた、妖精の森を焼いたワイバーンたちを空から消えてしまうほどに屠《ほふ》り尽くしたのだ。

オルフェに……妖精にとって、これほどの大勝利はないだろう。

「やー、楽しい！　気持ちいいわ！　最高！」

「喜んでもらえて何よりだ」

「うんうん！　アンタ最高よキコリ！」

幸せの絶頂といった様子のオルフェではあるが、キコリとしては懸念事項はまだ残っている。

「まだワイバーンのボスらしき奴は倒してないんだけどな」

「別にどうでもいいわよ、そんな奴。これだけやれば再起不能だろうし」

「まあ、な」

モンスターなどと呼ばれていても生き物だ。さらに言えば、こんな分割されたフィールドなら、その区域限定であれば全滅させることだって可能だろう。たとえワイバーンのボスが生き残っていたところで、別のワイバーンの住む区域に行かなければ個体数を増やすことも出来ない。実質上、この区域は制圧してしまったようなものだ。

「卑怯《ひきょう》な手段ではあったけど……勝ちは勝ち、だ」

「別に卑怯じゃないでしょ。馬鹿じゃあるまいし、真正面からいくだけが戦いじゃないわよ」

いや、その通りなのだ。なのにどうして、こんなことを考えてしまったのか？

キコリは考えて……一つの結論を出す。

「……真正面から勝ちたかったのかもな」

しかし、全ては終わった話だ。オルフェも満足そうだし、これでいいのだとキコリは思う。

「……帰ろう」

キコリとオルフェは、そのまま元妖精の森への転移門へ向かっていく。

ワイバーンを倒してしまったことは報告の必要はあるだろうが、ゲリラ戦で倒したなどと言っても信じてもらえるだろうか？　いや、魔石を回収する暇もあまり無かったが、それでも回収したものはあるから……それで信じてもらえるかもしれない。

転移門を潜り抜けて、元妖精の森に辿り着いて。けれどもう、オルフェの表情は曇らない。

「なあ、オルフェ。これからもさ、俺と組まないか？」

そう、復讐《ふくしゅう》が終わったなら……オルフェはもうキコリと組む理由がない。いつ妖精の新しい集落に帰ってもおかしくないのだ。だから、キコリはそう言葉にする。

キコリとオルフェでなら、きっとこの先も進んでいける。そう思うからこそ、提案した。

オルフェは、そんなキコリの顔をじっと覗き込む。

「あたしは高いわよ？」

笑うオルフェに、キコリも笑みを返す。そして……そして。

二人の背後。転移門から、巨大な「何か」が姿を現した。

「なっ……！」

キコリとオルフェは振り向き、見上げて。その巨大さにキコリは思わず目を見開く。

今まで斃したワイバーンとは全く別物としか言いようがない、その巨大さ。放つ威圧感もくらべものにならない。

まさか、ドラゴン。いや、違う。本物を……ヴォルカニオンを知っているから分かる。

これは、ドラゴンではない。けれど、ドラゴンのようだとは思う。

ヴォルカニオンほどの絶望感は感じない。だがそれでも、絶望を感じる程度には強い。

不意打ちしたところで、ひっくり返せそうにない実力差を強く感じる程度には「コレ」は強い。

しかし、しかし。コレは何なのだろう？

「グレートワイバーン……嘘、でしょ……？」

『俺を知っているか、羽虫め』

「オルフェ……知ってるのか？」

「ドラゴンに近いモノ。でも、ドラゴンではないモノ。こんな場所にいるはずのない奴よ……！」

迷宮化の影響であることに、キコリはすぐに思い当たる。もっと奥にいるべきモノが、迷宮化の影響でこんな場所に移動してしまっていたのだ。

……ということは、妖精の森が焼かれたのは、まさか。

「そうか。妖精の森を焼いて初めて迷宮化に気付いたんだな……！」

『迷宮化、か。確かに俺たちの知らぬ法則が領域を覆った。そのせいで貴様等のようなゴミが我が物顔で動き回る。実に不快なことだ』

「ハッ！　そのゴミに配下を散々やられたくせに！」

オルフェが言い返せば、グレートワイバーンは含み笑いを漏らす。

『あんな雑魚《ざこ》共、いくらでも増える。それで……どうだった？』

「何がだ」

キコリが斧を構え言い返せば、グレートワイバーンはその顔をいやらしく笑顔の形に歪める。

『このまま帰れると……考えただろう。コソコソ動き回って、雑魚を斃《たお》して。凱旋《がいせん》気分だったか？　逃がすはずがないだろう。殺さぬはずがないだろう。フハハ、ヒハ、ギャハハハハハハハハ！』

ビリビリ響く声と、放たれる濃厚な殺気。震えるオルフェに気付き、キコリは庇《かば》うように立つ。

大丈夫、怖くはない。ヴォルカニオンの威圧にすら、適応したのだから。

「それなら」

『ん？』

「それなら、お前を殺す」

そう宣言するキコリを、グレートワイバーンは嘲笑《あざわら》う。

実力差は測るまでもない。ワイバーンにも隙をついてしか勝てない者が、グレートワイバーン相手に勝てるはずもない。

それでもキコリは斧を握る手に力を込めて、グレートワイバーンへの殺意を高めていく。

効かないとは分かっている。だが、ここ一番の時には必ずそうしてきたから。

「オオオオオオオオオオオオオオオオオオオオオオオオオオオオ！」

響く。

キコリのウォークライが響く。

お前を殺すと。絶対に殺してやると。グレートワイバーンへの殺害宣言が、森に響き渡った。

『愚かな』

「オルフェ！　俺の後ろに！」

ゴウ、と。グレートワイバーンの火炎放射がキコリへと降り注ぐ。

「ぐ、う……！」

熱い、痛い。だが、適応できている。威力が段違いとはいえ、一度ワイバーンの炎を受けたからこそ、炎はキコリに致命傷を与えるに至らない。

自分を焼こうとする炎の中で、キコリは「ミョルニル！」と叫ぶ。

『なっ……⁉』

投擲《とうてき》した斧は、炎の中を突き進んで。

グレートワイバーンに命中し、その表皮を僅《わず》かに削る。

そう、ダメージというには軽すぎる……けれど、確かな一撃。

それはグレートワイバーンに攻撃を中止させるには充分だった。

『貴様……俺に傷を……⁉　それに、炎に耐えた？　馬鹿な、何をした！』

「教える必要はないな」

グレートワイバーンは、先程から羽ばたきもせずに滞空している。

とすると、何か魔法的な手段で飛んでいるのだろうとキコリは予測する。

（それなら……アイツ自身、無茶は出来ないはずだ。そこを、突く！）

「オルフェ、ダメなら逃げていい！　ここは、俺がどうにかする！」

キコリはそう叫び、ミョルニルで再び斧に電撃を纏《まと》わせる。

オルフェはキコリの言葉にビクッとするが……その答えは。

「アイス……アロー！」

グレートワイバーンへ向かって放つ、数本の氷の矢だった。

氷の矢そのものはグレートワイバーンの表皮で弾かれてしまうが、グレートワイバーンは舌打ちしながらさらに上空へと舞い上がる。そのまま炎を吐くが、オルフェの「シールド！」という叫びと共に展開した半円状のドームがそれを防ぎきる。

「バ……ッカじゃないの！　組もうと言った口で逃げろとか！　バカ！　バーカ！」

「いや、でも」

「こんなところで逃げるなら組んでないわよ！　なめんな！」

どことなく自棄になったような叫びだが……その叫びは、キコリの心の奥に響いていた。

あの錬金術師の少女とは違う、クーンとも違う……一緒に戦える仲間。オルフェはまさに、そうなのかもしれない。その事実に、キコリの頬を涙が流れる。

「ハ、ハハッ」

「何笑ってんのよ！　コレ張り続けるのも結構キツいんだけど⁉」

「ありがとう、オルフェ」

「どういたしましてえ⁉　そんな場合かバカ！　ドバカ！」

こんな場合だというのに、キコリの口からは笑い声が漏れる。

頼もしい。とても……とても、温かい。

身体の奥から何かが湧き上がってきて、今までよりもずっと戦えそうな錯覚を覚える。

「オルフェ。俺とお前で、アイツを殺そう」

あの時は、これをやって同じパーティメンバーにも引かれた。

でも今なら、今なら大丈夫。ドラゴンと称された、全身にミョルニルを纏わせる……その魔法を。

「……ミョルニル」

キコリの全身を、強烈な電撃が覆う。広げた両手の斧の、その先まで纏った電撃は。

その兜の形も相まって……まるで、飛ぶ瞬間を待つドラゴンそのものに見えた。

たとえドラゴンのように見えるからといって、キコリはドラゴンではない。だから、空は飛べないけれど、空へと跳ぶことはできた。

全身に施した、ミョルニルによる強化。それはキコリの足に、大空へと跳ぶ力を与えていた。

だから、跳ぶ。

ズドンと、音を立てて舞い上がる。地上から空へ、稲妻が落ちる。

『飛ぶ⁉　人間が⁉　いや、これは……！』

グレートワイバーンには見えていた。

人間にしては何だか妙な気配を纏ったソレが、ドラゴンと見紛《まご》うかのような姿になったのを。

ソレが、飛んだのを。

「うおおおおおおおおお！」

舞い上がる。グレートワイバーンはキコリから逃れるため、上空へ飛んで。

しかし、キコリが追いついた。振るう斧から流れる電撃がグレートワイバーンの身体を流れて。

『ぐ、おおおお⁉』

「サンダーアロー！」

合わせるようにオルフェの放った電撃の矢が数本グレートワイバーンへと突き刺さり、眩《まばゆ》いほどに
その身体を電撃が覆う。キコリはそのまま、ミョルニルの効果で地上へと舞い戻る。

今の一撃は意表を突いた。考え得る限りの最大威力も叩き込んだ。電撃も、グレートワイバーンを
流れた。だが、それでも。

『ハ、ハハハハハハハ！　この程度か！　この程度の攻撃！　俺の命に届くものかよ！』

それでも、グレートワイバーンには僅かな傷をつけたのみ。

電撃も、その表皮で防がれて内部まで浸透していない。

「……っ！」

「うっそでしょ……」

手加減などしていない。コンビネーションで威力も上がり、これ以上ない攻撃だったはずだ。

足りないのは、実力。戦術だとか勇気だとか、そういうもの以前の問題。

キコリとオルフェの実力では、グレートワイバーンの命に届かない。

単純で、だからこそ残酷な現実。グレートワイバーンを倒すほどの実力が、キコリたちにはない。

それが、キコリたちに危機として襲い掛かり、グレートワイバーンに愉悦を与える。

『強いなあ、強い。度胸もある。たぶん貴様らのような連中が成長すると、我が物顔で領域を歩き回るんだろう。しかしなあ。貴様らはここで死ぬ。……特に、貴様だ。人間なのかどうかイマイチ分からん、貴様だよ』

グレートワイバーンの瞳は、確かにキコリを見据えている。そこには、キコリを見透かそうとするかのような色があった。

『何故だろうな？　貴様はここで確実にブチ殺しておいたほうがいい気がする』

だから、と。グレートワイバーンは急降下する。

凄まじい力で身体を掴まれたと気付いた、次の瞬間。オルフェの悲鳴が響いて……キコリは、ワイバーンに掴まれたまま、遥か空へ……高空へと舞い上がる。

『だから、死ね。貴様は絶対に死ぬようにブチ殺す』

そのままキコリを上空へと放り投げた。ワイバーンの巻き起こした魔力の竜巻が、キコリを引き裂きながらさらに空へ……空へと舞い上げる。

死ぬ。ああ、死ぬ。

ここで、死ぬ。何をやっても、死ぬ。

そう悟りながら……魔力の竜巻の中で、意識を失って。そして。

キコリは、真っ暗な空間に佇《たたず》んでいた。


何もない。

ここには、何もない。

光もないのに完全な闇ではないその空間で、キコリは諦めたように呟く。

「ああ……俺、死んだのか」

そうでもなければ、いきなりこんな所に来る理由《わけ》がない。

あの魔力の竜巻に呑まれて死んだ。そしてここはあの世か何かだと……そう考えるのが普通だ。

「悔しいな……」

ポツリと、そう呟いて。

「おお、そんな感情が残っていたか」

眼前に現れた「誰か」に、キコリは思わず飛びのいた。

「だ、誰だ⁉」

今のキコリには鎧《よろい》がない。斧もない。目の前の誰かが敵でも、戦えない。

いや、ある。素手でも使える「魔法」はある。いつでも発動できる準備をしようとして。

「落ち着けよ、キコリ。私は君を害そうとは思っていない」

その何者かに微笑まれ、疑問符で頭の中をいっぱいにしてしまう。

目の前の「誰か」は自分の名前を知っている。――しかし、誰なのか？

「いや、な。負けて当然だとか利口ぶるなら、このまま放逐しようかと思ってたんだ。でもまあ、そうでなくて何よりだ」

そんな事を言う「誰か」の姿は……人間に、よく似ている。

黒いざんばらの髪と、赤い目。纏っている衣装もまた黒い。金糸で彩られて目立つからこそ、この

空間の中に浮き上がっているように見えるが……。

その「誰か」は未だ、キコリの疑問に答えてはいない。

「さて、キコリ。君は今、死の狭間にある」

「死んで、ない？」

「ああ。だがあのオオトカゲの攻撃で鎧は砕かれ、今まさに身体も砕かれようとしている。そうでなくとも、落下すれば死ぬだろう。……ではキコリ、質問だ。何故君は死ぬんだ？」

意味が分からない。死ぬ要素しかないはずだ。身体を砕かれる。高高度から落下する。どちらも死ぬには充分な理由だ。それ以外に、何があるのか。

それは、と言いかけて、やめる。違う、と。直感的にそう思ったのだ。

身体を砕かれれば死ぬ。高高度から落下すれば死ぬ。当然すぎて、質問する意味すらない。

なのに、キコリは「それ」に疑問を覚えていた。

何が違うのか。何に疑問を覚えているのか。

考えに考えて、「誰か」がいつの間にか持っている、ボロボロの王冠を目にする。

いや……王冠と呼ぶにはあまりにもみすぼらしいそれを見て、キコリは全てが納得いったかのような錯覚に陥る。

「適応、してないからだ」

そうだ。炎に適応したのに、竜巻に適応できない理由があるだろうか。

竜巻に適応できるなら、高高度からの落下如き適応できるに決まっている。

なのに死んでしまうのは、適応できて、いないからだ。

「然《しか》り」

男は、そう言って笑う。ボロボロの冠を空中に浮かべ、両手を広げる。

「然り、然り！　君は適応できないから死ぬ！　それが真実！　ならば私は君に問おう！　キコリ、君は何故……適応できないのだ？」

何故。その質問は非常に難しい。が、一つのシンプルな答えは自然と導き出される。

「俺のドラゴンクラウンは、欠陥品だからだ」

「然り」

目の前に浮かぶ王冠は、恐らくキコリのドラゴンクラウンを示すものなのだろうと思われた。

わざわざからかうために用意したとも思えないが……こんな空間ではそんなこともあるだろうか。

「しかし、その回答ではまだ不完全だ」

「なら、正解は？」

「簡単だよ。キコリ、君はドラゴンではない。そうだろう？」

「ああ。俺は人間だ」

「そう、君は人間だった。だがドラゴンクラウンらしきものを得たが故に、少しだけズレた」

男はそう言うと、キコリに笑いかける。

「境界線でユラユラしている君の存在は非常に気持ち悪い。しかしね、だからこそ私は君に選択肢を用意しようと思う」

「選択肢……」

「そう、まずは一つ目」

男の右側に、光る道ができる。それがどこに続いているのかは……分からない。

「ドラゴンクラウンもどきを消し去り、君は人に戻る。貴重な選択だ……私以外に君を人に戻せる奴はいやしない」

男の左側に、光る道ができる。燃え盛る炎の中へと続いているのが見える。

「完全なドラゴンクラウンを得て、君は人をやめる。辛《つら》い選択だ、君は世界最弱のドラゴンになってしまうだろう」

選びたまえ、と男は言う。どちらを選んでもそれを叶えてやろうと。これが最後のチャンスだと。

とても親切な提案のようだ……が、そうではないと、キコリには分かってしまう。

これは、実質一つしかない選択だ。生きたいと、願うならば。

「俺は、ドラゴンになる」

「いいのかい、人に戻らなくて？　あのオルフェとかいう妖精も、今さら君を嫌わないだろう」

「人を選べば俺は死ぬ。あのグレートワイバーンが俺を殺す。そういうことだろ？」

キコリの返答に男は……軽く肩をすくめる。

「然り。つまらん。人にこだわって、千切れてバラバラになって死ぬも一興だと思うのだけどね」

光る道が両方とも消えて。男が手をかざした冠が、光り輝く素晴らしい冠へと変わっていく。

それは、先程までのみすぼらしいものとは段違いのものだ。

「確かドラゴニアンとか名乗っていたね」

ああ、とキコリは応じた。

「ならば君はこれからドラゴニアンのキコリと名乗るがいい。他ならぬ私がそれを許そう」

「許すって……アンタは、まさか」

「薄々予想はしてたんだろう？」

男の手の中で輝く冠が、キコリの頭上へと載せられる。

「今日が君の戴冠式だ、ドラゴニアンのキコリ。最も新しく、最も弱きドラゴンよ。私は……竜神ファルケロスは、君の行く末を楽しみに見守るとしよう」

瞬間、視界が切り替わり、キコリは……自分が魔力の竜巻に適応していることに、気付いた。


おかしい。

グレートワイバーンは、自分が竜巻魔法で空へと飛ばしたキコリのことを思う。

鎧は砕けた。なのに、身体が砕けていない。

おかしい。鎧より柔い肉がまだ微塵になっておらず、血の花を咲かせていないのは何故か。

魔力の竜巻の中で、キコリは目を開く。

そうして「あの空間」での出来事は、一秒にも満たない時間であったのだと知る。

そして、自覚する。自分が変わっていることを、何ができるかを、自覚する。

魚が教わることなく水を泳げるように。人が誰にも教わらずに呼吸ができるように。

キコリは自覚し、自分の今の状況を把握する。

鎧も兜も砕け、斧もない。何もない。

(……でも、必要ない。あの斧も鎧も)

すでに竜巻には適応した。だから。さあ、やろう。

『……馬鹿な』

グレートワイバーンの視線の先、魔力の竜巻が消え失せる。まるで何かに、掻き消されたように。

真実は違う。吸収されたのだ。ドラゴンたるキコリが、そうである前に頼りにしていた力……魔力吸収とチャージ。その力は今、キコリ自身の中にある。

妖精がドラゴンをイメージして造った鎧と兜、そして斧。それらは今、ないけれど。

キコリの身体を覆ったのは、間違いなくあの鎧兜。手には、あの斧。

鎧からチャージする手間は、もうない。チャージなどと、言う必要すらない。

周囲の魔力をも吸収して大気が歪む。落下するキコリは、その言葉を唱える。

「ミョルニル」

先程とは比べ物にならない威力の電撃を纏った「ドラゴン」が、上空から稲妻となって落ちた。

アレを受ければ死ぬ。その直感がグレートワイバーンを動かして、それでも避けきれずに翼を貫かれ、電撃に焼かれる。

『ギ、ギアアアアアアアアアアアアアアアアアアアアアア⁉』

これが鳥であれば致命的だっただろう。だが、ワイバーンは翼で飛んでいるわけではない。

だからこそ、まだグレートワイバーンは空を舞い、キコリは地上からそれを見ていた。

『な、なんだ……！　なんなんだ、貴様は！』

恐怖のままにグレートワイバーンは叫ぶ。

おかしい。これは、おかしい。この一瞬で何があったというのか。

先程まで「コレ」は狩られるだけの虫だったはずなのに。どうして……どうしてなのだ？

「ドラゴンだ」

『……は？』

「俺はドラゴニアンのキコリ。新米ドラゴンだ……よろしく。それと、さよならだ」

「キコリ……アンタ、もしかして」

「後で説明する。オルフェ、ちょっとだけ離れててくれ」

キコリの側に寄ってくるオルフェに、キコリはそう語りかけながら周囲の魔力を吸収する。

これは今まで鎧が行っていた吸収とチャージと同様の……いや、もっとずっと強力なものだ。

キコリ自身に魔力を吸収するものだが、勿論キコリの魔力容量が上がっているわけではない。

「何するつもりなの⁉　アンタ、それは！」

「分かってる」

そう、分かっている。キコリの魔力容量を超える魔力の大量吸収。

それで倒れたから分かっている。これは、命に関わる類のものだ。限界を超えすぎた身体が、中から壊れ始めている。ドラゴンクラウンで適応できる類のものではない。単純に才能の問題だからだ。

だが、それでも……痛みには、適応した。

「あまり無茶はできない。だから、一撃で決めたい」

「……死んだらぶっ殺すわよ」

「そりゃ怖いな」

上ではグレートワイバーンが魔力を溜めている。ここをキコリごと消し飛ばそうとしているのだ。

だから、キコリも魔力を吸い込んでいく。

身体の痛みが増す。しかし、ドラゴンクラウンがその痛みにすら適応させる。人間のままであれば耐えられない痛みをキコリは抑え、グレートワイバーンと向き合うように顔をあげる。

「斧は、爪だ。兜と鎧は、鱗《うろこ》だ。それが、俺のドラゴンとしての証《あかし》」

『訳の分からんことを……！』

「グレートワイバーン。お前もドラゴンのような生物だっていうなら、分かるだろう」

ドラゴンが、ドラゴンたる証。たとえワイバーンがグレートワイバーンと呼ばれても、絶対にできないモノ。ドラゴンをドラゴンたらしめる、名刺のような武器。

キコリの眼前に、雷球が生成されていく。それを見て……グレートワイバーンは目を見開く。

有り得ない。ドラゴンを僭称《せんしょう》する者にはできない。だが、正しくそれは。

「ドラゴン、ブレス……」

グレートワイバーンが絶叫する。

『有り得ん有り得ん有り得ん！　何故だ、何故貴様が！　俺は！　ここまで強くなっても俺は！』

キコリの眼前の雷球が輝きを増し、スパークが激しくなっていく。

『認めん！　認められるかああああああ！』

グレートワイバーンの最大火力の炎のブレスが、地上へ放出されて。

「そうだな……それでも、戴冠した。それが答えだ」

雷球が、地より天へと昇る極太の閃光と化した。

『あ、ああ……俺は……』

自分のブレスを引き裂く閃光を見て、グレートワイバーンは最期を悟る。

強大な電撃のドラゴンブレスが、その身を灼《や》いて。

『貴様が……羨ましい』

そう言い残して、消滅した。

帯電する空は、やがてその残滓《ざんし》を散らす。キコリは血を吐き、その場に崩れた。

悲痛なオルフェの叫び声も、どこか遠く聞こえて。

遠い……どこか遠い空の下で。子供の作った砂の城が、波に打たれて僅《わず》かに削れた。

崩れ落ち倒れたキコリに、オルフェは駆け寄った。

血が。血がたくさん出ている。吐いたものだけじゃない。身体のあちこちから、血が流れている。

当然だ。あんなもの、マトモな生き物が扱う量の魔力じゃない。

キコリがドラゴンになったとして、魔力の容量が変わっていないのなら、それは、過ぎた力を与えられただけでしかない。

ドラゴンブレスが最たるものだ。あんなモノを撃てば、反動でこうなるに決まっている。

「この、馬鹿……！　死んだら殺すって言ったでしょ！」

オルフェは必死でヒールをかける。でも、どの程度効いているのか分からない。

「ドラゴンに『なった』ですって……？　戴冠⁉　どこの馬鹿よ、アンタにそんなことしたのは！」

耐えられるはずがない。キコリはドラゴンもどきの人間だったのだ。

そんなものに最強生物の力を与えたらどうなるか、ソイツが分かっていなかったとは言わせない。

弱い身体に強い力。使うだけで死に向かって全力疾走するようなものだ。

だが……もう使えるようになってしまった。なら、ドラゴンクラウンで「適応」するしかない。

ドラゴンがそれぞれ、自分の力を振るうに足るオンリーワンであるように。キコリもまた、そうならなければならない。できなければ……死ぬ。

「くそっ……くそっ、くそう！　ええ、分かるわよ！　そんなことできるクソがどこの誰かね！」

誰かを「ドラゴン」にできる。そんなとんでもないことが可能だとしたら……それは竜神と呼ばれる神しかいないだろう。キコリが不完全なドラゴンクラウンを持っていたからこそ手を出してきたのだろうが……その結果がコレだ。

勿論、それしかキコリが生き残る方法はなかった。ドラゴンになるしか手はなかったのだ。

だから、本来であれば竜神のやったことは善なる祝福だ。

キコリは勝利し、生き残って、オルフェもまた生き残った。妖精の仇《かたき》は討ち果たされた。

物語であれば文句なしの「めでたし」だ。でも、それでもオルフェは思うのだ。

「英雄譚《たん》なんかクソくらえよ！　こいつは、あたしの相棒なんだから！」

体内の魔力を総動員してヒールをかける。身体さえ治れば、とりあえずは生きられる。だから。

「死んでめでたしになんか、させるもんか！　さっさと目ェ覚ましなさい！」

ヒールの光が、キコリに吸い込まれて。けれど、その光も段々と弱くなっていく。

「くうっ……！　ううう……っ！　負ける、かあああ……！」

オルフェは魔力を絞り出す。

「オルフェだ！」

「ほんとだ！」

「ドラゴニアンもいるよ！」

聞こえてくる声に振り返らないまま、叫ぶ。

「手伝いなさい！　こいつを治すの！　早く！」

「はいはーい」

「恩人だもんね」

「仕方ないねー」

飛んできた妖精たちが多種多様な魔法をかけていく。オルフェはキコリが安定した呼吸を取り戻したのを確認すると、フラフラとその胸の上に落ちる。

「も、もうダメ……あたしがダメ。何人来てるの？　転移魔法使える？」

「使えるけどー」

「でもワイバーンぶっ殺しに来たのに」

「あたしたちで殺したから。あとで説明するから」

オルフェの「早くしろ」という気持ちの込もった言葉に、妖精たちは顔を見合わせ、他の妖精も集めて呪文を唱える。その途中、一人の妖精が巨大な宝石のようなものに気付いて拾い上げた。

直後、妖精たちとキコリの姿は一瞬で消え、あとに残されたものは……何一つとして、なかった。


キコリはゆっくりと目を覚ました。空中に浮いていたオルフェが覗き込んでくる。

「ようやく目ェ覚めたのね」

「ここ、は……？　オルフェ、俺は……あの後どうなったんだ？」

「うっさい。まずは謝れ」

「え？　ご、ごめん」

状況が何も分からないままに謝ったキコリは、そのまま起き上がる。

どこかの家の中だ。前にキコリが寝かされていたオルフェの家に似ている。

オルフェは大きく溜息をつき、「ここは、妖精の新しい集落よ」と答えた。

「それって前に引っ越したとこにつくったやつだよな」

「そう。魔法でアンタをここまで運んだってわけ」

「ありがとう。それは凄く助かった」

「ん」と頷くオルフェから視線を外し、キコリは自分の身体を触って確かめる。

不調はない。正直、かなりヤバい状況だった気がするのだが……。

「オルフェが治してくれたのか？」

「他の妖精の力も借りたわ。で？　どこか変なところはある？」

「いや、たぶんない……と思う」

オルフェはキコリの顔をじっと見て、やがて「キコリ」と静かにその名を呼ぶ。

「これからどうするの？」

「どうするって……」

「アンタ、完全にこっち側に来たでしょ。どう生きるの？」

「どうって……今まで通りだろ」

「……ちょっと鱗出してみなさいよ」

「え？　あ、うん」

ズワッとキコリの全身を覆った鎧兜を見て、オルフェは大きく溜息をつく。

「人間が鱗出せって言われて出すかバカ！　アンタの常識大分こっち側に来てんじゃないの！　それでどう今まで通りやんのよ⁉　バーカバーカ！」

「そ、そこまで言うか？」

「自覚しろ馬鹿ドラゴン！　そんなんじゃ他の人間と組んだら一発よ⁉」

「あー……。でも、オルフェは俺と一緒にいてくれるだろ？」

オルフェはその言葉にピタリと静止するが……すぐに「あたしは人間じゃないし」と呟《つぶや》く。

「だからだよ。人間じゃないオルフェだから、俺のことも分かってくれるだろ？」

「そう、ね？」

笑うキコリにオルフェも笑みを返すが……頭の中に疑問符が浮かぶ。

何か、違和感がある。けれど今まで通りのようにも感じる。

「キコリ。とりあえず動けるようになったなら、帰る？　あの街に」

「そうだな、色々と報告する必要もあるだろうし……」

立ち上がったキコリはふと、部屋の隅に置いてあるモノに気付く。

それはかなり大きな魔石で、あの日、妖精が持って帰って来たものだ。

「あー、それ？　グレートワイバーンの魔石よ。いい証拠になるんじゃない？」

「そう、だな」

輝く魔石。それを見るキコリの喉が、ゴクリと鳴ったことを……オルフェは見逃しはしなかった。

そして、それの意味することも、この場でオルフェだけが正確に理解していた。


キコリとオルフェの帰還。グレートワイバーンの討伐。そしてワイバーンのいた領域の掃討。

これらの情報は、防衛伯に「は？」と言わせるに至った。あまりにも仕方がないと言えるだろう。

グレートワイバーンのものとしか思えない魔石が提出されてもなお、信じきれない情報。

大急ぎで編成された調査団は、元妖精の森を抜け、確かに「ワイバーン渓谷」と名付けられた場所のあちこちにワイバーンの死骸があることを確認した。

ただし、掃討したわけではないようで、奥まで行きすぎた冒険者が襲われる事案もあったが……それを含めても、キコリの功績が広く知られるようになった。

だが、それは同時に……とある問題をも生みだした。

「君の問題ではない、ということは最初に言っておこう」

「えっと、はい」

フカフカのソファと、高級そうなお茶と茶菓子。やはり高そうな調度品が並んだ執務室で座っているセイムズ防衛伯は、いかにも疲れたような様子だった。

「最近噂になっているから知っていると思うが……冒険者の未帰還率が激増している」

「はい、俺も聞きました。それも確か、新人の死亡率が高いって」

キコリと同程度、あるいはもっと経験の浅い者。そんな冒険者の未帰還率が上がっているという。

それは……キコリの胸元で輝く銀色のペンダントと、セイムズ防衛伯のペンダント。その二つがもたらした効果であるとも言えるだろう。

「そうだ。ゴブリンジェネラルにグレートワイバーンとワイバーンの群れの討伐。妖精との友誼《ゆうぎ》……君の功績は大きい。新人というよりはエースと言って差し支えないほどだ」

「あ、ありがとうございます」

「うむ。君が一気に銀級となったのは必然だ。だが、世の中にはそれが特別と理解しない者も多い」

「キコリに出来たなら俺も私もって？　そんなバカ、死んでいいんじゃないのー？」

キコリの頭に乗っていたオルフェがつまらなそうに言うが、セイムズ防衛伯は僅かに苦笑する。

「そうはいかん。汚染領域に対する防衛都市の役割は、少なくとも私の代では終わらんほどの長きにわたるものだ。次の世代を担う若者の死亡率が高いというのは、捨て置けない問題だ」

「バカは担えないでしょ。弱いバカはすぐ死ぬし、強いバカは後で死ぬ。それだけじゃない？」

「おい、オルフェ……」

「いや、いい。一々もっともだとも」

ソファに深く腰掛け……セイムズ防衛伯は「だから問題なのだ」と言い放つ。

「しかし、その弱いバカを強いバカ程度には育てねばならん。それが私の仕事なのだ」

キコリはその言葉に頷くが、オルフェは「ハッ」とあからさまに嘲笑う。

「前置きが長いのよ。で？　何をさせようと企んでんのよ」

「だからオルフェ……」

「アンタは黙ってなさい」

頭をぺしっと叩かれるキコリだが、相手は防衛都市で一番の権力者だ。敵に回しても何一つとして良いことはない。だが、オルフェにはどうもそういうのは一切関係ないらしい。

「黙って聞いてりゃ『君は悪くないんだけど君のせいで困っちゃうな』的なことをグダグダ遠回しに。さっさと用件言いなさいよ」

「フフ、しかしね、私はキコリ君に嫌われたくない。だから前置きは重要になるんだよ」

「あたしは前置きとか大嫌い。あたしに嫌われたくなかったらさっさと言いなさい」

防衛伯は「ふむ……」と顎《あご》を撫でると、黙って立っていた執事に目配せする。

その執事がキコリの前に差し出してきたのは、封蝋付きの書状だった。

「防衛都市イルヘイルの防衛伯宛の紹介状だ」

その言葉に、キコリは目を見開く。それがどういう意味か、すぐに分かったからだ。

「追放……ってこと、ですか？」

「違う。うむ、やはり順を追って説明しよう」

キコリによるグレートワイバーン討伐。そのこと自体、凄まじく反響の大きい出来事だったが……

それは防衛都市ニールゲンだけに留まらない。グレートワイバーンとワイバーンの群れを倒すほどの新人。その話は誇張も含みながら、他の都市へも広まっていたのだ。

「今後、君に様々な話が届くはずだ。貴族や商人の私兵を含む、様々な道が示されるだろう。中にはあまり良くない類いの誘いも含まれるが……そういったものを追い払うにも時間はかかる」

「へえ、追い払うんだ」

「追い払うとも。私はこれでも陛下から防衛都市の死守を命じられている身でね。未来ある若者をくだらん馬鹿に取られましたなどと報告したくはない」

オルフェに応えながら、セイムズ防衛伯は憂鬱《ゆううつ》そうに……本当に憂鬱そうに溜息をつく。

もしかすると、もう内々に話が来ているのかもしれないとキコリは想像する。

「そうなりますと、この紹介状は……身を隠せ、ということですか？」

「少し違う。ここを離れてもらうのは、イルヘイルでの問題を解決してほしいという希望もある」

「問題、ですか？」

「うむ。イルヘイルは獣王国サーベイン側の防衛都市だが……迷宮化の影響が他よりも大きく、冒険者の損耗が激しい。だから、君には両国の友好の懸け橋にもなってもらいたいと考えている」

キコリは、クーンから人間と獣人の関係が微妙だというような話を聞いたことを思い出す。

「以前、獣人の友人から信仰する神についての問題を聞いたことがありますが、俺は信用されるでしょうか？」

「あちらでは月神を信仰する者が多数だ。しかし、それだけではない。竜神や大神の信者もいる」

竜神。聞き覚えのありすぎる単語にキコリは思わず身構えた。

「獣人の中に蜥蜴《とかげ》人と呼ばれる者たちがいるのだが……彼らは全員が竜神信者だ」

「何考えてるか丸分かりね」

オルフェがつまらなそうに呟く。

つまり……ドラゴンを崇めているか、ドラゴンのようになりたいか。そのどちらかなのだろう。

（そういえば……竜神を信仰してるのに、ドラゴンはモンスター扱いなのか？）

だが、そんなことを聞くのもどうかと思って、キコリは言葉を呑み込んだ。

「なんで竜神崇めてるのにドラゴンをモンスター扱いしてんのよ」

「オルフェ……！」

キコリが誤魔化そうとすると、セイムズ防衛伯は楽しそうに笑う。

「構わんとも、確かに矛盾だ。だがね、多くの人間はそう考えない。……つまり、ドラゴンは竜神からの人間への試練だと考えている、ということだ」

この壁を超えようというわけだな、とセイムズ防衛伯は語る。

たとえばドラゴンの牙、鱗……恐らく超高品質であろう魔石もそうだ。それらを手に入れることができれば、それこそ人類最強も夢物語ではない。

ドラゴンの力を手に入れる。それは最強を夢見る者たちの夢であり続けているということだ。簡単に手に入れる方法があれば、誰もが飛びつくだろう。

「な、なるほど」

「その理屈だと、ゴブリンの牙でゴブリンの力が手に入るのかしら」

オルフェがズレた感想を言うが、つまるところ、キコリがドラゴンだとバレないようにしないと、同じ人間……いや、今はキコリはドラゴンだが、ともかく人間に狙われるということだ。

「まあ、紹介状も渡すし君に与えたペンダントもあるだろう。邪険には扱われんよ」

「そ、そうですよね」

「そう上手くいくといいけど」

「いくとも。あちらだって外交問題にしている余裕などないからな」

ではよろしく頼む、とセイムズ防衛伯に言われてしまえば、断れるはずもなく。

キコリはアリアにどう説明しようか、頭を悩ませていた。


その日、アリアの家に帰ってから話をしてみると、意外にもアリアは「仕方ないですね」と軽く溜息をつくだけで終わらせた。

「防衛伯閣下の依頼ともなれば、断るわけにもいかないでしょう。仰ることも理解できますしね」

「はい。なんか……すみません。心配かけるばっかりで、ちっとも恩を返せてません」

「キーコーリー？」

アリアはキコリの額をツン、とつつく。

「私は好きでキコリの世話を焼いてるんです。恩がどうとか、そういう面倒なことは……」

言いかけて、アリアはちょっと首を傾げる。「……本当に考えない子になったら嫌ですね？」

「あはは……そんな奴にはならないですから」

「ええ、その辺りはキコリを信頼してますから」

アリアは微笑みながら、キコリをそっと抱きしめる。

「獣王国サーベインは、ここととは違う価値観で生きている国です。キコリが一時滞在するには最適でしょうが……気をつけてくださいね」

「はい、勿論です」

キコリもまた、アリアをぎゅっと抱きしめ……ようとして。その頭に、ゴツンと衝撃を受ける。

「ちょっとキコリ。あたしには何か聞かないの？　随分恩を売ったつもりだけど？」

「え？　あー、ああ。オルフェにも感謝してる。それに、信頼してる。それで、えーと……あっ」

そこで、キコリは初めて思いついたとでもいうかのように声をあげる。

「そういえばオルフェは……向こうにはついていきてくれるのか？」

ニールゲンで受け入れられても、イルヘイルで受け入れてもらえるとは限らない。勿論、セイムズ防衛伯の威光を借りるつもりではあるが……それでも、面倒な状況であることには違いない。

「アンタ、あたしがいないとどこかで野垂れ死ぬでしょうが。仕方ないからもう少しだけ付き合ってあげるわよ！　たっぷり恩に感じなさいよ！」

「そっか。ありがとな、オルフェ」

オルフェはついてきてくれるらしい。それに安心したキコリは、そのままアリアと三人で食事の支度をして、たくさん話をした。そして旅の荷物を揃え、出発の準備を整える。

防衛都市は壁砦で繋がっている。

だから、方角さえ分かっていれば道に迷うことはない。

次の日。


「アリアさん、行ってきます」

「行ってらっしゃい、キコリ」

交わすのは、そんなシンプルな挨拶。それ以上のものは、きっと必要ない。

何度も手を振って、イルヘイルへの道程を進む。

「……強くは、なってるはずなのにな。この手に残るものが少ない気がするよ」

「別に失ってはいないでしょ」

「まあ、な。でも、俺はもうずっとニールゲンに骨を埋めたって良かったんだ」

キコリの言葉に、オルフェはハッと笑う。

「小さく纏まってんじゃないわ。それは突き進んでぶっ倒れて、いよいよ死ぬって時に言いなさい」

「そんな未練のある死に方は嫌だな」

「死ななきゃあたしが治してやるわよ。感謝なさい」

寂しさは、もう感じない。キコリとオルフェは楽しげに、旅路を進んでいった。

第二章 防衛都市イルヘイル

「ここがイルヘイル、か」

立派な鎧を纏《まと》う少年は、その巨大な都市を見て、驚きと共に呟いた。

無数の家、永遠に続くかのような大きな壁。防衛都市と呼ばれる巨大な都市の姿は、少年……キコリに僅かな感動をもたらしていた。……まあ、ニールゲンを初めて見た時の感動とは違い「ようやく着いた」といった類のものだが。

一方、キコリの近くを飛んでいる妖精のオルフェは「ふーん」と言ったきり、感動もないようだ。

獣王国サーベインの防衛都市イルヘイル。獣人がほとんどを占める都市では当然、衛兵も獣人だ。

「そこの普人《ふじん》、止まれ！」

巨大な門の前で、キコリは衛兵に止められる。

「その妖精はなんだ！　モンスターを防衛都市に持ち込む気か！」

槍を向けてくる衛兵たちにオルフェが「はぁ!?」と早速凄むが、キコリがそれを押しとどめる。

「この妖精は仲間です」

「仲間だと？　普人、お前モンスターと内通したのか？」

「俺は防衛都市ニールゲンのセイムズ防衛伯閣下の命令で来ました。イルヘイル防衛伯閣下宛の紹介状とセイムズ家の家紋のペンダントもお預かりしています」

使える手札をいきなり切った形になるが、争いごとになりかけた以上は仕方がない。まさか衛兵と戦う訳にもいかない……オルフェは今にも戦いそうだが。

事実、防衛伯の紹介状と家紋のペンダントという物証は効いたようで、衛兵は顔を見合わせる。

「……その妖精は」

「ですから、仲間です。セイムズ防衛伯閣下もご存じのことです」

「そうか。では紹介状を防衛伯閣下にお届けする。渡してもらおうか」

しばらく待たされていると、他の旅人や馬車などがやって来てはキコリとオルフェを見ていくのが分かる。その視線は……お世辞にも、好意的なものではない。

「嫌な街ね、ここ」

「うーん……クーンからするとニールゲンも似たような感じだったみたいだしなあ」

「誰よ、クーンって」

「猫獣人。前にパーティ組んでた」

そんなことを話していると……衛兵の一人がやって来る。

「確認が取れた。通って良し」

「ちょっと。さんざん待たせてソレ？」

「防衛都市は最終防衛線だ。いかなる事情があろうと警戒を緩める理由にはならない」

「ありがとうございます。では通ります」

オルフェを押さえながらキコリは通るが、オルフェは不機嫌マックスといった感じだ。

「むーかーつーくー！」

「落ち着いてくれよ。初めてオルフェを連れ帰った時の反応……覚えてるだろ？」

「それよりここの防衛伯とかいう奴よ。あっちのオッサンと比べて失礼すぎじゃない？」

「はは……」

確かに、国や種族が違えど同じ防衛伯の紹介状を持って来た人物に対する扱いではないような気もするが……防衛伯という立場がそうそうフットワークの軽いものではないだろうことも想像できるだけに、キコリは何とも言えない。

「ま、とりあえずは冒険者ギルドに行こう。色々手続きもあるしな」

そう言いながら、キコリは街並みを眺める。

「なんていうか……店も結構違うな」

「そうね。本当に獣人の国なんだって感じだわ」

売っているものも含めて完全に獣人向けなのだ。耳や角の防護まで考えた兜や身体的特徴に合わせた鎧。それと……露店で野菜を売っている割合が非常に大きい。買っているのは山羊獣人や牛獣人などのようだが、別の山羊獣人は肉串を齧《かじ》っていたので、単純に好みの問題なのだろうか。

「全体的にモフモフだな……」

「そうじゃないのもいるでしょ」

そんなことを言いながら二人は街を行くが……周囲がキコリたちをじっと見ていた。

「普人と妖精……」

「衛兵は何をしてるんだ？」

囁《ささや》き声を無視して歩いていると、キコリたちの前を塞ぐように三人の獣人の男が立ち塞がる。

それぞれ牛、羊、犬の獣人のようだ。武装しているところからして、冒険者だろうか？

「おい待て普人」

「妖精なんか連れ込んでどういうつもりだ？」

オルフェが「はぁ？」と早速ケンカを買いそうになるが、キコリがそれを押しとどめる。

「俺の仲間だ。ここの防衛伯閣下からも許可を得てる」

「嘘つくんじゃねえよ」

「今すぐ衛兵に突き出してやる」

掴もうと伸ばしてくる腕を弾き、キコリはセイムズ防衛伯のペンダントを取り出す。

「これは防衛都市ニールゲンのセイムズ防衛伯閣下の家紋だ。俺はその方から要請を受けてここにいる。その意味が分かってるのか？」

平和的にできる最大限の脅しだ。これが通用しないとはあまり思いたくないが……。

牛の獣人がガントレットを着けた拳を振りかぶり、キコリは腕で防御する。

ガヅンッと激しい音が響き、キコリは吹っ飛ばされながら後ずさる。

「煮込みだかセイロ蒸しだか知らねぇけどよ！　普人の国の権力がここで通じると思ってんのか？」

「全くだぜ。とりあえずボコっとこうぜ」

「だな。こういうのは最初にシメといたほうがいい」

三人の獣人が拳を握るのに合わせ、周囲の店から歓声が上がる。

「うおー！　やっちまえ！」

「普人の国の権力振りかざしやがってよォ！　獣人の力を見せたれ！」

あまりにもアウェイな状況に、キコリは思わず一筋の汗が流れるのを感じていた。

（マジか……殴った方が正解だったのか!?　いや、これはどの道……）

「バカしかいねーわね、ここ。あたしからしてみりゃ、どっちも人間だってえのに」

キコリは違うけど、とオルフェは小さく付け加えるが……何の救いにもならない。

「で、どうする？　このアホ共、燃やす？」

「……いや」

キコリは溜息をつくと、拳を握る。

「向こうも武器は持ってないんだ。なら拳でやるさ」

そうして、キコリとしては不本意な殴り合いが始まってしまう。

真正面から殴り掛かってきた牛獣人の攻撃を躱《かわ》し、ボディに一発入れると、牛獣人が「ぐげっ」と声をあげる。

「てめえっ！」

横から蹴りを入れてくる犬獣人に続き、羊獣人の振り上げた金属杖がキコリの兜を叩く。

まさかもう武器を使ってきたかとキコリは驚くが、牛獣人もいつの間にか棒を持っている。

「あー！　見たわよ、周りの奴が武器渡したわ！」

上空にいたオルフェがそう叫ぶが、キコリを罵倒する声は変わらない。いや、犬獣人も近くの店の主人からこん棒を受け取っている。アウェイにも程があるというか……あまりにも。

（どうする。この調子だと武器を出したら殺人犯とか罵《ののし》られそうだぞ……！）

「キコリ！　もう手ェ出していいわよね！　出すわよ！」

「ダメだ！」

「なんでよ！」

オルフェが叫ぶ。まあ、当然だ。「死ね」と叫びながら殴ってくる連中に遠慮する理由がない。

しかし、ここで武器を抜けば、高い確率で指名手配になりそうだ。流石《さすが》にそれは避けたい。

となると、武器を使わずにどうにかするしかない。幸いにも、キコリはその方法を知っている。

今はハッタリにすぎないが……キコリは殺意を込め息を吸う。

「オラア！　もう一撃っ」

牛獣人が、自分を睨《にら》むキコリの瞳にビクッと震える。その動きが、止まって。

キコリが、叫ぶ。全員殺してやろうかと。そんな「警告」の叫びをあげる。

「オオオオオオオオオオオオオオオオオオオオオオオオオオオオオオオオオオオ！」

ウォークライ。ドラゴンとなってからは初めてのソレは周囲に響き渡って。

牛獣人が……いや、犬獣人も山羊獣人も武器を取り落とす。どこかで、誰かが腰を抜かして座り込む音が聞こえ、その場に静寂が訪れる。

いや、それは一瞬。

「ヒ、ヒイイイイ！　殺されるうううう！」

牛獣人が逃げだしたのを皮切りに周囲は大騒ぎになり、逃げる者や逃げようとして動けない者などが続出する。その様子は、キコリが思わずポカンとあっけにとられてしまうほどだった。

「な、なんだ？」

「……なんだもなにも」

青い顔をしたオルフェが降りてきて、キコリの耳元に囁く。

「ウォークライをやったつもりでしょうけど、今のドラゴンロアだから。魔力混ざってたから」

「……マジか」

走ってくる衛兵たちを前に、どう説明しようかと迷うキコリだったが……。

「この騒ぎの主犯はお前だな！」

「は⁉」

衛兵に囲まれ武器を向けられたキコリは、キレかかっているオルフェを押さえながら、詰め所へと連行されることになった。


詰め所は大きな建物で、しかしキコリとオルフェが入れられた取調室は、驚くほどに狭かった。

「で？　なんで街中で騒ぎを起こしたんだ」

「だから喧嘩売ってきたのも武器を出したのも向こうです。武器を渡したのも周りの店の人です」

すでに何度も説明したことをキコリは繰り返すが、サイ獣人の衛兵はハッと鼻で笑う。

「それを信じろと？　周囲の誰もがお前に殺されそうになったと証言してる。お前が正しいと言ってるのは、お前と、そこの妖精だけだ」

「俺は武器も抜いちゃいません」

「……お前の鎧だがな。何かとんでもないマジックアイテムだってことしか分からん。だが、そんな代物《しろもの》、それだけで並の武器に勝ると俺は思うがね」

「詭弁《きべん》です」

「単なる事実の羅列だ」

話にならない。キコリが悪いという前提で話をしている上に、その場にいた獣人の全てが敵だ。

これでは、あまりにも……。オルフェはもうずっとキレているが、衛兵に手を出さないのはキコリが止めているからだ。

「それと、お前の持っていたペンダントだがな」

没収されたペンダントのうちの一つを、衛兵は机に置く。一つはセイムズ防衛伯の家紋のペンダントだが……もう一つの銀級冒険者のペンダントがない。

「まず、今回の事件を受けて銀級資格は剥奪《はくだつ》となった。もう一度、青銅級からやり直せ」

言いながら衛兵は青銅のペンダントを机の上に置く。大分使い古した感のあるものだ。

「今騒乱罪に対する罰だ。本来なら労働刑の後に追放だが……今回は罰金刑になる」

「何を言って……」

「普人の間でどれだけチヤホヤされたか知らんが、ここは獣人国だ。傍若無人が許されると思うな」

「だから、俺は被害者でしょう！」

「そう言ってるのはお前たちだけなんだよ。罰金は、賠償額と合わせ四億七三〇〇万イエンだ。お前が死んでも、賠償はお前を派遣した普人の国の防衛伯に請求される。分かったな」

「無茶苦茶だ！」

立ち上がりかけたキコリの横に、剣を抜いた別の衛兵が立つ。

「勝手に立つな、座れ」

「…………！」

相手は権力側だ。こちらの持つカードを理解した上でこの対応なら、キコリには何もできない。

だが、そんな額が払えるはずもない。

「もういいでしょ、キコリ。こいつら、ブッ殺そ？」

オルフェがその手に火球を生み出して。

「制圧しろ！　殺しても構わん！」

ああ、もうダメだ。もう人間の倫理ではどうしようもない。諦めに似た境地と、身体の奥からせり上がってくるような殺意に、キコリは自分の首筋に突き付けられている剣を……。

「お、お待ちくださ……げあっ！」

外から聞こえてくる、打撃音と、何かが叩きつけられる音。近づいてくその音に、全員の動きが止まる。次の瞬間、ガアンと取調室の扉が蹴り破られ、キコリに剣を突き付けていた衛兵が吹っ飛ぶ。

「儂《わし》がいない間に、随分とくだらんことをしていたようだ」

豪奢な鎧を着込んだ、蜥蜴《とかげ》そのものな頭部を持つ男……蜥蜴獣人は、キコリに今まで散々言っていた衛兵を睨みつける。

「ぼ、防衛伯閣下！　な、ななな……何のおつもりですか！」

「何のつもりはこっちの台詞だ。なあ？」

籠手《こて》をつけた手が衛兵の顔面を掴み、ミシミシと音を立てた。

「確かに儂は、貴様らにかなり大きな裁量権を与えている」

衛兵はジタバタと暴れて防衛伯の手を外そうとするが、どれだけ暴れてもびくともしない。

防衛伯はその顔面をミシミシと言わせたまま吊り上げる。

「しかしな。それは『こういう事態』を防ぐためのものだ。それについては上から下まで周知徹底したはずなんだがな。ん？」

防衛伯が手を離すと、衛兵は無様に床に落ちて「しかし！」と叫ぶ。

「しかし、なんだ。言ってみろ」

「その普人の罪は明らかです！　街中で暴れ、目撃証言も多数！　他国の権力を振りかざす最低のクズです！」

「なるほどな。ハッハッハ！」

笑いながら、防衛伯は衛兵の腹に蹴りを入れる。ゴフッと呻《うめ》く衛兵を何度も蹴りつけていく。

「他国の権力？　そうだ、そもそもの問題はソレだ。儂が不在の間に総隊長が代理として紹介状を開けたそうだが、何故《なにゆえ》屋敷に招いていない？　執事に事情を伝え儂の屋敷に通し、儂への連絡を最優先する。そして『未開封の紹介状』を儂に渡す。そこで初めて諸々の対応が始まるんだ」

そこまで言って、ようやく防衛伯は衛兵を蹴るのをやめる。

「だがまあ、それについては許さんが、ひとまず置いておこう。やってしまったことだ」

防衛伯は衛兵の襟首を掴んで無理矢理立たせる。いや、吊り下げている。

「儂が何より許せんのは、貴様らが街の連中と同じ側に立っていることだ」

「し、しかし！　それは……！」

「儂はな、自警団を雇ったつもりはないんだよ」

怒りのためか、シュウウウという独特な息が防衛伯から漏れ始める。

「貴様らは陛下から防衛伯の地位を賜りし儂直属にして世界人類の盾だ。当然、高い倫理観が求められる。街の人間が皆『アイツが犯人だ』と言った。なるほど？　ならば貴様のやるべきことはそれを否定できる材料を探し出し『公平』を担保することだ。その上で他国の防衛伯から派遣された者であるということを考慮し、最優先で儂まで話を上げねばならん」

「ぐ、が……」

「しかし、だ。英雄門の向こう側から帰ってきて噂話を偶然耳にするまで、儂の元には使者一人来ず、ここに来ても報告一つない。どころか、儂を止めようとする始末。これを儂はどうすればいい。人類の危機の前には誰もが協力し合える……それを示すことが防衛都市の意義だ。それを……儂は陛下に何とご報告すればいい。貴様らの死体を積み上げ、その上に儂の首を並べたとて汚点は消えぬ」

そこまで言うと、防衛伯は衛兵を壁へと放り投げる。

ドガンッと壁を突き破り転がる衛兵だが……部屋の外では他の衛兵たちが集まってきて、オロオロしているのが見える。

シュロロロロ……と攻撃的な息を吐いてそれを睨んだ防衛伯は、そこでキコリへ振り返る。

「すまないな。総隊長はさっき処刑してきたんだが……副長と伝令長がまだ見つかってないんだ。たぶんどこかにいると思うし、すぐに君に首を引き渡すから……少し待っていてくれるかな？」

「く、首は要らない……です」

そうか、と笑うと、防衛伯は適当な衛兵を掴む。

「おい。彼とそっちの妖精のお嬢さんを儂の屋敷に丁寧に案内しろ。理解できるな？　できんなら言え。今すぐこの世から解雇してやる」

「ヒ、ヒイ……ご、ご命令、確かに！」

敬礼する衛兵の顎《あご》を防衛伯が殴り飛ばし、衛兵が天井に刺さる。

「命令されなきゃ理解できんほど、常日頃の儂の言葉は頭に入っとらんかったか」

吐き捨てると、防衛伯は脅えている衛兵たちへと視線を向ける。

「では、正しく仕事をするように。返事のできん役立たずから処刑するが、どうだ」

「た、ただしい職務を遂行します！」

「うむ。全く信用しとらんが、しっかりやるように。そうすれば、入れ替える際に多少処遇を考えてやるかもしれん」

そう言って去っていく防衛伯を……キコリもオルフェも、ポカンとした顔で見送っていた。


防衛伯の屋敷に案内されたキコリとオルフェは、丁寧な対応でもてなされていた。

屋敷にいるのが全員蜥蜴人なせいか、シュー……という吐息が時折聞こえてくるが、向けられてくるのは敵意も何もないフラットな視線だけだった。

お茶とお菓子。それらを……キコリが手を出すとオルフェにペンッと手を叩かれるので……主にオルフェが頬張っていると、ドスドスと足音をさせながら防衛伯がやってくる。

「やあ、待たせてすまない」

「いえ、色々とお気遣い頂いて申し訳ありません」

「このくらいの歓待では安い方だろう。君は儂に怒鳴りつけていい程度の扱いは受けたのだ」

「防衛伯閣下が悪いわけではありません」

「いいや。衛兵の失態は儂の失態だ。ひとまず今回の件に関わった連中と上の連中はこの世から解雇してきたが、それで済む話でもない」

言いながら、防衛伯が椅子に座ると、執事らしき蜥蜴人がお茶をその前に置く。

「儂はこの防衛都市イルヘイルを獣王陛下よりお預かりしている防衛伯……ミルズ・ギザラムだ」

「俺はキコリ。こっちがオルフェです。よろしくお願いします、ギザラム防衛伯閣下」

「うむ。では早速だが諸々の問題の話をしようか。これの件もある」

ギザラム防衛伯はそう言うと、キコリが置いてきた青銅級冒険者のペンダントを取り出した。

「降格だって言われましたが……」

「そうよ。悪いと思ってんなら、それもどうにかしなさいよ」

「うむ、もっともな要求だ。しかし、それはできんのだ」

言いながら、防衛伯は大きく溜息をつく。

「というのも、冒険者ギルドという組織の問題でな。アレは多国家による共同運営なのだ」

「防衛伯閣下の意思ではどうにもならない……と？」

「勿論、儂から推薦はできる。この者に見込みあり、とな。しかし冒険者とは有能な者を見出すための統一された仕組みだ。いかなる理由があろうと、一つの国が何かを捻《ね》じ込むことは許されない」

それ自体は理解できる。国が違えば冒険者のシステムが違う、あるいはどこかの国ではコネで高いランクの冒険者になれる……などという話があれば、冒険者ギルド自体の信用性が消え失せる。

だから、冒険者ギルドが幾つもの国家により運営され、一つの国家の意思が強く反映されることはない、というのはキコリにも理解できるが……。

「今回は衛兵隊の意思が働いて降格になりましたよね？」

「うむ。だが冒険者ギルドとしては『防衛都市を守る衛兵隊から犯罪者の情報提供を受け、そのような人物は銀級に相応《ふさわ》しくない』と判断した……ということになる」

「それ自体がでっち上げです。取り消しができるのではないでしょうか」

「うむ。儂もそれを伝えた。伝えたが……」

イライラしたように顎を撫でるギザラム防衛伯に、キコリはなんとなく理解する。

「ダメだと突っぱねられたんですね？」

「今回に限っては連中は『衛兵隊の情報を信じて降格処分をした』だけであり、『衛兵隊と揉《も》めるようでは銀級とは言えない』と言ってきおった」

「どうすんのよ」

イライラしているオルフェだが……防衛伯はニヤリと笑う。

「うむ、そこでだな。キコリ、オルフェ。君たち、儂から最優先で依頼を受けるつもりはないか？」

「依頼を、ですか？」

「そうだ。奴らが国際規則を盾にするのであれば、それに則《のっと》り銀級……いや、それより上を渡さざるを得ない状況を作り上げてやろうではないか」

そう言うと、防衛伯は一つのペンダントを机に置く。

それはどうやら、ギザラム家の家紋のペンダントであるようだった。

「これって……」

「儂の家紋のペンダントだ。間違いなく役に立つだろう」

確かに、ギザラム防衛伯のペンダントであれば効果は抜群だろう。他国の権力云々《うんぬん》という難癖は完全に封じられるし、これに文句をつければどうなるかは火を見るよりも明らかだ。

「ありがとうございます。強力なお守りになると思います」

「で、本題だがな。儂から冒険者ギルドを通し、キコリ宛に指名依頼を出す」

「それをクリアして実績を積む……ってことですよね。でもそういうのはいいんですか？」

ある意味で一つの国の意思の関わる事案ではないのか。キコリはそう心配するが、ギザラム防衛伯はそれを笑い飛ばす。

「問題ない。相応の仕事を投げるつもりだ。何しろこのイルヘイルは今、難しい案件に事欠かん。儂が直接出ていることからも察して貰《もら》えると思うがな」

「あの、防衛伯閣下。この国の冒険者も結構いると思うのですが……それでも足りないんですか？」

冒険者の損耗が激しいとは聞いていた。だが、ギザラム防衛伯が出張らなければいけないほどなのか。

キコリの当然とも言える疑問に、ギザラム防衛伯は頷く。

「そういえば君は、この国の英雄門はまだ見ていないんだったな」

「え？　はい」

「行けばすぐに分かる。それで察してくれると嬉しい」

「……分かりました」

キコリと防衛伯は頷きあうが……納得がいっていないオルフェはキコリの頭の上に乗ると、もう我慢できないといった様子で口を開く。

「そもそも、なんで人間同士でこんなくだらない真似やってんの？　馬鹿なの？　滅びたいの？」

「君の言う通りだ。普人と獣人に限らず、各国家間で根深い問題はある。あるが……人類の危機の前に結束すべきという現実すら分からん者も多いのだ」

「死ねばいいのに。……で？　何が原因なのよ」

「くだらんことだよ。千年以上前の種族間戦争をまだ引きずっている。エルフですら世代が変わる時を過ぎてもなお、諍《いさか》いを捨てられんのだ」

そういう事情を今も引きずっているのであれば、本当に根深いのだろう。少なくとも、それを語り継ぎ大衆に教えているか、理由は分からずともいがみ合うような何かがあるのだから。

「キコリ、今日は儂の屋敷に泊まっていきたまえ。竜神官への連絡もしておきたいからな」

「え、そこまでしていただくわけには……」

「する必要がある。君、今日の騒動を受けてなお、普通に宿屋に泊まりたいかね」

そう言われてしまうと……キコリとしては「お世話になります」と言う他なかった。

キコリとオルフェはギザラム防衛伯に呼ばれ、夕食一緒にとることになったが……食堂にはギザラム防衛伯の他に、知らない蜥蜴人がいた。

黒い神官服と、恐らくはドラゴンを模したと思われるペンダント。扉近くに立っていたその男は、キコリとオルフェを順に見ると、深々と頭を下げる。

「お初にお目にかかります。竜神を信仰せし竜神官が一人、ジオフェルドでございます」

「ご、ご丁寧にありがとうございます。俺はキコリ、こっちはオルフェです」

「どうぞ私の事は気軽にジオフェルド、あるいはジオとお呼びください」

「なんでそんなに腰低いの？」

「こ、こらオルフェ！」

全く遠慮せずにオルフェがズバッと言ってしまうが、それにジオフェルドは笑って答える。

「ギザラム防衛伯閣下のお客様にして、隣国の防衛伯閣下から派遣された方でもあるのでしょう？敬意を払うのは当然です」

「そこのオッサン以外は馬鹿としか会ってないんだけどー？」

「嘆かわしいことです」

ジオフェルドは本当に悲しそうに首を振るが……なんというか、本当にマトモそうな人だとキコリも思ってしまう。他の獣人とこれほどまでに違うのは、蜥蜴人の種族的な特性なのだろうか？

「さあ、挨拶も済んだろう。料理が冷める前に頂くとしようじゃないか」

防衛伯の言葉で全員が席について食事を始めるが、キコリには「美味《おい》しい」としか分からない。

オルフェのサイズに切られた料理もあり、気に入ったのか黙々と食べている。ちなみにキコリの分のデザートは、すでにオルフェの皿に移し替えられている。代わりに、肉や魚系の料理がキコリの皿に載せられていた。

「キコリ。君は明日冒険者ギルドに行き、儂からの依頼を受けることになるだろう。そのまま冒険に行くと思うが……その際、ジオフェルドも連れて行きたまえ」

「えっ」

「君に渡したペンダントを使うまでもなく、ちょっとしたトラブルであれば彼が解決してくれる」

ギザラム防衛伯の言葉に、ジオフェルドも「お任せください」と頭を下げる。

「まあ、ずっと連れて行けとは言わんよ。君自身をジオフェルドが見極め、問題なさそうなら街での生活のためのバックアップ要員となる」

「バックアップ、ですか？」

「うむ。君がこのイルヘイルに滞在する間の家の管理などだな。こう言っては何だが、君が滞在する間に頼りにすべきは蜥蜴人だと言い切れる」

ギザラム防衛伯は自信満々だが、キコリとしては疑問符を浮かべてしまう。

確かに防衛伯も……たぶんジオフェルドも良い人だが、蜥蜴人全体に話を広げるのは何故なのか。

その疑問を察したのか、ジオフェルドが「信仰する神の問題です」と教えてくれる。

「確か獣人はほぼ月神を信仰していて、蜥蜴人は」

「はい、蜥蜴人はほぼ全員が竜神信仰です。そして竜神を信仰する者はこう考えます……世俗の争いなどくだらない、と」

そう、竜神ファルケロスを信仰する者たちは、ドラゴンをも神聖なものだと考えている。

多くの人間は、ドラゴンを人間への試練だと考える。だが竜神信者はそこから更に踏み込み、ドラゴンを「目指すべき姿」と捉えている。偉大なる先駆者であり、目標でもあるのだ。それ故に、一般的な人間社会での様々なものにさほどの執着を抱かない。しかし……そうであるが故に清廉であり、獣王国では様々な要職に蜥蜴人がついている。

「当然、様々な争いも儂らはくだらんと考えている。故に蜥蜴人の中に、君に対してどうこう言うくだらん輩は、高い確率で存在しない」

「まあ、一部にはいます。ですが他の連中よりは大分マシです」

「な、なるほど……よく分かりました」

つまり「ドラゴンにもなってねーのに、くだらん争いをしやがって」という感じなのだろう。

（俺がドラゴンだってバレたら、どうなるんだ……？）

普人の国であるセノン王国とは別の問題が起こりそうだ。そう察したキコリは、絶対に黙っていようと心に決める。

「じゃあさー、ドラゴンに『なった奴』が出てきたら、竜神信仰してる連中ってどうすんの？」

面白そうに聞くオルフェに、ギザラム防衛伯もジオフェルドも「ほう」と声をあげる。

「確かにそれはずっと議論されてきたことだ」

「ドラゴンに至る者……もしそんな者がいたら、それは……」

「祀《まつ》り上げるだろうな」

「ええ。少なくとも敬虔《けいけん》な竜神信者は熱狂するでしょう。私も……フフ、気分が高揚してきました」

シュウウー……と吐息を漏らすジオフェルドにギザラム防衛伯も笑う。

「ハハハハハ！　気持ちは分かるぞ！　儂も立場さえなければ、その者の行く末を一番見届けられる位置を奪い合うだろうよ！」

「防衛伯閣下は大変ですな。そこへいくと、私はただの神官ですから」

「ぬかせ、次の神殿長候補が」

笑いあう二人をそのままに、オルフェは楽しそうに「だってさ」とキコリに視線を送ってきて……キコリは改めて絶対にバレないようにすることを心に誓った。

バレたらどんな面倒ごとになるか、その現実が明確に見えてきたからだ。


夕食が終わった後、割り当てられた部屋で……キコリはぐったりとしていた。

「なーに疲れてんのよ。そりゃめんどくさい連中ばっかりだったけど」

「……俺はさ、あくまで一般人なんだよ」

「ドラゴンじゃん」

「メンタルの話」

「ふーん？」

オルフェは分かっていないふうだが、キコリとしては重大な問題だ。たとえ防衛伯に目をかけて貰えようと、ドラゴンであろうと、そのメンタルは一般人のままだ。

普人の国ではドラゴンとバレたら命の危機かもしれない。獣人の国ではドラゴンとバレたら祀り上げられかねない。どちらもキコリとしてはやめてほしいのだが……。

「いっそ妖精の村で暮らす？」

「……ちょっといいかもって思った」

布団に突っ伏すキコリにオルフェが含み笑いを漏らすが……実際問題、人間より妖精の方が気の好《い》い連中が揃っていた気がしないでもない。

「じゃあ、それでいいんじゃない？　いざとなったら、妖精の村で暮らせばいいじゃん」

元気づけてくれているのか、とキコリは気付く。出会い方こそ悪かったが、オルフェは常にキコリの味方だった。もっと、オルフェに頼ってもいいのかもしれない。

「そうだな。その時はそうする」

心が軽くなっていくのを感じて、キコリは疲れと良いベッドのせいですぐ寝てしまう。

そんなキコリを見下ろしながら、オルフェは難しい表情になる。

ドラゴンが目標と、あの蜥蜴人たちは言っていた。それ自体は理解できるし、非常に真っ当だ。

しかし、とオルフェは思う。

人間からドラゴンになった実例がここにいて、その有り様はオルフェが見る限り、凄まじく歪《いびつ》だ。

考えてみれば、ヴォルカニオンこそいかにも人間の想像するドラゴンの姿をしていたが……昔見たクラゲドラゴンといい、ドラゴンはどれもこれもオンリーワンがすぎる。種族でありながら、まともな系譜があるようには思えなかった。それならば。

（他のドラゴンも、キコリと同じ……なのかしらね？）

別の何かから、竜神とかいう神に見出《みいだ》されてドラゴンになったのだとしたら……だとすれば、少なくとも竜神は人間の味方ではない。モンスターの味方というわけでもないのは確定しているが。

「信仰、ね。ほんとに神とやらは、そんなもんを有難がってるのかしら？」

答えの出ない疑問をオルフェは「バカらしい」と笑って切り捨てると、そのままフワフワと浮きながら寝始めるのだった。

翌日。キコリとオルフェ、そしてジオフェルドの三人は、防衛伯の家の前に集合した。

ジオフェルドは重武装だった。全身を覆う鎧に兜、大盾に……武器は大金棒、だろうか？　かなり凶悪な形をしている。

「な、なんか凄いですね……」

「いえいえ。キコリ様の鎧の方が素晴らしいかと。デザインも良い。先日は伺いませんでしたが、キコリ様は竜神信仰を？」

「えーとまあ、俺は信仰というほど教養とかを知らないので」

「そんなのは関係ありません。必要なのは前に進む努力と祈りの心です」

「努力が先なんだ」

「祈ってドラゴンに近づけるなら、誰もが倒れるまで祈るでしょうな」

オルフェのツッコミにサラリと答えるジオフェルドだが、なんとも納得できる答えだった。事実、キコリは竜神に祈っていなかったから、それが正解なのだろう。

「では向かいましょう。途中で私の使える魔法についてもお話ししましょう」

そうして歩いていくと、キコリとジオフェルド、オルフェの三人に視線が向けられるが……誰も絡んでこないし、話しかけてもこない。昨日と比べると雲泥の差だ。

「ヒール（回復）、ストレングス（筋力強化）、リカバリー（状態回復）、ホーリー、それと……魔法ではありませんがドラゴンロアですな」

「え、ドラゴンロア？」

あまりにも聞き覚えのありすぎる単語に、キコリは思わず反応してしまう。

それはドラゴン特有の技であり、魔力を混ぜた咆哮で相手を威圧する技……なのだが。

「はい。竜神官は必ず覚えます。ドラゴンには遠く及びませんが、模倣するには適した技です」

「そ、そうなんですね……」

確かにドラゴンロアは、ウォークライに魔力を混ぜれば「そう」なる。それだけではなく「ドラゴンが放つから」こそ本来の威力を発揮するのだが……ジオフェルドが言う通り、人類が模倣《もほう》するには適しているのだろう。

「勿論、過信できるものではありません。自己暗示のような面もありますしね」

「はは……それは分かります」

ウォークライの発展形といえる技だが、過信は禁物だというのもよく分かる。実力でも魔力でも勝る相手は、ドラゴンロアも容易《たやす》くはねのけるだろう。

「さて、ところでキコリ様。見えますか？」

「……ええ」

昨日は気付かなかったが、今日はハッキリと分かる。

英雄門の少し先から、激しい戦闘音が聞こえてくる。魔法のような爆発音と、地響きや悲鳴も。

迷宮化の影響が他の防衛都市よりも大きく、冒険者の損耗も大きい。……セイムズ防衛伯から聞いていたイルヘイルの姿が今、キコリのすぐ近くにあった。


英雄門のすぐ先にあったその光景は、巨大な岩人形が暴れ回る姿だった。

「これがイルヘイルの現状です」

「ゴーレム……岩の身体を持つモンスターですが、本来であればこんな場所に出るものではありませんでした」

「ダンジョン化の影響ってわけね」

「そういうことでしょう」

オルフェの言葉にジオフェルドが同意する。

暴れ回るゴーレムの巨体に、獣人の冒険者たちが群がっては吹っ飛ばされ、放たれる魔法がゴーレムを削っていく。よく見れば周囲にはゴーレムの残骸らしきものも転がっていて、ツルハシが地面に刺さっているのも見える。

「と、とにかく加勢しなきゃ……！」

「必要ありません」

斧を構えたキコリに、ジオフェルドがそう言って首を横に振る。

「あそこに加勢しても、貴方が疎まれるだけです」

「え？　でも……あっ」

キコリの視線の先に、ゴーレムを打ち倒す冒険者たちの姿があった。上がる歓声とツルハシでゴーレムを解体していく姿。どうやらかなり細かくするようで、ガッツンガッツンとツルハシの音が響き、怪我《けが》人を神官がヒールで回復している。これ以上ないくらいに慣れた動きだった。

「たまに強力な個体が出た時には防衛伯閣下が出てきますが、そうでなければあの通り。新人から中堅くらいの冒険者が集団であの仕事に当たるわけですね」

「なるほど……」

「本来であれば防衛伯閣下が出る事態になることが言語道断。なんとか発生源を突き止めたいのですが、未だ有用な報告はありません」

確かにすぐ分かる場所に発生源があるなら、防衛伯やこの防衛都市の精鋭が向かうだろう。そうでないということは、分かりにくい場所か、遠くからゴーレムがやってきているということになる。

「キコリ様。貴方は防衛都市ニールゲンでは期待の新人である……と紹介状にはあったそうです。私たちは、その力でこの状況を変えることを望んでいます」

「ゴーレムの発生源を突き止めろ……ってことですよね」

「はい。その依頼をメインに、様々な依頼をもって貴方のサポートとする予定になっております」

キコリが頷くと、ジオフェルドもニコリと微笑んで身を翻す。

「では冒険者ギルドへ。この都市で冒険者をやるのであれば、何度も向かう場所ですから」

「はい、ジオフェルドさん」

「どうせロクでもないのばっかりって気もするわ」

オルフェの愚痴に近い呟きに、ジオフェルドが苦笑交じりに「職務に真面目な方々ではあるのですがね」とフォローを入れている。

冒険者ギルドに入ると、全員の視線が一斉にキコリたちに向けられた。

「おい、普人だぞ」

「昨日の騒ぎのか?」

「妖精がなんで街に……」

いるのはほとんどが獣人。ザワザワとざわめく中、キコリたちはカウンターへと向かう。

その前に、獅子獣人が立ち塞がった。

「見たことのない顔だが、加入希望者か？」

「隣の国から来た冒険者です。貴方は誰ですか？」

「……タグを見せてみろ」

キコリが青銅のペンダントを見せると、獅子獣人はフンと鼻を鳴らす。

「やめておけ。ここは今、危険度が上がっている。装備はいいようだが、それだけでは死ぬぞ」

「ご忠告ありがとうございます。それで……貴方は『誰』ですか？」

キコリの再度の問いに、獅子獣人は「レオナルドだ」と、金のペンダントを見せてくる。

「以前であれば新人を育てる余裕もあった。だが今はない。お前の墓穴を掘る時間すら惜しいんだ」

「そうだそうだ！　帰れ普人！」

レオナルドが「黙れ！」と吼《ほ》えると、周囲の野次が止む。

「見ての通りだ。真面目な奴から死んでいき、クズばかりが残っている」

そう言って、ジオフェルドへと視線を向ける。

「どういう関係か知らないが……ジオフェルド、アンタともあろう人が、なんでここに普人を連れて来た。旅費でも渡して普人の国に帰してやるのが救いというものだろう」

すると、これまで黙っていたジオフェルドがスッと前に進み出る。

「レオナルド。金級冒険者である貴方が『そう』だからクズがのさばるのでは？　こちらのキコリ様はクズの言うことを鵜呑みにしたギルド職員に貶《おとし》められた、隣国の防衛伯より派遣された使者です」

「……は？」

「世が世であれば戦争の口実にもなりかねない問題です。だというのに、貴方がそうでどうします。クズに見切りをつけ、新人を育てるくらいの気概を見せるべきでは？」

「そんなこと……やっている！　だが結果は知っているだろう！」

「足りません。何度失敗しようと再挑戦なさい。辿り着くまで何度でも」

ジオフェルドから放たれる威圧のようなものをレオナルドは真正面から受け止めるが、周囲から悲鳴が漏れ始める。

「……いや、俺のことは今はいい。隣国の使者だと？　ギルドに貶められた？　どういうことだ」

「情報が遅い。時間の無駄です、どきなさいレオナルド。貴方の立場で周囲に無頓着なのは許されざる怠慢です」

ジオフェルドに気圧され、レオナルドはその場をどき……キコリに頭を下げる。

「すまない、使者殿。言い訳はしない、俺の浅慮は何かの形で償おう」

「いえ……構いません」

「行きましょう、キコリ殿」

「ばーか、死ねクソネコ」

オルフェがレオナルドに舌を出していたが……ともかくキコリたちはカウンターに辿り着き、顔を青くしている受付嬢の前に立つ。

「こちらがキコリ様です。指名依頼があるでしょう。出しなさい、すぐにです」

「しょ、少々お待ちください！」

「待ちません。防衛伯からの仕事をナメているのですか？」

「そんなことは！」

「あ、これですこれ！」

バタバタと騒がしくなり、受付嬢が依頼の紙を差し出す。

「こ、こちらになります」

「フン……さあ、キコリ様。こちらです」

「は、はあ」

出された紙は二枚。一つはゴーレムの発生源の調査依頼。もう一つは……。

「えーと……魔石の回収依頼。量は……」

「スタンダードな依頼ですね。要はモンスターを倒して魔石を回収すれば良いのですから」

「安全確保って意味もあるってことですよね？」

「その通りです。どういう意味と狙いがあるかを考えるのは、とても有意義なことです。裏を一切考えずに適当な仕事をすると、ここの職員連中のようになってしまいますからね」

キコリを褒めながら、ジオフェルドはギルド職員をこれ以上ないくらいにこき下ろしている。

「お、お言葉ですが……」

「黙りなさい」

ジオフェルドが睨《にら》みつけると、受付嬢は「ヒッ！」と悲鳴をあげて後退《あとずさ》る。

「防衛伯閣下は、失望を超えて大変にお怒りです。国際協力の害にしかならないのであれば……その立場、安泰たるものではないと知りなさい」

「ううっ……」

「冒険者ギルドは全てに対して平等であるのが大原則。現地採用だからと現地に忖度《そんたく》していいわけではありません」

そう言い捨てると、ジオフェルドは依頼の用紙を軽く叩く。

「これからこの依頼を果たしに向かいます。処理を」

「は、はい」

震えながら頷く受付嬢に背を向け、ジオフェルドは再びキコリたちに微笑みかける。

「さあ、向かいましょう。今日は忙しくなりますよ」

ジオフェルドが歩けば、様子を見守っていた獣人の冒険者たちがザッと道を開ける。

悠々と歩くジオフェルドの後を、キコリとオルフェはついて行く。そのまま冒険者ギルドを抜けて幾つかの店を回って保存食を購入しようとして……キコリの後ろからジオフェルドがギロリと睨むと、どこの店主も途端にバタバタと慌てだす。

荷物袋の中に入って干し果物の袋を開けていたオルフェが、「あー、なるほど」と呟《つぶや》いた。

「これ、最初にキコリに渡そうとしてたやつより、ずっといいモノね」

「……そういうことか」

「商人相手からは、基本的に下に見られていると考えていいでしょう。彼らは種族に関係なく、違いの分からない客はカモだと思っているフシがあります」

違いが分からなかったキコリとしては……何とも言えない表情を浮かべるしか、なかった。

英雄門を抜けると、先程のゴーレムの残骸を運んで砕き、形を整えている姿が見られた。

「あれって建材にしてるんですか？」

「その通りです。何しろゴーレムは土に還りませんから。魔石を取り出した後はああやって砕いて石材に加工します。人気の建材らしく、ささやかですが街の収入になります」

「上手くやってんじゃない。このままでいいんじゃないの？」

オルフェの指摘に、ジオフェルドが応じる。

「こんなものを日常にしてはいけないのですよ。壁ギリギリで守ることが日常になっては、いつか取り返しのつかない事態を招きます」

「確かに……そうですね」

ゴーレムが防衛都市の近くに出るのは普通の事だが、それが「日常」になったら……いつか通常よりも強い個体が突然現れたら、壁を突破されてしまうかもしれない。だからこそ、ゴーレムの発生源を潰す必要がある。今が異常事態なのだと、認識する必要があるのだろう。

「分かる気がします」

頷くキコリにジオフェルドも頷き返して、三人は荒野を歩く。

やがて半日もかからない場所に「転移門」が現れて、キコリは「え、もう？」と声をあげた。ニールゲンの「転移門」と比べると、随分と近い場所にあることに驚いたのだ。

「イルヘイルから空間の歪み……いえ『転移門』までの距離は、他の防衛都市と比べると短いです。故に、今回のダンジョン化はイルヘイルに非常に大きな影響をもたらしました」

今まで制御できていた状況が、突如白紙に戻ったようなものだ。

そして……門を潜ると、そこは激戦の最中《さなか》だった。

「いけ、囲めー！」

「油断するな！　連中、すぐにリポップするぞ！」

荒野でもなく草原でもなく、一面に黒い土が広がる大地。そのあちこちで土の身体を持つゴーレムが盛り上がるように現れては、冒険者たちに襲い掛かっている。

「こ、ここにもゴーレム？」

「ソイルゴーレムです。汚染地域の豊富な魔力が生み出すゴーレムですが、倒し方さえ分かっていれば強敵ではありません。つい先日、常設依頼にもなりましたしね」

どうやらこのゴーレムについては問題ではないらしく、ジオフェルドも淡々と語るだけだ。

「ですがロックゴーレムは違います。連中を『何』が作ってどこからバラまいているのかは不明のまま。キコリ様には、その謎《なぞ》をぜひとも解いていただければと考えております」

「それって……人災って意味ですか？」

「分かりません。何かしらの強力なモンスターによるものという可能性も濃厚ですから」

……だとすると、どうであれ難しい仕事になりそうだ、と。キコリは、そう直感していた。

「まあ、この辺りは稼ぎやすいということで比較的冒険者が多いのですが……」

ジオフェルトが先頭を歩くキコリの前の地面をじっと見る。

キコリの足も自然と止まっている。その理由は……盛り上がる地面にある。

出てきた頭を迷わず斧で叩き割るが、その傷はすぐに塞がりソイルゴーレムが姿を現していく。

「ご覧の通り頭を潰したくらいでは死にませんでして。どこかにある魔石を奪えば崩れて消えます」

「そういうことは、早めにっ！」

踏みつけようとしてくるソイルゴーレムの一撃を躱《かわ》しながらキコリは抗議するが、ジオフェルドは「ハハハ」と笑うだけだ。

「つまりこうでしょ⁉　ロックアロー！」

オルフェの放った四本の岩の矢がソイルゴーレムの身体を貫通する。その一本の先端から押し出された魔石がポロリと落ち、ソイルゴーレムの姿が崩れていく。

「おお、お見事です。もしや魔石の位置が見えておられましたか？」

「適当。当たるまで撃てばその内ヒットするでしょ」

「まさに。オルフェ様は分かっておられますな」

ジオフェルドがパチパチと手を叩くが……キコリは、一つの事実に気付いていた。

つまるところ、ソイルゴーレムは魔石のエネルギーで動いているわけで。たったそれだけの魔力しかないのなら、「ブレイク」を使えば一撃で倒せるのではないだろうか？

しかしアレは禁呪だと言われているし、ここで使ったらどんな騒動に発展するか考えたくもない。

（……そうなると、俺がコレを倒すには……）

再び地面から盛り上がってきたソイルゴーレムの足を、キコリは斧で思いきり叩き切る。

ソイルゴーレムは再生力は高くても防御力は無いに等しい。だからキコリの斧はソイルゴーレムの足を簡単に切り裂いて、その身体が轟音《ごうおん》をたてて倒れる。

その背中にキコリは飛び乗ると、片っ端から足でソイルゴーレムの身体を蹴り崩す。子供が靴で砂場を掘って遊ぶように、凄まじい勢いでソイルゴーレムの身体が蹴り崩され……程なくキラリと光る魔石が蹴り出されて、オルフェがキャッチする。

「……ふう」

ソイルゴーレムの残骸の上を歩いて戻ってくるキコリに、ジオフェルドのみならず周囲にいた冒険者の何人かまでもがポカンと口を開けていた。

「こんな感じでいかがでしょう？」

「え、ええ。何と言いますか……凄まじいですな。まさかあんな方法で……」

「斧だとオルフェみたいにはできないんで、ピッタリかと思ったんですが」

「予想外ではありましたが効率的だったと思います……新しい狩り方が生まれたかもしれませんな」

何体かのソイルゴーレムを倒しながら、キコリたちは進んでいく。

……といってても戦うのはキコリとオルフェで、ジオフェルドは後ろからついてきているだけだが。

そうして転移門を潜った先、そこに広がっていたのは……砂浜と、海だった。

「な、なんだコレ……!?」

「海です。どこの海かは分かりませんが」

キコリたちの立つ砂浜に寄せては返す波。水平線が見える大きな海がこの区画であるらしいが……。

「え？　ということは、この海を渡らないと『先』には行けないってことですか？」

「そうなります。ただ……問題がございまして」

キコリにも想像はつく。当然この海にもモンスターはいるだろうから、泳いでいくわけにもいかない。ならば船を持ち込まなければならないが、ここには小舟の一つも置いてはいない。ということは……小舟では渡れない何かが潜んでいるのだろう。

「強力なモンスターがいるんですね？」

「小舟で渡ろうとした冒険者は、全員水中から何かに襲われて沈みました」

「ならでっかい船造ればー？」

「計画はあります。まだ実現していませんが」

オルフェの皮肉にジオフェルドは真面目に返して。

「幾つもの小舟で船団を作り、精鋭を乗せて複数ルートで『先』に向かうという計画を実行した冒険者集団もいました」

「そう仰るということは……」

「はい。未だに帰ってきていません。沈んだか、その『先』が更なる難所であったか。ですが今となっては、ここに近寄る冒険者はいません」

　そう言うと、ジオフェルドは身を翻す。

「別の転移門へ参りましょう。ここは危険だということだけ覚えてくだされば大丈夫です」

　ジオフェルドは転移門を潜って戻っていく。キコリはオルフェに視線を向けた。

「オルフェ。この先、何があると思う？」

「知らないわよ。でもここに潜んでるのはクラーケンでしょうね」

「クラーケン……」

「仲間から聞いたことあるわ。でっかくて足が一杯あってキモいやつよ」

　キコリは前世のイカとかタコを思い出す。それのデカいのが襲ってきたなら、なるほど……確かに脅威だろう。

「海底なら『適応』すれば行けそうな気もするんだよな」

「やめときなさいよ。水棲生物と水中で戦うとか……ていうかあたしが一緒に行けないでしょうが。むしろ飛びなさいよ」

「できたらいいんだけどなあ……今の俺だと難しいって気がする」

「本気で考えてんじゃないわよ馬鹿」

「いてっ！」

　鼻を叩かれたキコリがそんな声をあげるが、まあ確かにここを無理矢理突破しても何一つとして良いことはない。なにしろ、どう突破したか説明できない。

だからこそキコリも進むのをスッパリ諦めると、転移門を潜って戻っていく。


防衛都市から見てソイルゴーレム平原を右に進んだ先の転移門。

そこを潜ると、あの海とは全く違う場所が目の前に現れる。

カラカラに乾いてひび割れた大地。ギラギラと照らす太陽と、すぐ近くにある巨大な門と壁。

まるで町のようにも見えるが……ここは一体何なのか？

門の外にはテントのようなものを張っている冒険者の姿も見えるし、荷車に載せられた樽《たる》のようなものもある。というか、まさか……あれは商人の露店、だろうか？

「水売りですね。わざわざ冒険者登録してまで売りに来るのですから、止めようとも思いませんが」

「水売り……ああ、暑いからですか？」

「まあ、そういうことです。護衛がいれば比較的安全に商売できるギリギリの位置ですしな」

つまり、そうやって水を買ってまで長時間の探索を行いたい冒険者がいるということなのだろうとキコリは理解する。

「ここって……どこなんですか？」

「大昔の都市ですね。『汚染前』のものと推測されていますが、迷宮化でこんな近くに来たようです」

「汚染前……」

汚染地域は人間のせいで生まれたと、キコリは以前オルフェにそう聞いた。つまり、この都市はその業《ごう》によってダンジョンに呑み込まれた場所ということになる。そこを人間が漁《あさ》っているのは、なんとも凄まじいものであるように見える。

「要は遺跡ですよね？　そんなに凄いものがあるんですか？」

「そうですね……ご存じの通り、汚染地域は濃い魔力が染みついていますが、それは汚染地域内の物品についてもそうです。特に『汚染前』から存在しているものは」

「昔の人間が使ってた物がマジックアイテムになってる可能性が高いってことでしょ？　あほくさ」

「そうしたものは大抵の場合高く売れますので」

「なるほど」

ますます業が深いが、そういうものなのだろう。実際、放置したところで意味はないのだろうし、ならば必要とする人の手に渡った方がいいのかもしれない。勝手すぎる話ではあるが、つまりそういう理屈でここの長期探索を行う冒険者がいるのだろう。

「……という理由だったのですが、これがそう上手くはいっておりませんでして」

「マジックアイテムが見つからなかったんですか？」

キコリが聞き返すと、ジオフェルドは軽く肩をすくめてみせる。

「目的上、当然武具店や宝飾店、両替商などに狙いが集中するわけですが、軒並みモンスター化していたようです。故にここは『生きている町』と名付けられました」

リビングアイテム。生きている道具。まあ、色々呼ばれはするがモンスターである。

たとえばリビングアーマー、リビングソードなどの各種武器系モンスター。銅貨に銀貨、金貨などのリビングコイン。宝石などはその内側に魔石が生じているという、意味不明なリビングジュエル。色々と「リビングアイテム」には種類があるわけだが……そうなった時点で元のアイテムとしての価値は損なっているので、正直儲かるものではない。

「それでも探索する価値があるのは、場合によっては『性能の高い残骸』が手に入るからですね」

「さっきのマジックアイテムの話ですか？」

「そういうことです」

　生きている町の中を歩きながらキコリたちは話していたが、周囲にはリビングストーンやリビングスコップ、あるいは各種の農具や家具に追われたり戦ったりしている獣人の冒険者の姿がある。

　プランターに追われている犬獣人の冒険者が鼻先に一発くらって昏倒しているが、プランターには傷一つついてはいない。

「御覧の通り、モンスター化することで通常のものより性能が上がっている場合がありますので。武器や防具などを『上手《うま》く』倒せれば性能の良い武具が手に入る可能性があるわけですね」

「……なんかソイルゴーレムっぽいのもいるけど」

「アレはリビングソイルですな。生きた土の集合体ですので、倒すのが非常に手間です」

　ジオフェルドの答えにオルフェは「うわあ」と声をあげる。

　とんでもないモンスターがいるようだが、盛況なせいかキコリたちは襲われずに町中を歩けていた。

「ひとまずこのような感じですね。ここは逆方向は砂漠になっていますが、昼は暑く夜は凍えるほどになるという、とんでもない環境です。あまり近づかない方がよろしいでしょう」

「なるほど……」

「魔石の回収依頼もありますから、どこかで狩りをする必要がありますが……ここでやりますか？」

「うーん。それでもいいんですが」

言いながら、キコリは飛んできた小さなプランターを斧で叩き割る。

転げ落ちた魔石をオルフェがキャッチするが、さほど大きい魔石というわけでもない。

そして、ここの人気具合を考えると……。

「ひとまず今日はソイルゴーレムを狩ろうと思います」

「おや、キコリ様ならリビングウェポンであろうと狩れそうな気もしますが」

「鎧も武器も間に合ってるので……」

「なるほど、確かに」

キコリの装備を見て納得したようにジオフェルドは頷いて。

そうしてキコリたちはソイルゴーレム平原でソイルゴーレムを片っ端から狩っていく。

それは、ジオフェルドが完全に観戦に回っていたというのに……それでもなお、持ってきた荷物袋が満杯になる程度の魔石という戦果となって示された。


戦果がどれ程のものであるかは、冒険者ギルドの職員の呆然《ぼうぜん》とした顔からもよく分かる。

カウンターに載せられた山のような魔石がキラキラと輝く姿は、かなりの迫力がある。

「こ、これは……」

「大体はソイルゴーレムの魔石です」

「さ、三人でこれほどの」

「いえ。私は参加しておりませんので。キコリ様とオルフェ様の二人ですな」

キコリの背後から顔を出したジオフェルドがそう付け加える。

「ソイルゴーレムを一人で、しかも初見でアッサリ撃破するような二人に私が手助けすることなどありませんからな。ハッハッハ！」

「そ、そんな。ソイルゴーレムを……？」

「元々銀級だったのが、貴方たちが原則論とやらで冤罪《えんざい》によるミスを認めなかったのでしょう？」

「し、しかし！　それは衛兵隊の」

「彼らは首になって償いましたが？」

ジオフェルドが首を切る真似をすると、職員は顔を青くして黙り込む。

衛兵隊が物理的に首になった話は、すでにイルヘイル中に広がっている。残された僅かな衛兵はこれ以上ないくらい真面目に勤め上げているようだが……これ以上何かあれば自分たちも「首」になるかもしれないのだから、必死で当然だ。

そして防衛伯がどれだけ本気かは冒険者ギルド側も理解しているのだろう。

ことが国際問題ともなれば、獣王とて現地採用の職員の処断の許可は躊躇《ためら》わないだろうから。だからこそ、彼らはいったん建前にした「規則通り」を愚直に続けるしかない。

「で、では、報酬額は少しお時間かかりますが計算いたします。ランクの再計算も必要と思われますので、その、明日また来ていただければと」

「分かりました」

頷くキコリに職員は露骨にホッとしているが、オルフェとジオフェルドに睨まれてヒッと声をあげる。身を翻した先で職員が椅子から転がり落ちる音が響き、助け起こすような音や声、そして責めるような視線がキコリに突き刺さる。

正直、キコリとしてはそんな視線を向けられるのは理解できないのだが……。

「問題は根深い、か」

「命かかっててもやるもんなのねえ」

「そういうものです。まあ、あの調子では睨むくらいが精いっぱいでしょうが」

「あたしはそれで充分殺したいんだけど？」

「それはご容赦を。殺す時は防衛伯閣下が殺しますので」

笑うジオフェルドにオルフェが舌打ちして、周囲が脅えるが……そのくらいなら安いモノだろう。

キコリは自分でも意外なほどにドライにそう思えて……しかし、そのこと自体にも何の感想も抱《いだ》かなかった。

冒険者ギルドを出ると、ジオフェルドが「さて！」と手を叩く。

「では、そろそろ行きましょうか」

「え？　この後、何かありましたっけ？」

疑問符を浮かべるキコリに、ジオフェルドはハハハと面白そうに笑う。

「お忘れですか？　キコリ様がイルヘイルに滞在する間の家の話ですよ」

「あー……そっか、そういえば。でも、もっと先の話だと思ってました」

「おや、ではご期待を超えられたといったところでしょうかね」

楽しそうなジオフェルドだが、キコリとしては本当に驚きなのだ。ニールゲンでは宿をとるのも大変だったたし、このイルヘイルでもさほど事情は変わらないはずだ。なおかつ家となれば、もっと……。

「あっ、まさか」

「違います。流石に処刑した者の家をあてがうのは気が引けます」

「そ、そうですか」

「ハハハッ、そちらがお望みでしたらそうしますが」

「いえいえいえいえ！」

首をブンブンと横に振るキコリに、ジオフェルドは再度笑う。

「では、こちらへどうぞ」

そうしてキコリが案内された場所は、英雄門に比較的近い一軒家だった。

この時間でも人通りが多く、治安も……初日で「ああ」だったので人が多いのが安全とは思えないが、おそらく良い場所なのだろう。

「英雄門から近い場所は危険だからと不人気でしてね。意外と空いているのですよ」

「ここって戦うための街じゃなかったかしら」

「仰る通りで。情けない事です」

オルフェとジオフェルドはそう言うが、キコリはなんとなく分かる気もした。

危険な場所に近いとは、何かあれば真っ先に壊れるということ。資産という観点で考えれば、歓迎したくない条件だろう。……まあ、今回は借りるだけなので何の問題もないが。

「中の掃除と最低限の家具もご用意しています。好きに使ってください」

「ありがとうございます。本当に助かります」

「そう言っていただけると、防衛伯閣下に良い報告ができます」

ジオフェルドはそこまで言うとキコリに鍵を渡し、その表情を真剣なものに戻す。

「さて、私はもう必要ないでしょう。明日からはキコリ様の思うままに」

そんな台詞《せりふ》にキコリは思わず「えっ」と声をあげてしまう。

「むしろ足手纏《まと》いでしょう。随分遠慮されていたようですから」

「うっ……」

確かにドラゴンを連想させる技は使わなかったが……どうにもその辺りを見抜かれていたようだ。

「な、なんか申し訳ありません」

「ふふふ、手の内を隠すのは普通のことです。ですが、もっと信用して頂けるように努めましょう」

神殿にいつでも来てくださいね、と言うジオフェルドにキコリは「はい」と頷くしかない。

「魔石の回収依頼は明日からも出ますので、防衛伯閣下からは資金源にするようにとのお言葉を頂いております」

「ありがとうございます。俺が深く感謝していたことをお伝えください」

「勿論です。それではキコリ様、オルフェ様。私はこれで失礼いたします」

一礼したジオフェルドが去ると、キコリとオルフェは手の中の鍵をジッと見る。その視線は二階建ての家へと向けられて。

「早速入ってみるか」

「そうね。要は、あたしたちの家ってことでしょ？」

「借家だけどな」

自分たちの家。その言葉に少しワクワクしながら、キコリはドアの鍵穴に鍵を差し込んだ。

扉を開けると、そこはダイニングだ。大きな机と椅子、そしてキッチン……本棚にソファもある。

奥の扉は一つはトイレ、もう一つはお風呂だ。魔石もしっかりとチャージされている辺り、念入りに準備されたことが伺える。

階段を上ればそこは広い寝室で、ここにもソファと本棚がある。前に使っていた人物がよほど本好きだったのだろうか、本棚は壁に固定されていて動かせそうにはない。

「本の内容は……色々だな。魔法の教本に冒険者用の技能解説書、薬草事典にモンスター事典……なんかこの竜神の聖典だけは妙に新しいな」

「交ぜたんでしょ」

「だろうな」

苦笑しながら、キコリは本の背表紙をなぞっていく。どれもかなり勉強になりそうな本だ。暇を見て読んでいくのが良いだろう。ジャンルが色々なのは、キコリのためを思ってここを用意してくれた竜神の神官か、その関係者が揃えてくれたのだろう。

本当に助かる。どう見ても「普人」であるキコリにフラットに接してくれるだけで、彼ら……蜥蜴獣人はかなり信用できる。だからこそ、同時に危険でもある。

彼らのほとんどが竜神信仰者である以上、キコリがドラゴンだと知れたらどうなるか分からない。ニールゲンでの面倒ごとを解決するための時間潰しと友好のために来ているのに、ここでも有名になりましたでは意味がないにも程がある。

つまるところ、蜥蜴獣人にも必要以上は頼れない。

「ふー……ままならないな。エルフの国だったらなあ」

「エルフだったらどうなるの？」

オルフェに聞かれて、キコリはエルフがどういう種族だったか思い返す。

確かエルフは……本棚に刺さっている『種族事典』を引き出し捲《めく》る。


【エルフ】

ライトエルフとダークエルフ、あるいは各種のハーフなどを指す。

魔力と手先の器用さに優れる長命種であり、エルフ以外の全てを見下す傾向がある。

ライトエルフとダークエルフの確執については――


「で、エルフの国だったらなんだって？」

「ちょっと待った」


【ドワーフ】

力と体力、集中力に優れる長命種であり、ドワーフ以外の全てを見下す傾向がある。

全体的な特徴として鍛冶に優れ――


【水棲人】

過去には魚人などとも呼ばれていた。

陸上、水中のどちらでも活動可能で、どちらかでしか生きられない相手を見下す傾向がある。


「…………」

「ま、そんなもんだって、キコリ」

ポン、とキコリの肩を叩くオルフェが妙に優しい。キコリは本を閉じると、棚に戻す。

むしろどこに行っても似たようなものだと分かっただけマシというものだ。

「夕食はどうするかな……」

「作ればいいじゃん。向こうでも作ってたんだし」

まずは食材を買わなければならないが、ジオフェルドがいない状態で売ってくれるだろうか？

今回はギザラム防衛伯のペンダントもあるし問題は起こらないと信じたいところではあるが。

台所を探してみると、幾つかの調理器具と調味料は揃っている。それと、ナッツが小さな樽いっぱいに入っていて、オルフェが「あれ、あたしのかな」などと言っている。

「とりあえず買い物に行こうか」

家を出てふと、キコリは思う。生鮮食品も売っている露店は、キコリが初日にもめた場所にあったはずだ。となると、あまり近づきたくはない。

ならば、ジオフェルドと回った辺りを探すのが一番いいだろう。そう考えて、キコリは街を歩くが……どうにも視線が突き刺さる。興味深そうな視線もあるが、敵対的な視線もある。

蜥蜴人が歩いているのも見るが、こちらはキコリに何の興味もなさそうだ。視線が合うと会釈してくるあたり、他よりはずっといい。

そうして店舗の並ぶあたりに着くと、付近の店主はキコリを嫌なモノを見る目で見た後、何人かの店主はハッとしたような表情になる。それがジオフェルドと回った店の店主か、その近くの店主である事は明らかで……「何を警戒しているか」が非常に良く分かる。

「あの蜥蜴のおっさん連れて来れば？」

「買い物の度についてきてもらう訳にもいかないだろ。まあ、万が一の時は……な」

オルフェとキコリはそう言い合いながら、近くの食料品店に近づいていく。

店主が嫌そうな顔で「いらっしゃい」と言うが……まあ、商売する気があるなら構わない。

「ジャガイモ三つと白菜一つ、それから人参を一つ。あとリンゴを二個頂けますか?」

「……アンタ、竜神官とはどういう関係だ?」

「いつでも来てくれと言っていただける程度の仲です」

「一二〇〇イエンだ」

「それと牛乳が欲しいのですが、どの店に行けば」

「悪いがうちは案内所じゃないんだ。自分で探してくれ」

チッと舌打ちする店主に「そうですか」と言いながらキコリは代金を払う。

ジオフェルドの名前が随分と「効いて」いるようだが……見えやすいように胸元にかけているギザラム防衛伯のペンダントは目に入らなかったようだ。あるいは目に入っても分からなかったのか。

ひとまずジオフェルドには感謝しなければと、そんなことをキコリは考えていた。

そうして牛乳も何とか購入すると、キコリとオルフェは家への道を戻っていく。

牛乳を買った店の店主もやはり絶妙にこっちを嫌がっている態度だったが……売るものを売ってくれるなら何も問題はない。あえて言うなら値段がちょっとだけ高い気もしたが、許容の範囲内だ。

「買い物するだけで結構疲れるな……」

「問題のない程度に嫌がらせしてくるのがムカつくわね」

「問題がないなら別にいいさ。ずっとここで暮らすわけじゃないしな」

「そうかもしれないけど……」

言いながら歩いていると、横を通り過ぎた犬獣人の冒険者がチッと舌打ちをする。

「普人がよお……ここを掻き乱して何が楽しいってんだ」

「おい、やめとけ。お前も殺されちまうぞ」

「殺せばいいだろうがよ。全員ぶっ殺して、防衛伯様とアイツらとでどうにかすりゃいいんだ」

言いながら歩き去る冒険者たちをオルフェが剣呑《けんのん》に睨んだが、キコリは「オルフェ、帰ろう」とスタスタと歩きだす。

「ちょっと、言わせといていいの⁉」

「いいさ。たぶん多かれ少なかれ、アレが大体の意見なんだろうしな」

蜥蜴獣人以外は、皆あんな感じなのだろう。付近から突き刺さる視線が、それを証明している。

結局のところ「何が正しいか」なんていう理屈は感情の前では何の意味もないのだ。押さえつけたところで、心の中で何を思っているかまでは止められない。

そしてキコリは……別にそれにどうこう言うつもりもなかった。

誰が誰を不快に思うかは自由だ。嫌うなら嫌えばいい。実害が出ないならどうでもよかった。

「俺にはオルフェがいる。それで充分だ」

その言葉にオルフェは「はあー？」と声をあげると、キコリの肩に降りる。

「違うでしょ。あたしがアンタの側にいてあげてんのよ！」

「一緒じゃないか？」

「いーや。大分違うわ。感謝なさいよ」

「してるさ」

そんなことを言い合いながら、キコリたちは家路を進む。幸いにも絡んでくる者がいるわけでもなく、家に何か悪戯《いたずら》をされているわけでもなく。

戻ってシチューを作り、向かい合って食べる。オルフェが手伝うには色々と無理があるのでキコリがほぼ一人でやったようなものだが、これはこれで楽しいものだった。

「で、明日はどこに行くのよ」

小さなスプーンでシチューをかき混ぜていたオルフェが、ふと思い出したように声をあげる。

「明日、か。魔石は集めるけど……どうするかな」

候補は三つ。クラーケンがいると思われる帰らずの海。リビングアイテムたちのいる、生きている町。そして……昼は燃えるようで夜は凍るような、死の砂漠。

どこに行ってもキツそうではあるが、一番常識的なのは「生きている町」だろう。冒険者の数の多さも、それを証明している。

「……まあ、生きている町は……ない、な」

「なんで？」

「生きている町からゴーレムが来ているとは思えないんだよな」

「ゴーレム？　ああ、あー……あったわね、そんな話」

オルフェも思い出したように何度か頷く。

そう、どこからかやってくるロックゴーレム。その問題も解決しなければならない。

冒険者の多い「生きている町」を抜けてゴーレムが来るとは、キコリには思えなかったのだ。

「うーん……でもさ、その考えには穴があるわよ。だって、あの英雄門とかいうふざけた名前の門の前にも人間たくさんいるじゃない」

「それがどうか……あっ」

言われてキコリも気付き、思わずスプーンをシチュー皿に落としてしまう。

「きゃっ、何してんのよ！」

「ご、ごめん。でも、そうか……あの三つのどこかから来てるなら、気付いてないとおかしい」

「そういうこと。でないと、とんでもない無能ってことになるわよここの連中」

そう、あまりにも当たり前すぎて気付かなかった。英雄門のすぐ近くには冒険者もいれば衛兵もいる。ソイルゴーレムの狩場になっているのだから、かなりの数がいるのだ。ロックゴーレムの巨体が転移門を潜れば、気付かないはずがない。

「ってことは……何か気付けないような形で来てるのか」

「でしょうね。まあ、出来そうな魔法はあるけど、ゴーレムが使うような魔法じゃないわよ」

「悪意ある何かがいるってことか？」

「そんな事知らないわよ。でも、いても気付かないような『何か』はあるんでしょうね」

だとすると、三つの候補のうちのどこから来ていてもおかしくはない。

魔石を集める仕事よりずっと難しい問題であることを、キコリは今さらながらに気付いたが……受けた以上は、やるしかない。

「聞き込みできればいいんだけど……無理だろうなあ」

キコリはスプーンを持ち直すと、スープを口に運ぶ。

「……片っ端から調べていくしかないな」

「それが一番話が早いでしょうね」

シチューを食べて、リンゴを剥《む》く。端からオルフェが手を伸ばしてシャクシャクと食べる。

ふと手を止めてキコリがじっと見ていると、オルフェはリンゴを食べる手を止める。

「なによ」

「いや、どこにそんなに入ってくのかなって思ってさ」

「全部魔力に変換されてるに決まってんじゃない。人間じゃあるまいし、摂取したものは全部エネルギーに変わるのよ。つーか、アンタもドラゴンでしょうが」

「そうだけどさ」

リンゴを剥くのを再開して、切って皿に載せていく。二個のリンゴを全部剥き終わって皿に載せた……はずなのだが、もう半個分くらいしか残っていない。

「俺は普通にトイレとか行くしな……」

「それはねー。アンタがそういうものだって信じ込んでるからよ」

オルフェは何処かで手を拭こうとしてその辺をフワフワ飛んだ後、タオルを持って戻ってくる。

「究極的に言えば食事だって必要ないのよ」

「食べてるじゃないか」

「美味しけりゃ食べるわよ。つーかアンタ、ゴブリンみたいなザコが普段何食べてると思ってんの」

「……木の実とか？」

キコリの答えにオルフェは馬鹿にしたようにハッと笑う。

「答えは『食べられるときしか食べない』よ。人間が汚染地域って呼んでる場所に魔力はいっぱいあるんだから、それ食べてれば充分なのよ」

「え？　じゃあ俺もそうなのか？」

「そぉよ。自覚なかったの？」

「いや、ないな……」

言いながらキコリはリンゴをシャクリと齧《かじ》る。

普通にお腹は空くし、食べ物も美味しいと思う。何も変わっていないように思えるが……。

「変わってるわよ。意識が追いついてないだけ」

「ごめん、分からん」

言いながらリンゴにさらに手を出そうとすると、オルフェにぺしっと叩かれる。

「あたしのよ」

「お、おう……」

皿を自分の前に引き寄せるオルフェを見守る。完全にキコリの手が届きそうにない場所まで持っていくと、オルフェは満足したように「ふう」と息を吐く。

「難しい話じゃないわよ。人間として生きようとしてるから、身体がそういう風になってるってこと。

でも、あたしはそういう生き方は勧めないわ。人間の器にドラゴンの力は収まらない……それは前にグレートワイバーンとやりあった時に思い知ったと思ってたけど？」

「い、いや。確かにあの時倒れたけど」

オルフェはキコリの目の前まで飛び、その眉間《みけん》に指を突き付ける。

「死にかけたのよ。忘れたとは言わせないわよ」

「ドラゴンブレスを撃ったからだろ。分かってるさ」

「やっぱりじゃないバカ。バカ、バァカ」

眉間をビスビスと突いてくるオルフェから逃げようとキコリは顔をずらすが「逃げてんじゃないわよ」と叩かれる。

「それがドラゴンの力だからよ。人間の域で使えるのは所詮人間にできることまでよ。アンタはドラゴンのくせに自分を人間の域に収めて、そのくせしてドラゴンの力を使った。だから壊れたの。できるはずがないことをやったから」

たとえば、理論上ダイヤモンドは壊すことができる。そこへ人間が拳でダイヤモンドを破壊する一撃を放つという「結果」を持ってきたとする。

すると……ダイヤは破壊されるだろう。ダイヤを壊す一撃を放ったのだから。

ならば、それを放った人間の拳はどうなるのだろうか？

答えは単純だ。その威力を放った代償を支払う。キコリがやったことは、それと同じなのだ。

「傷は治したわ。アタシが命を繋いで、妖精の仲間も含めた全力でね。でもあの時、確実にアンタは

『何か』を失ったはず。アタシには、それが何か大体想像もついてるわよ」

「な、なんだよ」

オルフェがズイと近寄ると、キコリは椅子を引いて下がって、その顔を僅《わず》かに赤くする。

「人間への興味。ないでしょ」

「は？」

「分かるのよ。前のアンタはなんていうか、相手から良い印象得ようとか、そういう小賢しさがあったもの」

「いや、そんなことは……」

あった、かもしれない。故郷で嫌われすぎていたから、好意は嬉しかったし絆《きずな》も大切にしようと考えていた。だが……それは今も同じはずだ。

「そんなことはないだろ。俺は変わってない」

「そうかしら。アンタ、あたしにした何とかって獣人の話……覚えてる？」

「クーンだろ。覚えてるさ」

「仲間だとかいう割にはあたし、一度しかその話聞いたことない。この街にいるんじゃないの？」

言われて、キコリは思わず心臓がドクンと鳴るのが聞こえた気がした。

クーン。初めての仲間。忘れるはずがない。色々あって離れてしまったが、大切な仲間で。

「探す気もみえなかったし。別に会えなくてもいいと思ってたでしょ？」

「違う。俺は」

汗が流れる。

そんなはずはないと、必死で何かを思い出そうとするキコリの頬に、オルフェの手が触れる。

「ごめん、追い詰めちゃったわね」

「オルフェ。違うんだ。俺は」

「いいのよ。こだわるのも分かる。そんな簡単に割り切れないわよね」

もう、キコリは何を言えばいいのかすら分からなくて。

「でも、早めに認めた方がいいわ。その上でどうするか考えた方がいい。アンタを『人間』に縛り付けてるのって、あのアリアとかいう女への恩とか親愛とか、そういうのでしょ？」

「……それは」

「捨てろとは言わない。アタシだって人間の頃のアンタに付いてって、今ここにいるわけだし？　だけど、そのままだとアンタはいつか必ず死ぬ。あたしはアンタを死なせるつもりはないけど、正直今回の件も嫌な感じはするし……早めに決断しといた方がいいと思うわ」

あたしのことも思ってくれるならね、と。そう言ってリンゴをシャクシャクを食べ始めるオルフェに……キコリは短く「ああ」とだけ答えていた。


眠るキコリを、オルフェはじっと見ていた。

今日は眠りが随分と深い。いや、前から……ドラゴンになった時から、その傾向はあった。一度眠ると、一定時間はよほどのことをしないと起きなくなる。

ただの人間には分からないだろうが……魔法に長《た》けた妖精であれば、分かる。キコリの体内で慌ただしく動く魔力を。何かを調整するように流れる魔力を。

自分の知っているドラゴンの知識、キコリから何となく聞き出したドラゴンとしての感覚。

総合すれば、答えは一つ。

（適応しようとしてる。人間を振舞うのに適した形になろうとしてるのね）

ニールゲンとかいう街にいた時は、比較的安定していた。悪意などというものとは、ほぼ無縁であったからだ。キコリが「人間への興味」を失っても、それまでのやり方を踏襲することで、それまでのキコリと何も変わらない生き方ができていた。有《あ》り体《てい》に言えば人間に興味のあるフリができた。

だが、ここは違う。

悪意が渦巻き、誰かを陥れることも厭わない。人が人を破滅させ、人が人を殺す。

その「在り方」に適応し、そういう場所で問題なく暮らせるカタチを得ようとしている。ドラゴンは常にその場所で快適に暮らせるように適応するから。キコリもまた、そうなろうとしている。

その「先」もオルフェには想像がついている。

キコリは……獣人を違うカテゴリーに入れようとしている。有益か、害悪か。そういう判断基準で振り分けるようになってきている。その先にあるものは当然、完全な「無」。対外的には何も感じさせないだろうが……「会話ができる生き物」程度の扱いになることは間違いない。

「そうなった方が幸せとは思うけど。たぶん、そういうのは望んでないんでしょ？」

オルフェはキコリに触れると、魔力を流し込む。

キコリ自身はドラゴンではあるが、体内に所持している魔力の面でいえばオルフェが上だ。だからキコリの体内に魔力を流して「適応」を阻害する。……といっても、キコリの意志に反するようなことはできない。キコリが望む「人間らしさ」を失わないように抵抗する、そのくらいのことしか。

「獣人嫌い、程度で済むようには頑張ってあげるけど。あたしでどの程度できるかしらね……！」

たぶん全世界でオルフェにしかできないことだ。魔法に長け、魔力が豊富な妖精であるオルフェだからこそ、未熟なドラゴンであるキコリの相棒たり得《う》る。

人間の中で生きようとしているキコリを、そうなれるようにフォローできる。

「ぬぐぐぐぐ……！」

しばらく魔力を流し続けると、オルフェは力を抜いてキコリの上にポトリと落ちる。

「ふー……どうにかなった。でもまあ、あの蜥蜴人間どもが出てきたおかげではあるかしらね……」

アレも獣人だ。だからこそ、キコリの中で獣人の扱いに対する天秤が揺れている。だからこそ、オルフェの抵抗も意味がある。

なんだかんだで、キコリはもう人間ではなくドラゴンなのだ。本人が意識していないだけで、色々なものがすでに切り替わってきている。人間であろうとするドラゴンから人間として振舞おうとするドラゴンになる程度には、だ。

「……不幸な奴よね、アンタも。このまま人間の中にいても、絶対幸せになんかなれないのに」

それを、オルフェがキコリ本人に言うことはない。言ったところで、どうしようもないから。

「お前は人間社会では異物でしかない」なんて事実。突き付けたところで、誰も幸せになれない。

翌日の朝。キコリは自分の上に浮かんでスヤスヤと寝ているオルフェに気付いた。

なんだか疲れているように見えるが……起こさない方がいいだろうか？

そんな事を考えて、そっと布団から抜け出す。

今のうちに階下に下りて朝食でも作っておこうと考え、階段を下り、食材庫から買っておいたパンの塊を取り出す。かなり硬いが、牛乳と一緒に流し込めばなんとかなるだろう。

「……ほんと、冷蔵庫があって助かったよ」

過去の天才……まあ転生者だろうが、彼らが作った家庭用の道具がここにも設置されている。魔石を使い冷気を送り出すだけの簡単設計だが、それでもかなり役に立つ。そうでなければ、牛乳は昨日飲み切らなければいけなかっただろう。

「あとはシチューの残りも少しあるな。これを温めて……」

「なによー。起こしなさいよぉ」

二階からフヨフヨと飛んでくるオルフェは眠そうだ。具体的には言葉のトゲが丸まっている。

だが起きてすぐナッツのところへ行くのはどうか……とキコリは思うが、言わない。

オルフェはナッツをポリッと食べるとようやく目が覚めたのか、キコリの近くへ飛んでくる。

「ていうか、ほんと起こしなさいよね」

「ああ、悪かった。疲れてそうに見えたし、少しでも寝てほしかったんだ」

「アンタがあたしを心配しようとか五年早いわよ」

「五年でいいのか？」

「期待の表れよ。誇っていいわよ？」

そんな会話を交わしながら、キコリは朝食の準備を進めていく。簡単な朝食だが……オルフェの分のパンはちゃんと妖精サイズにカットしてある。

それをモグモグ食べ、「不味《まず》いわねコレ」と文句を言いながら、オルフェはキコリに視線を向ける。

「今日はどこ行くか決めたの？」

「とりあえずは『生きている町』かな、とは思ってる。一番可能性が高いから」

そう、三つの候補の中では「生きている町」が一番可能性が高い。

ロックゴーレムが自分を秘匿する手段を持っているのであれば、それはロックゴーレム自身の魔力によるものだ。だとして、そんな強力な魔法をロックゴーレムみたいな肉体派モンスターが長時間使えるとも思えない。ならばどういうカラクリか。

「ロックゴーレムは……『生きている石』とか、そういう類のモンスターの亜種の可能性が高い」

「あたしも同じ意見よ」

オルフェはニヤリと笑う。そっとキコリの皿にナッツを置いたのは……ご褒美なのだろうか？

ともかく、二人の今日の目的地は「生きている町」に決定したのだった。

◆◇◆

第三章　鎧の剣士

◆◇◆

町は、相変わらずカラカラに乾いている。

地面がひび割れる程に乾いたこの場所は、人の営みには向いていないように思える。

水がなければ作物は育たず、水がなければ人も生きられない。そんな場所に無理矢理暮らしていたのか、それとも昔は人が暮らせるような場所だったのか。

どちらにせよ、ダンジョンに呑まれた時点で人が暮らせる環境とは程遠くなったのだろうが……。

「この町に何があったんだろうな」

「ロクでもないことがあったんでしょ」

身も蓋《ふた》もない答えをオルフェが返してくるが、その通りではあるのだろう。

きっと何かロクでもないことがあって、町を捨てた。あるいは……町から住人が消えた。

そういうことなのだろうとキコリは思う。

「やっぱり今もお金になりそうなところに集まってるんだろうな」

「そりゃそうでしょ」

襲ってくるリビングストーンを叩き落としながら、キコリとオルフェは町中を歩く。

飛んでくる皿……リビングディッシュとでも呼ぶべきなのかもしれないが、そんなものが飛んできてキコリは斧で叩き割る。高速回転しながら飛んでくるそれは、意外に見た目が怖いが……しっかり見て叩き割れば、何の問題もない。割れた皿の中にあった魔石を拾い上げ、袋の中へと入れる。

「不思議なんだよな。ここには人がたくさんいて、こういうのも襲ってくる」

「そうね」

「なのに……まだ根絶されてないのか？」

キコリの言葉にオルフェはハッとする。

人間の文化なんて興味がなさすぎて気付かなかったが、確かにおかしい。リビングソイルやストーンはともかく、皿なんて有限のはずだ。しかもキコリに襲い掛かってくるくらいに好戦的なのに、まだ残っている？　……おかしい。初日か、遅くとも一週間くらいで全滅していないとおかしい。

なのに、未だ「生きている皿」が残っている。それはあまりにもおかしい。

「確かに……おかしいわね」

「だろ？」

オルフェ目掛けて飛んでくる「生きている包丁」を、キコリは斧刃で防ぎ弾く。

弾かれ、それでも宙を舞い襲ってくる包丁を、キコリは今度は斧刃で弾くのではなく叩き落とす。

そのまま地面に縫い付けるように叩きつけ、すぐに斧を手元で回転させ構え直し、唐竹割りにする。

金属が無理矢理叩き折られるバギンッという音が響いて、包丁は魔石をその身体から無理矢理引き剥がされる。

「これだけ危ないんだ。根絶されてないとおかしい。てことは……」

「再生してるってこと？　でも……」

壊れた皿も包丁も、まだそこにある。なら「再生」ではないのだろうか？

きっと持ち帰られたモノだってあるはずだ。そこで再生したら大騒ぎになっているだろう。

「分からない、けど。探索する連中が金に目が眩《くら》んで見えなくなってることは……ありそうだよな」

たとえば可能性が高いのは……「新しいものが出来ている」、もしくは「無くなっても補充される」だろうか。だが、それに気付かないということなどあるのだろうか？

ここに挑む全員が金に目が眩みすぎてそれに気付いていないと仮定して、買い取っている商店などもあるだろうに、其処の賢中すらも気付いていない？

「まだ俺の勝手な想像でしかない。だが、ちょっと確かめてみる必要はありそうだな」

「確かめるって。どうすんのよ」

「乗り込む」

キコリはそう告げると、そのまま近くの家の門を……開けずに、僅かに一歩下がる。

「ミョルニル」

唱えて斧が帯電した瞬間、門扉がガタガタと動き出して、投げた斧が門を打ち砕き黒焦げにする。

「うげっ、生きてる門かあ……よく気付いたわね」

「オルフェは気付かなかったのか？」

「言われてみれば……」

オルフェは不可解そうに周囲を見回す。こういうのはオルフェの方が鋭そうなのに、言われるまで気付かなかった。

「むしろキコリはどうやって気付いたのよ」

「石でも動くのに門が動かないはずもないと思った」

「……ただの勘じゃないの」

「そうとも言う」

オルフェは溜息をつきつつも「まあ、その通りね」と続ける。

「けど、そうなると……家も生きてるんじゃないの？」

「俺もそう思う……やっぱり拙《まず》いか？」

「どうかしら。家そのものが生きてるなら胃袋に飛び込むようなものだとは思うけど……あっ」

そこでオルフェは気付いたように声をあげる。

「え、そういうこと？　マジで？」

「なんだよ。何か気付いたのか？」

「いや、ここまで材料揃えば気付きなさいよ。つまりさっきの皿……アレ、家『が』作ってるってことじゃないの？」

「……できるのか？　そんなこと」

「斧とか鎧生成する奴が何言ってんのよ」

チッと舌打ちするオルフェにキコリは「あー」と頷く。

確かにキコリにもできる。ならば「生きている家」にできないはずもない。

「……てことは、ジオフェルドさんあたりはその辺を分かってる可能性は高いな」

「可能性はあるわね」

「分かれば、大したカラクリじゃないな」

「……そうね」

一拍置いたオルフェにキコリは振り向くが、オルフェは「それで？」と声をかけてくる。

「その家、入るの？」

「いや、入らない。ロックゴーレムの発生源を探る方が先だしな」

キコリは軽く肩をすくめると、その場を離れる。

歩くキコリの後を追いながら、オルフェは思う。

（大したカラクリじゃない、か。でもそれ、ドラゴン基準よ？　キコリ）

呑み込んだ言葉。それはわざわざ正す必要のない、「ただの認識の差」で済む程度の話だった。


町中を歩いていると、次から次へとリビングアイテムが襲ってくるが……そこで再度、キコリは首を傾《かし》げてしまう。

「いや、だとしても何かおかしくないか。こんなにバシバシ襲ってくる場所なのか、ここ？」

もうすっかり慣れた動きで「生きている鍋」を斧で叩き潰しながら、キコリは愚痴る。

そう、先ほどからリビングアイテムがひっきりなしに襲ってくるが……ちょっと殺意が高すぎではないだろうか。こんな場所で長時間狩りをしていられるなら、獣人の冒険者はキコリが思う以上に腕が良いのかもしれない。

十字路で、他の獣人パーティがキコリの前を通り過ぎ……チッと舌打ちしていく。

随分とリラックスして歩いているように見える。少なくとも、四方八方からリビングアイテムが襲ってくる状況への態度ではない。

「…………？」

キコリは疑問符を浮かべ、オルフェと顔を見合わせる。

「凄いリラックスしてないか？　どういうことだ……？　安全なルートとかがあるのか？」

獣人パーティが来た道へ入り、歩いてみると……その瞬間「生きている包丁」が飛んでくる。

「ロックアロー」

オルフェの魔法が包丁を打ち砕くが、別の方向から「生きているホウキ」が飛んでくる。

それを斧で叩き割って回収した魔石を見つめながら、キコリは小さく溜息をつく。

「なあ、オルフェ。これってまさか、俺が狙い撃ちされてるな？」

「そうね。考えてみればあたしに向かっては飛んできてないし」

「なんでだ……？」

考え得る理由としてはキコリの種族だが、ドラゴンを狙い撃ちにする理由などあるのだろうか？

「分かんないけど、アンタ限定で難易度が上がってるってことになるわね」

「そうなるな。はー……どうするかな」

この程度の敵であれば今のキコリには何の問題もないが、武器屋などの強力なリビングアイテムが出る場所に近づいたらどうなるか分からない。流石に「生きている剣」が何十本も襲ってきたら串刺しにされてしまう。とはいえ、この状況では探索も難しいが……。

飛んでくる包丁を叩き落とし、キコリは方針を決める。

「一度戻って作戦を立て直そうと思うんだけど、どうだ？」

「別にいいけど。ここ避けたらあと残ってるのって砂漠と海じゃないの？」

「いや、まあ。ていうか別にここの探索やめるってわけじゃないから。とりあえず、俺に関しては無策じゃキツそうだ」

それに関してはオルフェも同意だ。なんだか分からないが、キコリへの殺意が妙に高い。

その理由が分からないうちは……確かに、無闇に進むべきではないように感じられたのだ。

走って、走り抜けて。生きている町を抜け、その前の区域へと戻る。

ここはソイルゴーレムだけが出る場所だ。安全ではないが、逃げるほどでもない。

「ひとまず安心だな。あの町……なんで俺だけに」

言いかけて、転移門から出てくる姿にキコリは「ん？」と声をあげる。

剣と盾を構えた、全身鎧の何者か。何か急ぎの用事でもあったのだろうか、なんだか妙に……。

「………っ!?」

繰り出された横薙《よこな》ぎの一撃を斧で防ぎ、しかしあまりのパワーに、キコリはそのまま吹っ飛ばされるように地面を削る。

「ファイアアロー！」

全身鎧は盾を輝かせると、オルフェの放った炎の矢を全て受けきる。

『邪魔をするな、妖精』

「ひっ……!?」

全身鎧の放った威圧らしきものにオルフェが気圧《けお》され、キコリの背後まで飛んでくる。

「な、何こいつ！」

分からない。面当ての下ろされた兜の奥は、闇のようなものが溜まっていて見えない。

それもまた兜の効果なのかもしれないが……全身から、強い魔力が放たれていた。

全身をマジックアイテムで覆った剣士。そう考えるのが妥当だが……。

「……お前、誰だ？」

『問答無用、疾《と》く死ね』

ゴウ、と振り下ろされる剣をキコリは斧で弾き、もう片方の斧を振るう。だがそれは剣士の盾に防がれて。瞬間、剣士の剣が強く輝く。

何かマズイ。キコリは察知して、距離を取るべく後ろへ飛ぶ。オルフェも即座に上空へ飛んで。

「フレイムスフィア！」

「ミョルニル！」

イエティを焼いた巨大な火球を剣士へと叩き込む。キコリも斧に電撃を纏《まと》わせて。

「恨《うら》むなよ！」

爆炎の未だ止まぬ中に、電撃纏う斧を投擲《とうてき》する。それは金属音と共に、激しい電撃を放って。

煙の晴れた先……そこには鎧を焦がし、同じく焦げた盾を構えたまま膝をつく剣士の姿。

とてもではないが、生きているようには見えない。剣も手から転がり落ちているが……こうして見ると、随分と高級そうな剣だ。柄に嵌った宝石も綺麗《きれい》に磨かれており、しかも……。

「魔石……やっぱりマジックアイテムか。なんなんだ？　こいつ……」

「さっきは気付かなかったけど、そいつ人間臭くないのよね」

「生きている町のアイテムを着込んだのか？　それにしては魔石が綺麗な位置に嵌《はま》ってるけど」

「分かんない、けど」

念のため警戒してはいるが、こうして見ていても動かない、やはり死んでいるのだろうか？

さっきの戦闘が派手だったせいか、周囲から獣人の冒険者が集まり始めてきているし、そろそろこの無頼漢の正体を暴かなければならない。

「とはいえ、念のためって言葉もあるし……ミョルニル」

キコリは再び斧に電撃を纏わせると、剣士の死骸に向かって投げる。

それは鎧や兜にぶつかって剣士の死骸を地面に転がすと、再び電撃を叩き込んでいく。

だが……鎧は壊れた様子はない。どこかのパーツが外れた様子もない。勿論《もちろん》、剣士の死骸が動き出す事もない。

「何か、おかしくないか？」

上手く言えないが、何かがおかしい。だが近づいて確かめるのは躊躇《ためら》われる。

もう一撃叩き込んでみるべきかとキコリが斧を構えた矢先、剣士の腕がピクリと動いて。

キコリとオルフェが警戒した瞬間、剣士が起き上がる。

「この……！」

ミョルニルを唱えようとした、その時。騎士とは全く別の方向からの刺突《しとつ》が、キコリの鎧を貫き腹を貫く。

「……え？」

キコリの腹に刺さるのは、輝く剣。先ほど剣士が持っていたソレだ。

剣はひとりでに動いてキコリを薙ぐと、そのままトドメを刺そうとして。

「わあああああああああああ！」

怒りのままにオルフェが放った魔力波に、剣が吹っ飛ばされる。飛ばされる前に騎士の手に戻るが
……関係ない。

「火でも電撃でも死なないなら……こうよ！　フリーズアロー！」

放たれた氷の矢を剣士は盾を輝かせ防ぐが……その盾ごと騎士の腕が凍り付く。剣もだ。切り払おうとした一発が凍り付かせた。

「フリーズアロー！　フリーズアロー！　フリーズアロー！」

放たれた氷の矢が剣士を徹底的に氷漬けにして、オルフェはもうその方向を見もせずにキコリへとヒールをかけていく。

近づいてきた獣人の冒険者たちはキコリを見て「あーあ」と言ったり、氷漬けの剣士を囲んで感心したような声をあげていた。

「ちょっと！　煩《うるさ》いわよ！　手伝いなさい！」

「無駄だよ。そいつ、もう死ぬだろ。そういう傷だ」

「死体を運ぶくらいはやってやるさ。ここに放置するわけにもいかねえしな」

「……！　もういい！」

ヒールを必死でかけて、オルフェはそれでも傷が癒《い》え切らないことに苛立《いらだ》つ。

「ふざけんじゃないわよ！　こんなわけわかんない死に方……許さないわよ！」

血塗《ちまみ》れのキコリに直接触れて、傷よ癒えよと必死でヒールをかけ続ける。キコリの血が自分につくのも構わずに、ヒールをかけて、かけて。

「……だい、じょうぶ。まだ、生きてる」

そんな声が、キコリから聞こえてくる。

「大分、痛みも、引いた」

「感覚なくなってんじゃないの！　ああ、もう！」

ヒールをかけ続けながら、オルフェは周囲で見ている獣人の冒険者に叫ぶ。

「この役立たずども！　竜神官呼んで来いバカ！　ぶっ殺すわよ！」

蜘蛛《くも》の子を散らすように獣人の冒険者たちが逃げていって。

何人かの蜥蜴獣人の神官が走ってくる頃には……キコリの傷は、ほぼ完全に塞がっていた。


キコリが目を覚ました時、見えたのは知らない天井だった。

蜥蜴獣人の神官たちが覗いているのを見て「うおっ」と声をあげてしまったのは……まあ、無理もないだろうか。

「おお、目を覚まされましたね！」

「いやあ良かった！」

「とにかく報告をしなければ。行ってまいります！」

一人の神官が何処かへ走っていく。キコリは起き上がろうとして、クラッとしてしまう。

「まだ無理をせず。もう二日も眠っていたのです」

「えーと……ここはどこですか？」

「イルヘイルの神殿です。施療院は信用出来ないということで、ここに」

そういう事を言うのはオルフェだろうな、と考えて。キコリは気合でガバッと起き上がる。

「そうだ、オルフェ！」

「いるわよ」

ベッドの横に置かれたフルーツの籠《かご》。その上にオルフェが乗っている。不機嫌そうな表情だ。

「……またオルフェに助けられたな」

「そうね。一生感謝なさい」

オルフェが黙り込んだので、キコリは説明を求めるように蜥蜴獣人の神官に視線を向ける。

「俺が倒れた後、どうなったんですか？」

「オルフェ様の回復魔法が命を繋ぎとめた後、私たちも回復魔法をかけ神殿へと運びました。それと、貴方たちを襲った犯人ですが……」

「どんな奴、だったんですか？」

「分かりません」

「え？」

「逃げられたそうよ」

オルフェが不機嫌そうに言う。しかし、オルフェが魔法でトドメを刺したのだろうと思っていたが……とキコリは首を傾げてしまう。

「オルフェ様の魔法で氷漬けになっていたのですが、運搬しようとした時に氷を内部から割り、周囲の冒険者を皆殺しにしてどこかへ逃亡したそうです」

「氷漬け……で、生きてた」

「そう判断するしかありません。高レベルのマジックアイテムで全身を固めていると思われます」

あの剣士自身は、意思疎通ができていた。

つまり誰かが中に入っていると思うのだが……あれだけの炎と電撃を受け、氷漬けにされても生きていられるものだろうか？

それに、あの剣。あれも……。

「あの、生きている町のリビングアイテムって、会話ができたりします？」

「そのような事例は聞いた事がございませんが……なるほど。そういった事例が過去になかったか調べてみましょう」

「お願いします」

あくまで可能性にすぎないが……「そういう可能性」もあるのではないか。

だが、どれだけ考えても、そこまで「生きている町」に嫌われる覚えがない。

（やっぱり可能性としては俺がドラゴンってことくらいだ。だとすると、あの場所は何なんだ？）

考えても答えは出てこない。

答えに繋がる鍵としては、あの「鎧の剣士」だが……あんな、あらゆる攻撃から中の人間を守る鎧など、本当に存在するのだろうか？

それに、問題はまだある。アレの正体が何であったとしても、それがどうしてキコリを狙ったのかということだ。仮にここに「キコリがドラゴンだから」を答えとして当てはめたとする。ならば、キコリがドラゴンだと、どうしてあの鎧の剣士はキコリを狙うのか？

（……分からない。仮定を重ねれば重ねるほど、別の疑問が出てくる）

あの鎧の剣士を捕まえれば謎は解けるのだろうが、ミョルニルをかけた斧に耐え、凍らせても脱出するとなると……生かして捕まえる自信は全くない。全力で殺しに行く必要があるだろう。

「……な、なんだよオルフェ」

そこまで考えて、キコリはオルフェが自分の眼前にいることに気付く。

オルフェは無言でキコリの顔をじっと覗き込み、待機していた竜神官たちにパタパタと手を振る。

「ちょっと外出ててくれる？　で、しばらくここに誰も入れないで」

「かしこまりました。終わりましたら、机の上のベルを鳴らしてください」

迅速に出ていく竜神官を見て、キコリはオルフェに視線を戻す。

するとオルフェは……キコリを至近距離から、明らかにそうと分かるほどに睨んでいた。

「キコリ。今何考えてたか言ってみてくれる？」

「へ？」

「言わないなら当てるわよ。グレートワイバーンの時のアレ使おうとか思ってたでしょ」

キコリは思わず視線を逸《そ》らすが……その逸らした方向にオルフェが回り込む。

「あのさ……いい加減にしないと、あたしが殺すわよ？」

本気の目にキコリは思わず顔を引くが、オルフェは容赦なく距離を詰めてくる。

そして、キコリの眉間をビスッとオルフェの指が突く。

「ギリギリで生きてんじゃないわよ。アンタ、あたしが一緒にいるようになってから二度死にかけてんのよ？　しかもあたしがいなきゃ死んでたからね？　分かってんの？」

「わ、分かってるさ」

「ほおー？」

オルフェは全く信用していない口調で腕組みする。

「じゃあ前回何で死にかけたか言ってみなさいよ」

「ド、ドラゴンブレス……」

「で、さっき何使おうと考えたの？」

「………」

「言いなさいよコラ。オラ、言えよバカ」

「いてててて」

髪を引っ張られるが、こればかりは言い返せない。しかし、キコリなりに勝算はあったのだ。

「ほら、あれだよ。今回は適応してるはずだから平気かなって」

「はず、で命かけるんじゃないわよアホ」

しばらくキコリはオルフェに引っ張られたり叩かれたりしていたが……それが止《や》んだタイミングで、キコリはオルフェに言わなければならない事を言う。

「心配かけてごめん。君に甘えてるのは分かってる。でも……無茶しないと倒せないと思ったんだ」

「……本当にそうかしらね。確かにアイツは異常に性能の高い武器や防具を持ってたけど……破る手立ては絶対にあるはずよ。無茶以外で、ね」

力押しでは、かなり無茶をしないと勝てない。それはもう証明された。なら、どうするか。

あの鎧の剣士の防御を破る手立てなんて、本当にあるのだろうか？

結局のところ、あの鎧を突破しなければ中身には届かない。だが鎧を壊すには……。

「……あっ！　ある。あるぞ……鎧を壊す手立て」

そう、それはキコリ自身の手の中にあった。

禁呪指定『破壊魔法ブレイク』。

武器破壊魔法ソードブレイカーにヒントを得て作った、唯一のキコリ自身の魔法。禁呪指定され、ミョルニルを覚えたこともあって使っていなかったが……アレなら鎧自体にダメージを与えて壊す事が出来る。

「冒険者を始めた頃の俺が使えた魔法なんだ。今なら、もっと強力になってるはずだ。相手に魔力と『破壊のイメージ』を送り込んでぶっ壊す魔法！」

「え、怖っ」

「……俺もそう思う」

だが、鎧を真正面から馬鹿正直に壊すよりは随分と勝算がある。

「とはいえ、あの剣士がまた襲って来ればの話なんだが……」

「来るでしょ。絶対来るわよ」

「だよな」

わざわざキコリを狙って殺しに来たのだ。また殺しに来ない理由がない。

いや、そうではない。「殺しに来るかもしれないから」ではない。相手がもう来ないだろうという油断は、自分自身を殺す。だから「次会った時にどう対処するか」は想定しなければならない。

「ほんっと、なんていうか……ここ来てからロクなことないわね」

それは否定する必要すらない。正直に言って、この街には何の愛着もわかない。

旅立つ理由があれば、いつでも何の記憶にも残らず出て行けるだろう。それでも街に残るのは。

「ま、義理だよな……防衛都市ニールゲンへの」

あの街がキコリを受け入れてくれたからこそ、キコリは冒険者になった。

まあ、その後ドラゴンになるとは思わなかったが……それ含めて、今のキコリを作ったのはあの街だ。そして、ニールゲンのセイムズ防衛伯から、この防衛都市イルヘイルの問題を解決し友好の懸け橋になってほしいと頼まれている。その義理は、果たさなければならないのだ。

「ここを早く出て行こうと思うなら、ロックゴーレムの問題を解決しなくちゃいけない」

「この街の人間がゴミだからできませんでした、でいいと思うけど？」

「俺は嫌だな。何もできませんでしたってスゴスゴ帰るような真似は……あんまり、したくない」

「えー？」

「オルフェだって嫌だろ？『人間に邪魔されて何もできなかった』なんて結果は」

そう言うと、オルフェは考えるような表情になって……やがて、キコリの眉間をビシッと突く。

「その通りだけど。ったく……で？　いつアレぶっ殺しに行くの？」

「え？　あ、いや。次会った時には対処するぞ？」

「何言ってんのよ。殺しに来た相手を殺せる手段があって、殺しに行かない理由があるの？」

「いや、別にアレを殺すのが目的ってわけじゃ」

「殺すのよ。遺恨を放置してもストレス溜まるだけでしょーが」

据わった目をしているオルフェを見て、キコリは「ストレス溜まるほどに自分を心配してくれているんだな」と少し嬉しくなるが……同時に、あの鎧の剣士のことを思う。

（あの剣も問題だ。勝手に動いて俺を殺しに来た。なら、次に確実に勝つためには……）

次の探索で会うという保証はない。だが、必ずまたぶつかり合う。

そんな確信に近い予感だけは、キコリにはあった。

キコリたちが一通りの話し合いを終えてベルを鳴らすと、そのベルからは音がしなかった。

まあ、何かのマジックアイテムなのだろうが……やがて廊下を何かが走ってくる音が聞こえて、ジオフェルドが顔を出す。

「おお、キコリ様！　心配しましたよ！」

「ジオフェルドさん。すみません、忙しいでしょうに」

「何を仰《おつしや》いますか。報告は受けております……随分やっかいな相手と戦ったようで」

「はい。凄い装備でした」

凄い相手ではなく、凄い装備。その意味するところを感じ取り、ジオフェルドは笑う。

「ハハッ、なるほど。どうやら私の出番はなさそうですね」

「もしダメそうだったら手を貸してください」

「ええ、勿論です」

頷いて、ジオフェルドは顎に手をあてる。

「……しかし、話に聞いた限りでは、鎧も武器も動作に何の問題もない完品でしたが」

「やっぱりおかしいんですか？」

「お気づきでしたか」

「まあ、包丁の魔石の位置がバラバラでしたから」

そう、生きている包丁の魔石の位置はバラバラで、刃に魔石がついているものもあった。なのに、あの鎧の剣士の装備品にはそういう「おかしさ」はなかった。装備品としてとても綺麗だったのだ。

「ならば話は早い。これはとても……とてもおかしな話です。それが生きている町で手に入れた武装であるならば、機能に問題のない品を部位も全て揃え、剣も盾も性能が高く魔石の位置に問題がないものを手に入れている。これを可能とするのは、相当な時間、あるいは運です。ですが……」

「時間に関しては、ない。まだダンジョン化から日が浅い」

「その通りです。まともに考えれば、物凄く運の良い人物ということになりますが……そんな者の噂は聞いていません」

そんな人物がいれば噂になっているはずだ。凄い装備を手に入れたラッキーマン。だが、噂になっていない。ならば、そんな人物はいないか……今まで秘匿していたということだ。

「喋《しゃべ》るリビングアイテムについてはどうでしょう」

「少なくともそういった事例はありません。たとえばリビングメイルは有名なモンスターですが、それと会話したという事例は英雄譚《たん》を紐解《ひもと》いても存在しません」

ならばリビングメイルではない、あるいは新たにそういうものが出てきた……ということになる。

「それと、この件にはもう一つ問題があります。あんな鎧の剣士を、俺たちは転移門を潜る前に見ていないんです」

「見ていない……？　しかし、それでは」

そう、キコリもオルフェもあんな鎧の剣士を見ていない。全身鎧の目立つ剣士、いれば記憶に残っている。だが、全く記憶にない。

「何かの魔法の効果、だと思うんですが。心当たりはありますか？」

「いいえ。禁呪や秘匿された魔法であれば分かりませんが……ですが、それは。なんというか……非常に聞き覚えのある話ですな」

「俺もそう思います」

どこからともなく現れるロックゴーレム。キコリがこの街にやってきた理由の一つである、その話に……あまりにもそっくりだ。流石に原因が同じとまでは言わないが、鎧の剣士をどうにかすることでロックゴーレムの話が進展する可能性は、ゼロではないだろう。

もっとも、全く関係ない可能性だってある。そのあたりは捕まえてみないと分からないだろう。

「どの道、鎧の剣士が視界から消える事ができるなら、こっちから探すのは現実的じゃありません」

「……そうですな」

「でも、恐らくそれも万能ってわけじゃない」

いつでもどこでも姿を消せるならば、鎧の剣士は姿を消したままキコリを斬りに来ていたはずだ。

しかし、そうではなかった。鎧の剣士はキコリの前で姿を消さずに戦っていた。つまり……。

「戦う時……いや、一定以上の激しい動きをする時は姿を消せない。そういう条件だと思うんです」

「素晴らしい見解です。しかし、それが人であるならば、飲まず食わずでいられるとも思えません。防衛伯閣下に話を通しましょう。そのような装備を隠し持つ者がいないか捜査を進言します」

「ありがとうございます」

「いえ。実際にそういう装備が実在するならば対策が必要です。防衛都市として、やらねばならぬ当然のことです」

確かに……キコリの「ブレイク」と同じで、暗殺に利用できる危険性の高いモノだろう。姿を消せる装備など、悪用すれば重要な場所に忍び込むことだって充分にできる。しかも、あんな強力な力を持った装備を持ち込んだまま……だ。それがどれほど危険かなど、考えるまでもない。

そして、これはジオフェルドには言えない……言えないが。キコリはこうも思うのだ。

もし、あの中身が獣人であったとして。「そういう理由」でキコリを殺しに来たとして。それを野放しになど出来ない。アレがイルヘイルを出てニールゲンに行くことを、キコリは許容できない。

だからこそ、あの装備は壊す。この街にいる間に……何が何でも、だ。


翌日。キコリはオルフェと共に冒険者ギルドへ来ていた。

今日の分のクエストと前回の報酬を受け取るためだが、金貨の詰まった袋と共に渡されたのは黒鉄《くろがね》のペンダントだった。

「前回のクエストの結果を考慮し、黒鉄級に認定されました。お受け取りください」

「ええ、どうも」

こちらを窺《うかが》うような態度が垣間《かいま》見えるのは、ジオフェルドやギザラム防衛伯の影がチラついているからなのだろう。そこまでやってなお、ニールゲンのイレーヌの方が上だと思えてしまう。

まあ、考えれば考えるだけ気が滅入るので考えないようにしているのだが……。

とにかく、また魔石回収の依頼を受けてキコリとオルフェは冒険者ギルドを出ていく。

そこかしこから聞こえてくる囁《ささや》き声や舌打ちが、このイルヘイルへの元々ない愛着をさらに減らしていくが……キコリ個人でどうにかなるものでもない。普人が活躍すれば疎まれ、普人が燻《くすぶ》っていれば蔑《さげす》まれる。そういう場所なのだということは充分に理解できている。

……まあ、キコリはドラゴンなのだが。

「相変わらずムカつくわね」

「もう諦めたよ」

そういうものだと思ってしまえば、キコリには何のダメージもない。

これも一種の適応なのかもしれないと思うのだが、オルフェの視線が妙に痛い。

「な、なんだよオルフェ」

「別に？　それよりさっさと行きましょ」

水と保存食を買い、英雄門を潜ってその先へ。

ソイルゴーレムを倒しながら向かう先は、帰らずの海だ。

穏やかに波が寄せては返す砂浜にキコリは立ち、海の向こうを見る。当然、見通すことなどできないが……なんとなく、心が落ち着くような気がする。

「結局、ここには何がいるのかしらね」

「さあな……まあ、きっと俺じゃ敵《かな》わないようなのがいるんだとは思うけどな」

たとえばクラーケンがいたとして、今のキコリに倒す自信はない。無茶して倒して先に進んだとして、そこが更なる地獄の可能性だってあるのだ。それを考えれば、この先に進もうとは思えない。

なら、何故ここに来たのか？

「なあ、お前はどう思う？」

オルフェではない「誰か」に話しかけるキコリ。そこには……あの鎧の剣士の姿がある。

『何故分かった？』

「砂浜って、足跡つきやすいんだよな。どんなに姿隠しても足跡が消えないなら……なあ？」

砂に剣士の足跡が刻まれている。全身鎧の重たい相手であれば、それを隠すことなど不可能だ。

「じゃあ、話し合いをしようか。俺はキコリ。お前は？」

キコリの手に、斧が出現する。

『貴様の死骸に教えてやろう』

鎧の剣士が、剣を構える。

それは……二度目の戦いの、合図だった。

キコリの斧が振るわれ、鎧の剣士の剣が輝き、キコリの斧をバターか何かのように切り裂いて。

しかしもう一本のキコリの斧が、鎧の剣士の腰を強打する。

そう、強打だ。切れてはいないが……勢いで鎧の剣士は吹っ飛び、波打ち際に転がっていく。

「……やっぱり硬いな。それに剣も強い。でも、お前自身はそんなに強くない」

『殺されかけておいて戯言《ざれごと》を』

「お前の装備が強いだけだろ。でもな、そういう理不尽さは、今の俺もちょっと得意なんだ」

飛ばされたはずのキコリの斧が、まるで切断部から生えるように修復される。

新品同然になった斧を振るうキコリに、鎧の剣士も静かに剣を構え直す。

互いにじりじりと距離を測りながら、鎧の剣士はキコリへと語り掛ける。

『何故足を踏み入れた』

「仕事と……義理だ。その言い様《よう》……やっぱり中身は獣人ってことでいいのか？」

『貴様には関係のないこと』

「そうかよ！」

仕掛けたキコリの斧を輝く盾が防ぎ、さらなる一撃をも盾が防ぐ。完全に弾き返されている。その事実にキコリは思わず舌打ちをするが……同時に見逃してはいなかった。

今の攻防の中で、鎧の剣士が剣を手放していたことを。それによって「何」が起こるかを。

「キコリ！」

オルフェの叫び声が響く。キコリは自分を貫こうとする剣を掴むべく、斧を放し手を伸ばす。

前回キコリの鎧を貫いた剣に、そんなことをすればどうなるかは自明の理。

だからこそ、鎧の剣士は「愚か」と嗤《わら》って。


「ソードブレイカー」


魔力を込めたキコリの手が飛翔する剣に触れ、流し込まれた破壊のイメージと魔力が、剣を粉々に砕いた。

『なっ……⁉』

「悪いけどさ。単純な魔力の出力勝負でなら、今の俺は簡単には負けないぞ」

キコリは斧を振りかぶり、鎧の剣士へと襲い掛かる。当然鎧の剣士はそれを輝く盾で防ぐ。

弾かれる斧。けれど、その盾にキコリの手が触れて。

「ブレイク」

盾が、砕けて壊れる。持ち手だけが残った盾を鎧の剣士は見て。

『なん、だ。お前は……なんなんだ、お前は！』

「お前に殺されかけた奴だよ」

キコリの手が、鎧の剣士の胸元に触れる。

「ブレイク！」

鎧が砕ける。砕けて壊れ落ちて……何もない中身が露《あら》わになる。兜やグリーブといった、残された部位が砂浜に転がって。

「……空。喋るリビングメイルが正解だった、ってことか……？」

中身が突然消えて失せたというのでなければ、そういう結論になるだろう。

残された兜は、もう何も喋ることはない。ブレイクで鎧が壊されたことで「死んだ」のか？

「勝ったわね、キコリ」

「ああ。まあ、謎ばっかり残ったけどな」

結局、コレがキコリを狙った理由はなんだったのか。

分からないまま……キコリはスッキリしない気分で兜を手の中で遊ばせていた。


残った鎧の部品や兜などを神殿に持ち込むと、とんでもない速さでジオフェルドがやってくる。

「倒した⁉　もうですか⁉」

「はい。俺を狙ってたようなので、あっさり誘いにのってきました」

「なんと……それで、これが犯人の装備……」

ジオフェルドは兜を見て、それからキコリを見る。

「鎧や武器もそうですが、中身はどうされました？」

「空だったんですよ。その過程で剣と鎧は壊しました。あ、盾もですね」

「空……では共通語を使うリビングメイルだった、ということですか」

「そういうことになる……んですかね」

キコリがそう答えると、ジオフェルドは安堵したように長い息を吐く。

「そうですか……こう言ってはなんですが、良かった。また獣人の犯行であれば、それこそどうしたものかと思っておりましたが」

「ははっ、蜥蜴獣人の人たちについては俺は信用してますよ」

「そうですか。有難い話です」

ジオフェルドは更に何かを言いかけたが、やめる。代わりに兜に触れると「ふむ」と頷く。

「良い兜ですね。どんな効果を持っているかまでは、詳しく鑑定しないと分かりませんが」

「そうですね。厄介な相手でした」

あの剣も、キコリの斧を簡単に切り裂いたくらいだ。相当の価値を持つものであったのは何となく理解できる。だからこそ、壊してしまって正解だとも思えるのだが……。

「しかし、そうなると更に厄介な問題が残りますな」

「はい。相手はリビングメイル。なら、そんなものが何故俺を狙ったのか」

「……これでは終わらないかもしれません。キコリ様、さらなる警戒を」

リビングアイテムがキコリを執拗《しつよう》に狙ってきた件も未解決のままだ。もし「生きている町」自体がキコリを狙ったとして、倒しても新しいものが生成されるであろう状況を考えると……鎧の剣士が再度復活して襲ってきても、何の不思議もない。最悪の可能性で言えば、アレが複数体で襲ってくる可能性だってあるのだ。

まあ、そんなことができるのなら最初からそうしていただろうとも考えられるが、最悪の可能性は常に想定しておいた方がいい。

「ひとまずですが、こちらの戦利品は預かっても構いませんか？」

「はい。俺が持っていても使いませんので」

「ありがとうございます。先日お話した自己隠ぺいの件が、コレから何か分かればよいのですが」

それが分かればこの街でのキコリの仕事は半分終わったも同然だ。

できれば何か分かってほしい。それは、キコリの偽らざる気持ちだった。

ジオフェルドが兜やグリーブなどを調べるためにどこかに行ってしまったので、キコリ達は折角なので神殿の中を見学させてもらうことにした。

白い石で造られた神殿は荘厳な雰囲気を放ち、隅から隅まできれいに掃除されている。

今この瞬間も掃除夫たちが拭き掃除に精を出しており、かなり気を遣っていることが伺える。

「神殿、ねえ」

「合祀《ごうし》だって聞いてるけどな」

ジオフェルドは次期神官長であるらしい。それはイルナーク限定ではあるが……竜神を信仰する竜神官の長、ということだ。

ほぼ全ての神を合祀しているという神殿の中には各派の執務室のようなものもあり、かなり入り組んでいる。立て看板に今後の予定などが書かれているのを見ると、互いに譲り合いながら上手くやっているように見える……が、それなら街中はどうして「ああ」なのか。

神殿を奥へと進むと、そこには無数の神像が並ぶ聖堂だった。恐らくは様々な神を表しているのであろうが、キコリにはどれがどれだかサッパリ分からない。唯一理解できるのは……というか、明らかに「そう」見えるのは竜神の神像だった。

オルフェも同じだったのだろう、その神像を見上げて「うーん」と唸る。

「これが竜神？」

「ってことなんだろうなあ」

「あー……やっぱ似てないんだ」

キコリの会った「竜神ファルケロス」は、もっと人間に近い姿をしていた。少なくともこんな、ドラゴン顔もしていなければ、鱗が生えてもいなかった。

「まあ、人間が想像で作ったやつだもんねえ」

「たぶんそういうことだとは思うけど、な」

「何よ、含みがあるわね」

「いや、相手は神様だろ？　会うたびに姿が変わっていても驚かないなって」

キコリが竜神ファルケロスに会えたくらいなのだ。過去に竜神を含む他の神と会った人間がいないと考えるのは傲慢《ごうまん》がすぎる。その時の姿を元に神像が作られたとしたら……。

「たぶんあそこの狼っぽい顔してるのが月神《げっしん》で、あっちの髭のお爺さんが大神《たいしん》なんだろうな」

月神は獣人に信仰者が多いし、大神は普人に信仰者が多い。竜神は獣人の蜥蜴人に信仰者が多い。

ならば……それに合わせた姿をしていたとしても、何もおかしくはない。

キコリ自身、あの時、竜神がいかにもドラゴンな姿をしていたら、冷静に話を聞けたかどうかは怪しいものだ。

「相手に合わせて話をする、っていうけどさ。神様なら姿だって合わせられるよな」

「ま、同意はするわ」

何はともあれ今のキコリがいるのは竜神のおかげだ。いや、「前の自分」の記憶がうっすらでも存在している以上、それを成した神もこの中にいるのだろうか……？

口ぶりからすると、竜神ではない気もする。そうなると大神なのだろうか？「前の自分」の知識も……正直ほとんど役に立ってはいない気がするし、それが全ての元凶という気がしないでもないが。

それでも「前の自分」があって「今の自分」があるというのであれば、それ自体が感謝すべきことではあるのだろう。

おかげでオルフェにも、アリアにも出会えたのだから。

そう考えると、キコリの中にも自然と「敬虔《けいけん》な気持ち」というものが湧いてくる。

考えてみれば、まともに神様に祈ったこともない。竜神には命を救われ力を貰った恩もあるというのに、随分と薄情だった。恩にはそれ相応の返礼を。祈りくらいは捧げても良かったはずだ。

キコリはその場に跪《ひざまず》くと、竜神と大神に向けて祈りを捧げる。

作法など知らないので「前世」の見様見真似になるが……こういうのは気持ちが大切なはずだ。

「神様……あなたがたのおかげで、俺は今日も生きています。感謝を」

目を閉じて祈りを捧げる。ここまでの人生、振り返れば辛《つら》い記憶ばかりが蘇《よみがえ》るが……それでもニールゲンに着いてからの生活は、悪いものではなかった。

人間はやめてしまったが……それで何かが大きく変わったわけでもない。

この世界に生まれ落ちて、これまでのこと、これからのこと。恨むこともなく、望むこともなく感謝する。何も望まないままに、ただ目を閉じて祈りを捧げて。


目を開けると、周囲の景色が一変していた。

「…………!?」

そこは美しい……あまりにも美しい花畑だった。

地平線の先まで続くかのように色とりどりの花が咲き乱れ、その中に白い石畳の空間が存在している。そして……そこに、玉座が一つ。

座っているのは、あの大神と思われる神像と全く同じ姿をした誰か。

いや、あの人物こそが大神なのだろう。逆らい難い威厳のようなものをキコリは感じていた。

それだけではない。理由などない。あるはずもない。

ただ、その場に跪いて、キコリは涙を流していた。会いたかった大切な人に会えたかのような、永《えい》

劫《ごう》の時の果てにようやく望んだ再会を果たしたかのような……。

「愛しき我が子たちの一人にして、哀れなる迷い子の欠片《かけら》を持つ者よ。もう泣くのはよしなさい。お前がこの世界にある限り、私達はまた会える。この出会いは私の気まぐれにすぎないのだから」

その言葉に、キコリの涙はスッと止まる。

分からない。分からないが、そうあるべきと思いすらしたのだ。そして同時に、心の中で「この状況はおかしい」と警告する声もある。

「ふむ。ファルケロスの仕込みだろうが……警戒の必要はない。私は大神エルヴァンテ……この世界全ての父であり母である。故に全ては私の愛しき子らであり、愛に恵まれなかった子ほど、私の前では補完するように魂が愛を渇望するのだよ」

それが先ほどの涙だというのか、とキコリは思う。確かに幸福な人生とは言い難《がた》いが……。

「あの、エルヴァンテ様」

「うむ、聞きたいことは山のようにあるだろう。しかし、私はそれに答えるつもりはないのだ」

質問に答えるつもりはない。では大神は、何のためにキコリをここに連れてきたというのか？

「ファルケロスがそうしたように、私もお前に選択を与えに来た。その権利がお前にはあるが故に」

「選択……ですか？」

竜神ファルケロスがキコリに与えた選択。それは、キコリがドラゴンになるか、人に戻るかといったものだった。あの状況ではキコリはドラゴンになるしかなかったが……後悔はしていない。

では、大神エルヴァンテの与える選択とは、一体何なのだろうか？

「キコリ。私はお前に今から二つの選択肢を提示したいと思う」

「は、はい」

「一つ目。お前を苦しめた主因であり、しかし時としてお前を助けた前世の記憶の欠片。これを消去するか否かだ」

前世の記憶。そんなものがなければ、キコリは悪魔憑《つ》き扱いされることなどなかっただろう。

流れて冒険者になることもなかっただろう。普通の少年として、キコリとすら名乗ることのない人生をすごしていただろう。……しかし、しかしだ。

「今さら、そんな……」

「そう、今さらだ。お前は同様の者たちと比べても極端に生きるのが下手だった。いや……狡猾で度を越えた野望を持つ者ではなかった。異界の知識で歪《いびつ》な歯車を加えることなど思いもせず、ただ一人苦しんだ。その魂に迷い子の記憶の欠片は合わず、これからも多くの場合で毒となるだろう。故に、ここで全て消去することを私は勧める」

「歪な歯車……では何故、前世の記憶を消さないんですか?」

そのキコリの当然の疑問に、エルヴァンテは頷く。

「破壊に至る歪さは、世界に淘汰される。しかし、予想を超える好転をもたらすならば、それは許容されるべきだ。そうは思わんかね?」

「ええっと……前世の知識で世界を便利にする分には別に構わない、と?」

「その通りだ。ただ、銃とかいったか。あれは精霊に酷《ひど》く不評だ。過去に何十人何百人と作ろうと試みているが……一人の例外もなく精霊に見捨てられるか殺されるかの末路を辿った」

「は、はは……」

そういえばそんな感じの記述が本にあったな、とキコリは思い出す。

確か法則が違うとかどうとか、そんな事を「天才」が言ったのだったか。

そうして頭が軽くリセットされると、キコリは自分が選ぶべき「答え」を見出《みいだ》す。

「俺は、この記憶を持ち続けます」

「何故かね？」

「確かに俺は前世の記憶で苦しみました。ですが……それが全てじゃない」

そう、だからこそキコリはアリアに会えた。オルフェに会えた。

今のキコリは前世の記憶があったからこそのキコリだ。それを、後悔したことはない。

「俺は今の俺であること……『キコリ』であることを、貴方の前でも誇りに思えます。必死に生きて、生き足掻《あが》いて。それでも死にかけて、そのたびに助けられた。俺が選んで、俺が歩んできた道です。今さら『キコリ』ではない誰かになりたいとは、微塵も思いません」

「だからこそ、もうその記憶は『キコリ』には不要とは思わんかね？」

「思いません。これは俺の始まりの傷だから。一生抱えて、一生苦しみます。貴方の慈悲に甘えて逃げようとは思いません」

キコリがそう宣言すると、エルヴァンテは無言の後、優しげな笑みを浮かべる。

「そうか。余計な気を回したようだ。次はお前を人に戻すか聞こうと思っていたが……不要だな」

「はい。ドラゴンになってから武具の修理費用もかからないので、地味に助かってるんです」

「ふ、ふふ……はははははっ！」

そこまで聞いて、エルヴァンテはもう辛抱できなくなったかのように笑いだす。

「ファルケロス、ファルケロス！　お前が戯れに力を与えた子は、こんなにも素晴らしいぞ！」

「え、ええ？」

「ファルケロス！　どうせお前のことだ！　もう飽きて見ていないのだろう⁉　お前はそういう子だ！　だが見よ、この子の在り方はこんなにも愛おしい！」

「あ、あの……」

天へと腕を広げ叫ぶエルヴァンテに、キコリは戸惑うが……笑顔のまま、エルヴァンテはキコリへ向き直る。

「キコリ。私はお前の行く末をしばらく見守りたいと思う」

それは……プレッシャーのような気がするのだが、言えずにキコリは口元をヒクつかせる。

「その上で、私にお前が真摯《しんし》に願う時、その望みを叶えるか検討しよう」

「……えっ」

凄まじい言葉を聞いてしまった気がして、キコリの思考は停止しそうになる。

「そ、それは、その。ええ？」

「当然だが、全ての望みが叶うとは思わないことだ。お前が安易に『最強の力』とか、そういう類いのものを願うような子になってしまうなら……私はこの出会いの記憶すら消してしまうだろうな」

言われてキコリは、何となく理解する。

「それって……実質『何も望むな』と仰ってますよね？」

自分の力を超える願いを望むなというのであれば、何も願ってはいけないのと同じであるように聞こえてしまう。そして自分の力で叶えられる程度の望みであるなら、やはり願う必要はないだろう。

「ふふっ……そうとは限らんよ。願わずにはいられない時もあるだろう。神よ、と唱えたい時もあるだろう。そんな時に確実に声が届くというのは……ある意味では救いではないかな？」

そうかもしれない。けれど、違うかもしれない。

頼りたくなってしまうけど、頼ってはいけない。依存してしまうから。

けれど、確かにそこにいる。それは、まるで。

「ああ、そうか。貴方は俺に……」

「この世界の父親はお前を見捨てた。けれど、私が父としてお前を見守ろう。故に、心せよキコリ。この父に誇れる自分であるように」


キコリの視界は歪み……気付けば、祈りの姿勢のままで元の場所に戻っていた。

「今のは……」

「どしたの？」

近くに来たオルフェを見ながら、キコリは祈りの手をゆっくりと解き立ち上がる。

夢ではない。流した涙の痕も、顔にはない。

まるで夢のようで。身体の奥に、温かいモノがあるような錯覚を覚える。

強くなったとか何か新しい力を得たとか、そういうものでは断じてない。キコリ本人は何も変わってはいない。けれど、何かが満たされたような感覚がある。

「……なんでもないさ」

「そういう感じでもないけど。救われたみたいな顔してない？」

あまりにも的確すぎる指摘にキコリは驚く。オルフェは何かを察してジト目になる。

「やっぱり何かあったんじゃない。どうして隠すのよバカ！」

「い、いや。ここじゃちょっと」

「言い訳すんな！　吐け！　あと謝れ！」

「いてて！　後で話すから！　な！」

ビスビスと顔を突かれながら、キコリは笑う。

オルフェの言う通りだ。キコリは救われたのだ。キコリにとって、それは大きなことだった。

欲しくても得られないものを得た。その重さはきっと、他の誰にも共感できやしない。

いや、神官に言えば何か理屈をつけて共感っぽいものをしてくれるかもしれない。しかし、そんなものはキコリは欲しくはない。これは信仰ではないからだ。愛は信仰とは違うものだからだ。

「むー……何かしらね。この街に来る前と同じ感じの顔になったような……」

「オルフェはほんと凄いな」

「アンタが分かりやすいのよ。ていうか、段々想像ついてきたんだけど。言っていい？」

「だから後で話すから。誰に聞かれてるか分かんないだろ？」

「じゃあ耳元で囁く？」

耳元でオルフェがこそこそ囁くと、吐息が吹き込まれてキコリは思わず耳を押さえて飛びあがる。

「ちょっ……なっ⁉　やめてくれ！」

警戒するようにジリジリ距離をとりながら、そのまま神殿の出口近くまで歩いて。

先程とは反対側に回ったオルフェが、キコリの耳に息をフッと吹き込む。

「っわあ⁉」

「……そんなに耳弱いなら、常時兜被ってれば？」

「やめてくれって言っただろ⁉」

キコリとオルフェは家路を急ぐ。それはどうしようもなく平和な光景で。

オルフェの口元にも、僅かな笑みが浮かんでいた。


それから、数日。

警戒の意味も含めて「生きている町」には近づかず、キコリとオルフェはソイルゴーレムを狩っていたが……再びあの鎧の剣士が攻めてくることはなかった。

あの一体が特別だったのか、襲ってくるのを諦めたのかは分からない。だが、少なくとも「襲ってこない」ことだけは確かだった。

「……どう思う？」

「どうもこうも。襲ってこない。それだけでしょ」

「その意図だよ。あの一体が特別だったのか、それとも『もっと特別な何か』ができつつあるのか」

「そこまで濃厚な殺意を持つ意味が不明でしょ」

「そうなんだよなあ……」

あの鎧の剣士はキコリに確かな……それも濃厚な殺意を持っていた。だが中身は空っぽであった。

キコリはリビングアーマーなどに怨みをかった覚えは微塵もない。だからこそ、あの襲撃は意味不明なのだ。あのリビングアーマー……鎧の騎士はどういう意図で、何故そこまでキコリを殺したがったのか？　そもそも、あの鎧の騎士は何なのか？　謎は、何一つとして解けてはいないのだ。

「やっぱり『生きている町』を探索する必要があるな……」

「結局そうなるわよね」

「ああ。ロックゴーレムの襲撃も相変わらず発生中。ただ、アレは……」

そう、鎧の騎士の「足跡」の件は報告した。そしてロックゴーレム襲撃時に調査が行われたが、足跡らしきものはどこにも残っていなかったのだ。

あの鎧の騎士の透明化の理屈とは違うのか。それとも、もっと高度な何かなのか。

分からない。まだ、何も分かっていないのだ。

「何も進展がない。まさかこんな結果になるとは思ってなかった」

キコリの背後にソイルゴーレムが現れ、オルフェのファイアアローが大穴を幾つもあける。

そこに振り返ったキコリが斧を叩きつけ足を狩ると、毎度のように掘り起こして魔石を取り出してしまう。その魔石をオルフェがキャッチすると、ふうとため息をつく。

「そりゃこっちの台詞よ。ようやくこの気分悪い町を離れられると思ったのに」

「それなんだけどさ。なんか、視線に変化がある気がするんだよな」

「変化って？」

「微妙に好意的っていうか」

それを聞いて、オルフェは胡散《うさん》臭い詐欺師を見ているような顔をキコリに向ける。

「大丈夫？　大神とかいうオッサンに会ってリフレッシュしすぎた？」

「怖いもんなしだよなオルフェ……大神だぞ……？」

「会ったこともない神が何だってのよ」

それがオルフェらしさではあるのだろう。そういうところにキコリは救われているのだ。

「そもそも父性だの母性だのが何よ。キコリはあたしにそういうの感じるべきなんじゃないの？」

「オルフェは……相棒だからさ。そういうのは感じないかな」

「絶妙に怒りづらいわね」

そんなことを言い合いながら、キコリとオルフェは「生きている町」へ向かっていく。

第四章 生きている町

生きている町。その場所には水商人がいて、何人もの冒険者が出入りしていた。

町の中に足を踏み入れると、生きている石やら包丁やらが襲ってくる……ということはなくて。

「……あれ？」

キコリが首を傾げる程度には、何もない。道を歩けば時折生きている石が襲ってきたりはするが、家の中から生きている包丁が飛んできたりはしない。しばらく歩いてみても、それは同じだ。

「………？」

やはりあの時だけが変だったのだろうか？

あの日、生きている包丁がこれでもかと襲ってきたのは、本当に一体何だったのだろう？

首を傾げつつも、キコリはオルフェへと視線を向ける。

「噂の武具屋とか見に行ってみようか」

「まー、この調子なら大丈夫そうだけど。前回が前回だっただけに、逆に不安ね」

「すげー分かる」

歩いて行くと、獣人の冒険者のパーティーとばったり出会う。犬獣人にサイ獣人、熊獣人といった構成の彼らはキコリを見ると目を見開き……やがて「よう」と手を上げる。

キコリは少し戸惑うが……サイ獣人が「あー……」と何かを言い淀《よど》むように鼻先を掻く。

「ソイルゴーレム狩りとか、見てたよ。強ぇな」

「ありがとう……？」

「そんだけだ。じゃあな、頑張れよ」

そのままキコリの横を歩き去るが……オルフェは始終胡散臭そうな表情のまま彼らを見送った。

当然すぎる反応を口にする。あれだけ蛇蝎《だかつ》の如く嫌ってたくせに、何なのか。そう口に出さなかった分、オルフェも丸くなったが……あと少しで言っていたかもしれない。キコリも苦笑する。

「……何あれ」

「挨拶だろ」

「そんなもんしなかったじゃん、今まで」

「少しずつでも変わろうとしてるんじゃないか？」

たぶん……キコリ本人を嫌い続ける理由がなくなってきているのではないだろうか。竜神官と仲が良いのもそうだが、この町でキコリは初日の大騒ぎを除けばストイックに仕事をしている。必要な物を買い、余計な騒ぎを起こさず、冒険者としてやるべきことをやる。その上で結果を出していれば、それに何かの文句をつけ続けるほど、格好の悪いことはない。

あるいは鎧の剣士という襲撃者に襲われて死にかけても、まだここに残っていることが彼らの琴線に触れたのかもしれない。

そのあたりは想像するしかないが……何かが少しずつ変わりつつあるように、キコリには思えた。

「納得できないいんだけど」

「人間関係なんてそんなもんだろ」

オルフェたち妖精との出会いも致死級の攻撃だったことを思えば、キコリとしては本当に「そんなもん」だったのだが。

「うーん……まあ、そうかもしれないけど」

「気にする事でもないさ」

そう言って笑うキコリを見て、オルフェは気付く。

（あー……やっぱり『前』とはなんだかんだ違うわね）

いわゆる承認欲求的なものは、キコリの中からすっぽり抜け落ちている。

精神的な余裕ができただけであって、精神構造が変わっているわけではない。キコリの中での獣人に対する評価というものは、昨日までと何ら変わりないのだ。

（満たされた……って感じなのかしらね。つまり今までは満たされてなかった……）

「後で抓《つね》るわ」

「え、なんで!?」

「ムカついたから」

オルフェはツンとしたままだ。そして……こんなことをできる程度には、状況に余裕もあったのだ。

「やっぱり前と全然違うな」

「前が異常だったってことでしょ」

「だよな。それにさっきの連中を見ても『今が正常』だって分かる」

この状態が正常なのであれば、冒険者が多く出入りするのも水商人がいるのも理解できる。安全というわけではないが、凄く危険というわけでもない。それが「普通」なのだろう。だとすると……。

「ここは食堂、か？」

看板の文字は読めないが、フォークとナイフの交差する絵を見れば何となく理解できる。

「なんで疑問形なのよ」

「いや、だって読めないし」

「人間の文字でしょ？」

「俺の習った文字じゃないな」

旧字とかそういうやつだろうか、とキコリは思う。まあ、読めないものは仕方ない。

「ふーん……でも食堂なんか入らないわよ」

「俺もやだ。包丁とかナイフとか目茶目茶飛んできそうだし」

包丁、ナイフ、フォーク、スプーンに皿、各種の調理器具。そうしたものが全部「生きている」なら、正直敵の数はとんでもないだろう。特段の用事があるのでなければ近づきたくはなかった。

「食堂っていうよりはレストランっぽいな」

食堂の場合、あくまでキコリの見た範囲になるが……スイングドアであることが多い。そして窓を大きくとり、全体的に開放感がある。だが、ここは普通のドアであり、窓もそれほど大きくも多くもない。まあ、全ての食堂がそうというわけでもないし、単純にキコリの主観の問題ではあるが。

歩いていると、幾つかの店が見当たるようになる。商品などはないが食材店、雑貨店もある。

食材店はともかく雑貨店らしき看板の店先に籠一つないのは、全部持っていかれたのか？

「看板の文字が読めないのが痛いな」

「読めたら何か変わるの？」

「いや、俺の主観だとこの店は雑貨店なんだけどさ……そこの食材店と造りが同じに見えるんだよ」

キコリの言葉に、オルフェは首を傾げる。

「それの何が引っかかってるのか分かんないんだけど」

「この町……なんか妙に似た感じの建物が多い気がするんだよな」

意図的にそうしているのだとしたら、随分と都市計画のしっかりした町だったのだろう。店の形を同じにすることなど、余程の統制がないと無理だ。防衛都市ですら建物はバラつきが多いのだから。

商品を並べるためであろうスペースと、その奥に少し急な階段。上ってみると生活スペースなのか、ベッドが置いてあるのが分かる。窓は嵌《は》め殺しで、開くための仕組みはどこにもない。

「何もないわね」

「ああ。生活感が微塵もない。ここでは暮らしてなかったってことか？」

キコリの言葉に、オルフェも「んー……」と小さく唸る。

さっき感じた懸念が現実のものであるような、そんな予感がしたのだ。

「キコリ。どこでもいいから普通の家の中、見に行かない？」

「ああ、俺もそう思ってた」

階段を下りて、適当な家のドアを開ける。その中は……テーブルに椅子、ベッド。そして、調理台と調理器具の数々。

「やっぱりこの町、変だ。水場も焼き場も煮炊きする場もないのに、調理器具だけが揃ってる」

「トイレもないわよね。人間はアレ必要なんでしょ？」

他にも色々と変な場所はあるが、それは「個性の問題」で済む。だが……キコリはここに来るまでの間、井戸の一つも見てはいないのだ。

「何か変だ。確かに町なんだが、物凄い違和感がある。今まで誰も気付かなかったのか？」

「バカだからじゃないの？」

「いや……うーん……」

流石にそうではないと思いたいが……キコリは考えて、ハッとする。

「あ、そうか。普通の冒険者は家なんか持ってないんだ」

「はあ？」

そう、普通の冒険者は雑魚寝《ざこね》の安宿、それなりの冒険者でも個室があるとか飯がついたりとか、そういう宿暮らしだ。家を持っている冒険者など、ほぼいない。だから気付かない。

「ここに来るのは全員冒険者。ジオフェルドさんたちは何かで来ることはあったとしても、基本的には報告頼り。だから気付かないいんだ。ここに来る奴が皆『普通の家』を知らないから」

「普通を知らない……」

「ああ。考えてみれば俺も、アリアさんに助けてもらうまではそうだった」

キコリ自身、アリアの家に居候するまでは安宿暮らしだったのだ。

今もギザラム防衛伯やジオフェルドの好意がなければ、どこかの宿に泊まっていただろう。

だから、分かる。自宅の台所で料理をする冒険者など、いないのだ。

誰しも誰かの子供である以上、生まれた場所は存在するにせよ、それが専門の施療院であったりする者も多いだろう。

冒険者を好き好んでやっているのは所謂《いわゆる》普通の人生からドロップアウトした者であることには変わりなく、孤児院出身の者も非常に多い。恵まれていても両親が冒険者という者だって多い。上手くいけば農家の息子……キコリもそれにあたるが、調理場という「大人の領域」について詳しい記憶を持つ者も少なく、小さい村であれば共同調理場が設置されていることだってある。だから気付かない。

「いや、待て。ここが共同調理場のある町だったたって可能性もあるか」

探してみよう、とキコリは思う。

気温の高い場所だ。水が貴重で井戸が少なく、共同調理場が設置されている可能性も高い。あるとすれば町の中に幾つか。しかし家を出てしばらくウロウロしても、それらしきものは見当たらない。

それは、つまり。

「なんだこれ。おかしいぞ……？　こんな町で人間が暮らしてたっていうのか？」

「井戸一つないのはおかしいわね。水飲まなきゃ死ぬんでしょ、人間」

「調べてないところにあるにしても、不便すぎる。こんな規模の町ができるような場所じゃないだろ」

そう、人間が暮らす町にしてはおかしい部分が多すぎる。だとすると……ここは何が住む町だったのだろうか？

オークの集落も見たことがあるが、こういうものではなかった。こちらは人間の町の造りに見えるし、ここから産出する各種のアイテムも人間用。ならば、人間の町のはずだ。なのに人間の町としてはおかしい部分が多い。

「そう、おかしいんだ。人間の町をあまり知らない奴が、それっぽく造ったみたいな……」

「なんでそんなことする必要があるのよ」

仮にこれがモンスターの仕業《しわざ》だとして、何のためにやる？　人間をおびき寄せて殺す？　それにしては温《ぬる》い。稼ぎ場として利用されているくらいなのだ。罠ならばもっとやりようがあるはずだ。

人間の真似をした？　意味がない。だってここには住人がいない。

暇つぶし？　誰が？　どうやって？　そもそも主人は誰だというのか？

「意味がないんだ。こんなものを作る意味がない。一番可能性があるのが『暇つぶし』しかない」

だが……こんなものを作る『暇つぶし』ができる存在。

それを考えると、ゾッとするような予想しかできなかった。

だが、オルフェはキコリと比べると大分冷静な表情を浮かべていた。というよりは、悩んでいるような表情……だろうか？

「何か思いついたのか、オルフェ？」

「思いついたっていうか……この町をどっかの誰かが作ったとしてよ？　そいつは『いつ』作ったのかなって」

「んん……？　……あっ」

キコリは首を傾げ、すぐに気付く。いや思い出す。ダンジョンが「ダンジョン」になったのは、つい最近の話だということを。迷宮化によって、全ての転移先がシャッフルされているということを。

「少なくとも、ダンジョンになる前にはもうできていた……ってことは」

「そうよ。作った奴、ここにいない可能性もあるんじゃないの？」

この町を作ったのがどこの何者であるにせよ、状況から考えて町は迷宮化の前から存在していた。そして今まで主人らしき者が現れていない。また略奪を許しているということは「そういうこと」なのではないだろうか？　そう考えるのが自然だ。

「……だとすると、あの鎧の剣士は何だったんだ？」

アレがこの「生きている町」の防衛機構か何かだとして、キコリだけを執拗に狙った理由の説明がつかない。鎧の剣士さえ出て来なければ「ここを造った者は、ここにはいない」という結論にキコリもすぐに辿り着いただろう。だが、鎧の剣士の存在がずっと引っかかり続けている。

アレはずっとこの町にいて、何かの条件で起動しただけなのだろうか？　それとも、キコリを敵視する「何か」が送り込んだのだろうか？

もし後者なら……ここには少なくとも管理人に類する何かがいる。

（それだけじゃない。ロックゴーレムの件もだ。そんなものを細々と送り込む必要がどこにある？

警戒させるだけで利点があるとは思えない）

目的が見えない。想定されるどの目的を当てはめても、しっくり来ない。

だから、いつまでも「何故」が消えない。絶妙な気持ちの悪さだけが思考に残るのだ。

「いないと考えた方が自然だ。でもおかしい点が浮き彫りになる。逆も同じだ。訳が分からない」

「そういう時はさあ、とりあえず仮決定しとけばいいじゃない」

「仮決定って……そういうものじゃないだろ」

「そういうものよ。とりあえず仮定しといて、それを前提に行動するの」

どうせ答えなんか出ないんだから、とオルフェは言う。

まあ、その通りではあるのだが……それを言ったら終わりという気もする。する、のだが。

「……そうだな。これ以上悩んでも答えは出そうにないし」

とりあえず、ここを造った何者かは「いない」と仮定する。そうして探索する過程できっと、見えてくるものもあるだろう。キコリはそう思うことにした。

生きている町の探索は進む。家、何かの店……通り過ぎていく間に多少のリビングアイテムによる襲撃はあるが、あの苛烈さはない。恐らくテリトリーや攻撃してくる前提条件があると思われた。

やはりあの状況が特別だったのだ。そう思わせる中で辿り着いたのは……以前話に聞いていた武具屋と思しき場所だった。人が集まっていて、今もこちらに背を向けた獣人が、戦利品らしき兜を被っているところだった。

（……なんだ？）

ふと感じたのは、違和感。この「生きている町」の稼ぎ場にいるとは思えない程の、静けさ。

全員が鎧と兜を纏い、動きを確かめるようにガチャガチャとやっている。

「何こいつら」

「分からん。だが……」

キコリは油断なく斧を構える。獣人のうちの一人が兜のバイザーを下ろし、キコリへ振り向く。

「此処に用事か？」

「そういうわけじゃないんだが……」

「そうか。悪いが今日の分は俺たちが貰った。明日また頑張ってくれ」

「あ、ああ」

そのままガチャガチャと歩き去っていく獣人の冒険者たちは……なんとも静かだ。欲しいものを手に入れたのであれば、もう少し喜んでもいいと思うのだが……今までのキコリへの態度を考えれば、不自然というほどでもない。

しばらくその姿を見送ると、キコリは武具店の中を覗く。すると、そこは確かに色々と奪われた後で……鎧が飾ってあったと思われる飾り台や、剣を置いてあったと思われる壁掛けなど……そういったものしか残ってはいない。

「……気のせいか？」

キコリの呟《つぶや》きに、オルフェは答えない。獣人の冒険者たちが去っていった方向を見つめたまま、一向に視線を外す気配もなく、店の中に入っても来ない。

「オルフェ？」

「あのさ、キコリ。ちょっとこっち来て」

手招きするオルフェに従ってキコリは武具店の外に出る。そのまま、建物から少し離れると……オルフェは手の平を空へと掲げ、炎の槍をその手の中に生みだす。

それは回転しながら収縮し、細くなり、最終的にジャベリンの如《ごと》く細い槍のような形になる。

「スパイラル……ッフレアアアアアアア！」

ゴウッと音を立てて投擲《とうてき》された炎の槍は回転しながら急速拡大し、武具店に衝突する。

ズドンッと。とんでもない音と共に余波の熱風がキコリたちを襲い、武具店のあった場所には、その残骸が残るのみとなってしまう。

「お、おいオルフェ。こんなことしたら」

「だってさー。胡散臭さに胡散臭さが重なって、めんどいんだもん」

「めんどいって」

「もうこの町ぶっ壊さない？　凄いスッキリすると思うんだけど」

「いや、言ってることは分かるけどな？」

確かにそうした方が話は早いだろう。ゴーレムの件も鎧の剣士の件も、全部ここが出所《でどころ》の可能性が高い。町を全部壊してしまえば、そんな問題も出なくなるかもしれない。

ここに「管理人」がいないのであればなおさらだ。問題としては、ここが「稼ぎ場」であるということだ。潰してしまえば防衛都市としての収入も激減するだろう。

「……別に問題ないか」

ニールゲンにはそんな場などなくても、ちゃんと経済は回っていた。ならこんな「稼ぎ場」はなくなった方がいいのではないだろうか？　安全に稼ぐから、冒険者が腐るのではないだろうか？

そう考えれば……この「生きている町」は、毒だ。叩き壊して更地《さらち》に変えれば、もっと良い方向に変わるのではないだろうか。

「よし、やろうオルフェ」

「そうこなくちゃ！」

キコリはひとまず、武具店の向かいにあった建物に手を触れる。その家が崩れ去る姿を思い描き、魔力を掌《てのひら》に集めて。

「ブレイク」

建物に亀裂が走り、ガラガラと崩れ去る。やはり多少の魔力抵抗がある。ここを何者かが作り上げたのは確定というわけだ。

振り向けば、オルフェがそのあたりの家に片っ端から魔法をぶつけて壊しているのが見える。

「あはは！　たーのしー！」

「人がいないかは気を付けてくれよ」

「そんなヘマしないわよ！　人間は臭いからよーく分かるもの！」

その言葉に、キコリは苦笑する。

ニールゲンでアリアとも暮らして、このイルヘイルでもジオフェルドたちと話して、オルフェの人間に対する嫌悪感は薄れたのではないかとも思っていた。しかし実のところ、あまり変わってはいないのではないか。そう気づいたのだ。きっとキコリの手前「仲良くしている」だけなのだろう。

まあ、人付き合いとは多かれ少なかれ、そんなものだが。

「ブレイク」

もう一軒家を壊して、キコリはオルフェをチラリと見る。

キコリが今取得している魔法は「ブレイク」「ミョルニル」の二つだけだ。ドラゴンとしての力を使えばドラゴンブレスなども選択肢に入るが、軽々とは使えない。それはキコリの魔力の少なさに起因するものだが、今はそうではない。なら……もう少し何かできるのではないだろうか？

「いい機会だ。やってみるか」

ブレイクを覚えたあの日、本で読んだ魔法を思い出す。

あの時は選択肢にすらなかったが……今なら。今の自分ならば。

思い出せ、あの魔法の使い方は。

手を、空へと掲げて。相手を打ち砕く槍をイメージする。

「グングニル」

巨大な槍を、投擲する。

爆発と共に家が吹っ飛んだ時……キコリは、自分の中の選択肢が自分の想像よりも広がっていることに気付いていた。

破壊を続けていくと、何やらコインらしきものが散らばった場所に辿り着く。まるで強盗が逃げた後のような、そんな惨状だが……何の店かは想像がついた。

「ここが両替商か」

「分かるの？」

「いや、状況からの推測だ」

たくさんのコインが落ちているような場所など、他には金貸しくらいしか想像がつかない。ジオフェルドが両替商の話をしていたから、そこからの推測でもあるが。

キコリは落ちているコインに斧を叩きつけると、割れたコインを拾い上げる。

「……魔石がない」

「あ、ほんとね」

見えないくらいに小さな魔石が入っているのでなければ、このコインは……いや、ここに転がっているコインは「生きているコイン」ではないということになる。見た感じは全て金貨のようだが、ここを荒らしていた連中は、何故これを放置していったのだろうか？

「ま、いいか。壊そう」

「そうね」

オルフェの魔法が炸裂し、両替商の建物が木っ端微塵《こっぱみじん》になる。

そうして壊しながら進めば「次」に繋がる転移門の側まで来る。

壊して回って、入り口の壁以外は全てなくなって、門から壁の向こう側を覗いてみれば、商人の姿も消えていた。

「……いないな。破壊音で逃げたか？」

常識的に考えて建物を壊しまくる破壊音が連続すれば、逃げるのはリスク管理として当然だ。

しかし、逆に丁度いい。この町は全部壊すつもりだったのだから。

「ブレイク」

触れた場所から門が崩れ……ある程度まで崩壊すると、そこで止まる。

「ま、こんなもんか」

「大分疲れたわねー」

「そりゃあな。とりあえず片っ端から壊したけど、何か出てくる様子もなし。ロックゴーレムでも出てくれば『ここが原因』で確定だったんだが」

だが、出てこないものは仕方ない。町が原因でなくとも、その先のどこかという可能性もある。あるいは砂漠の方から来ている可能性だってあるのだ。一つ可能性を潰せただけでも充分だろう。

キコリとオルフェは壊れた「生きている町」をしばらく眺めていたが、やはり何かが起こる様子もない。本格的に「ハズレ」ということなのかもしれない。

「戻るか。ちょっと頑張りすぎた」

「そうね」

言いながら、キコリとオルフェは転移門を潜ってその場から消えて。

誰もいなくなったその場所に……低い、声が響く。

『面白い。面白いな……お前の手番、楽しませてもらった』

だが、と「その声」は言う。

『次は我の仕込みも済んでいる。趣向は凝らしたつもりだ……存分に楽しんでくれ』


ソイルゴーレム平原に、人がいない。

その事実にキコリとオルフェは首を傾げる。ここは稼ぎ場の一つということで、かなり人がいるはずなのだが……誰もいない。

それだけではない。ソイルゴーレムも出てこない。人が居なければ倒されないソイルゴーレムがウロウロしているはずなのに、居ないのだ。

「……オルフェ」

「分かってる。おかしいなんてもんじゃないわ」

キコリとオルフェは、注意深く周囲を見回す。

町に人がいないのは良い。あれだけ破壊活動をやっていれば当然だ。だが転移門で隔《へだ》たれたこの場所にいないのはおかしい。明らかに何かが起こっている。

だが……それが「何か」までは分からない。分からないが……解明している暇は、ない。

「急ごう！」

キコリとオルフェは、次の転移門へ急ぐ。だが、その眼前にソイルゴーレムが生まれ立ち上がる。

「邪魔だ……ブレイク！」

ズドン、と。吹き飛ぶようにソイルゴーレムが崩れる。落ちる魔石には目をもくれず、キコリたちは先を急ぐ。そうして潜った転移門の先。

そこには、ソイルゴーレムと戦っている冒険者たちの姿があった。

先ほど会った全身鎧の冒険者も交じっていて、かなりの激戦であることが窺《うかが》える。

「足を狙え！　とにかく倒して魔石を掘り出してやれ！」

ギザラム防衛伯が指示を出しているが……大剣を振っている姿は歴戦冒険者の如くだ。

「俺たちも行こう。ミョルニル！」

キコリが斧に電撃を纏わせ投擲すれば、ソイルゴーレムの足が切り裂かれ倒れる。

そこに他の冒険者たちが群がり、魔石を掘り返していく。

「ロックアロー！」

オルフェの放った数本の石の矢は、ソイルゴーレムの胴体を貫き、そのうちの一本が魔石を見事貫き身体の外へと放り出す。

ソイルゴーレムの一体がオルフェを狙い拳を振り下ろして、けれどオルフェはそれを避ける。

「ばーか、デカブツ！　そらっ、ロックアロー！」

そうして放った石の矢はソイルゴーレムを貫いて。けれど、魔石には当たらなかったようでソイルゴーレムがブンブンと腕を振り回す。

「あ、ちょっ！」

その足をキコリが叩き切れば、倒れたソイルゴーレムに何度もオルフェがロックアローを撃ち込んでいく。

「ちょっとキコリ、アレ使わないの⁉」

「いや、人前で使うには問題がな……」

ブレイクを使えば一撃だが、扱いが禁呪なので人前ではなかなか使えない。

「でも、そうだな。こっちなら……」

キコリは手を空に掲げ、相手を打ち砕く槍をイメージする。

「グングニル！」

放ったグングニルはソイルゴーレムを爆砕し、一撃で倒し切る。

「おー、やっぱその魔法派手ね！　こんな感じかしら……グングニル！」

「えっ」

ソイルゴーレムを爆散させたオルフェは「ヒャッホー」と歓声をあげる。

「いいわねコレ！　なんか構成に無駄が多いけど、派手なのはいいことよ！」

「そ、そうだな」

やはり魔法ではオルフェには敵わない。いつか魔法の才がないと言われたことを思い出しながら、キコリは次のソイルゴーレムへと向かっていく。

やがて、最後の一体が倒れて。襲撃を乗り切ったことに歓声が上がる。

「よくやった！　諸君の勇気と鍛え上げた力に感謝する！」

ギザラム防衛伯の声が響いて、再度の歓声が上がる。これで全てが終わりであるように思えた。

何故ソイルゴーレムが突然襲撃してきたのかという謎はあるが、それをいえばニールゲンにいた時のゴブリンの襲撃も「理由」などキコリは知らない。

だからこそ防衛都市が存在するのだろうし、キコリ自身それに疑問を抱くはずもなかった。

しかし、それでも「何故」とは考えてしまう。あるいはこれは悪い癖かもしれないが……。

「何か心配事？」

「いや。なんでソイルゴーレムはここを襲撃したのかって思ってさ」

「理由なんてないでしょ。ロックゴーレムも来てるんだし」

やはりそういうものなのだろう。これもまた世界の常識に慣れていないせいかもしれない。

そう自分を納得させると、ギザラム防衛伯の声が聞こえてくる。

「よし、勇者たちよ！　凱旋するぞ！」

「おおー！」

ひときわ大きな歓声が響き、防衛伯に続いて冒険者たちが英雄門に向かって歩いて行く。

防衛都市を守った勇者であることは確かだし、そうやって士気を保ってもいるのだろう。ギザラム防衛伯も手慣れていて、これは何度も取ってきた手法なのだろうとキコリは想像する。

キコリたちもそこへ交ざり、英雄門から戻っていく。近くの広場まで辿り着くと「では解散！」という声が響き、冒険者たちがあちこちに散っていく。

その様子を見て、キコリは軽く頬を掻く。

「考えすぎだった……のか？」

オルフェも「んー」と首を傾げてしまう。何しろ、こうしていても何かが起こる気配がないのだ。ならば、発生していた「おかしいこと」はソイルゴーレムの襲撃であり、それはもう解決した……ということでいいのだろう。

「ま、解決したならいいか。無駄に緊張しちゃったな」

「そうね」

頷き合い、キコリとオルフェは自宅に戻る。

肉を焼いて塩をかけ、野菜サラダを作って食べて、風呂に入りベッドに入れば、難しい思考も消えて失せる。明日は更地になった「生きている町」に行って、再度ロックゴーレムの出所《でどころ》について調査すればいい。そんなことを考えて、眠りについた。

けれど……真夜中に響いた音によって、その眠りは脅《おびや》かされることになる。

第五章 せめて、自分らしく

「……安定してるわね」

いつも通りにキコリの状態を診ていたオルフェは、そう呟《つぶや》く。

人間の事など微塵《みじん》も興味はないが、獣人の態度の変化とやらがキコリの状態に細かく影響することは分かっていた。人間の中で生きるために「適応」するキコリ。だがそれは「我慢して生きる」という意味では決してないことを、オルフェにはもう充分に分かっていた。

ドラゴンの適応とは「快適に生きる」ことであり、それは精神面での変容も意味する。だからこそ町に来てからオルフェはそれなりに苦労してキコリの「適応」を邪魔しているのだが……確かにこの町は、少しずつ変わってきているようだ。

キコリという普人……のフリをしたドラゴンは、普人を日常の光景として受け入れる準備ができているようだ。そこにどういう心境の変化があったかは、オルフェは一切興味がない。

しかしまあ、結果としてキコリに良い影響があるなら、何も問題はない。

実際今日は、オルフェが何かをやる必要は無さそうだ。

「まったく、あたしにこんな世話させて。妖精にだってそんな贅沢《ぜいたく》な奴いないわよ？」

感謝しなさいよね、と言いながらオルフェは寝ているキコリを見下ろして、階下から聞こえて来た音にピクリと反応する。

ゴトン、と。何かが落下した音がしたのだ。同時に、ドアが開く音も。

（鍵もカンヌキも閉まってた。つまり今のは……）

カンヌキと鍵が切られた。そう想像するのは難しくない。オルフェは窓を開け放ち、叫ぶ。

「ドロボ――――――――！」

「うわっ⁉」

その大声にキコリも跳ね起きて、部屋の中を駆け、階段を駆け上がってくる音に反応し、全身に鎧を纏い斧を握る。ドラゴンになってから、それが一瞬で済むのは強みだが……キコリはそのままベッドから跳ぶと、階段を上がってくる全身鎧の不審者に対し躊躇《ためら》いなく斧を投げつけた。だが。

全身鎧に当然のように弾かれてしまう。怯《ひる》んだ様子すらない。

「どきなさい、キコリ！」

オルフェの叫び声に、キコリはその場を飛びのく。

「アクアストリーム！」

放たれた水流が、全身鎧たちを押し流す。階段下でゆらりと立ち上がる鎧に、オルフェは叫ぶ。

「殺していいのよね⁉」

キコリは一瞬だけ悩み……斧を構え直す。

「殺そう。分かり合えるとも思えない」

油断はしない。殺さず制圧するとか人格者なことを言えるほど、自分は強くないと知っている。

だからこそ、キコリは斧にミョルニルの電撃を纏《まと》わせた。

電撃を纏った斧を階段下の全身鎧へ投げつけると、斧自体はミョルニルで強化してなお弾かれてしまう。だが、ミョルニルの電撃は全身鎧へと流れ……しかしそれも、鎧の表面を滑っていく。

（いつかの鎧剣士とも違う……もっと高性能な鎧！）

キコリは戻ってきた斧を投げ捨てると、階段を登ってくる鎧目掛けて手を振り上げる。

「グングニル！」

ズドン、と。階段ごと余波で吹っ飛ばす魔力の槍が炸裂し、全身鎧が吹っ飛んで。

しかし、それでも階段の下に落ちた鎧には何の損傷もない。

「うえー……何アイツ」

「分からん。だが……普通じゃない」

鎧の剣士の同種に思えるが、鎧のデザイン自体は、あの獣人の冒険者が着ていたものと同じだ。

獣人の冒険者が襲撃してきたという可能性も、僅《わず》かながら残ってはいる。いるが……キコリはそうではないと気付いていた。

「オルフェ。リビングアーマーが人間を中に入れる可能性……あると思うか？」

「はあ？　何のためよ」

「分からないけど。でもたぶんアレ……人間じゃないぞ」

聞こえない。吹っ飛ばされた時の呻《うめ》き声も、ミョルニルに対する何らかの反応も、嘲《あざけ》りも僅かな吐息も、何もかも聞こえないのだ。そんな生命体が……いるはずがない。

「何なんだ、お前ら……なんでそこまで俺にこだわるんだ」

階段が壊れ、もうここには登ってこられない。それでも全身鎧たちはどこかに行く様子はない。

三体の全身鎧は、キコリたちを見上げて。

『『『貴様が悪い』』』

全く同じ声で、全く同時にそう答える。

「俺が？　何を言ってるんだ？」

『知っているぞ』

『俺の邪魔をしに来たんだろう』

『だがそれ自体をどうこう言うつもりはない』

邪魔。それがどういう意味かは想像できる。キコリがここにいる目的は、一つしかないのだから。

「ロックゴーレムの主人か、お前。やっぱり出所《でどころ》は同じだったんだな」

『その通りだ』

『そしてお前は俺の遊びに乗ってきた、予想外の駒だ』

『ならば俺は当然それをルールに則《のっと》り排除する』

遊び。ルール。よく分からないが……この「何者か」が何らかのルールを決めて、それに従って遊んでいることだけは理解できる。

「ルールって……何だ？」

『相手の侵攻に、相応《ふさわ》しい襲撃を』

『つまらんゲームだ』

『冒険者を名乗る割に、誰も冒険しない』

『『『それでも、暇つぶしにはなる』』』

それは、つまり。キコリの介入によって、それに相応しい反撃をしてきたということになる。

ならば……今日、キコリがやったことは。それに相応しい「襲撃」とは。

「それが、この襲撃……俺を確実に殺せそうな戦力ってわけ、か？」

『『『違う』』』

キコリの言葉に全身鎧はそう答える。特に感情もこもらず、ただ淡々と事実を並べるかのように。

『お前如き、殺すのは簡単だ』

『言っただろう』

『相手の侵攻に、相応しい襲撃を』

だからここに三人いるのではないか。考えて……キコリはふと、違和感に気付く。

侵攻に相応しい襲撃。キコリが今日やったことは……何だった？

気付き、ゾクリとする。……まさか。

ドゴン、と。どこかで凄《すさ》まじい音が響く。何かが吹き飛ぶような凄まじい音。まさか、それは。

キコリがやったことは「生きている町」を吹き飛ばしたこと。それなら、まさか。

『今日は楽しかった』

『貴様も楽しんでくれ』

『このゲームを楽しもう』

「何がゲームだ……！」

叫んで、キコリはもう一つの違和感に気付く。

先程からオルフェが妙に静かで。振り返ると、オルフェが真っ青な顔で震えているのが見えた。

「キ、キコリ……おかしいわよアレ」

「おかしいって、いやそりゃ」

「何かとんでもない気配がするの！　あの時のヴォルカニオンみたいな、とんでもない気配！　さっきまでそんなの感じなかったのに！　喋《しゃべ》り出したら急に！」

ヴォルカニオン。爆炎のヴォルカニオン。キコリがドラゴンになる前に会った、炎のドラゴン。

それ程の気配が「喋り出した途端」にするというのは、どういうことなのか？

妖精は鎧が人間臭いと言う程度には「そういうもの」に敏感だ。

先程までは普通だったから、本当に突然なのだろうが……それならば、まさかアレを造ったのは。

「……ドラゴン、なのか？」

『そういう貴様はヴォルカニオンの縁者か。同族とは思えぬ弱々しい気配……合点《がてん》がいった』

「…………！」

何を言っているかは分からない。だが、確定した。確定してしまった。

あらゆる可能性のうちから、最悪に限りなく近いモノ。

ロックゴーレムの作製者は、ドラゴンだ。そしてそのドラゴンが今、何らかの手段をもって防衛都市を攻撃している。先程から響く破壊音と怒号、悲鳴……。

本体ではないだろう。あくまでゲームを気取るなら、それはないはずだ。

「ゲーム……ゲーム、か」

『そうだ』

「で、お前はドラゴンで。俺にドラゴンの気配を感じた」

『そうだ』

「こちらの攻撃に合わせた攻撃を、お前は返す」

『そうだ』

そうか。それならば、一つ。たった一つだけ、そのルールに反したことがある。

そしてそれは恐らく、ドラゴンがドラゴンであるが故《ゆえ》。一連の「ゲーム」を行うドラゴンの、たった一つのミス。

「ならお前……あの時、なんで俺を殺しに来た？」

『何……？』

「殺しに来たよな、俺を。襲われて返り討ちにしただけの、俺をだ」

そう、そうだ。目の前のコレの裏にいるドラゴンはあの日、キコリを殺しに来た。その後も狙ってきた。結局キコリが返り討ちにしたが……アレはドラゴンの言うルールに当てはまっていない。

ならば……アレは。

「ルール違反だよな。それとも、お前を殺しに行く権利、二回分か？」

『………』

全身鎧たちは黙り込む。まさか本当に「殺しに行く権利二回分」を認める気ではないだろう。

（ヴォルカニオンと同等かもしれない奴なんか殺せないぞ。なんとかここから交渉して……）

『貴様、名前は何という』

「は？　キコリだ」

『そうか。キコリ、俺のルール違反を詫《わ》びよう』

「あ、ああ」

あっさり自分の非を認めてきた。だからこそ不気味だとキコリは思う。

ルールと言っても、所詮ドラゴンが勝手に決めたものだ。守る理由はないだろうに。

『俺は貴様があの場所に来た時、他のドラゴンによる侵略だと思った。だからこそ、逃がさず殺しておきたかったのだ』

侵略。ドラゴンが他のドラゴンの領域に入ることを、そう呼ぶのだろうか？

だとすると、今後ヴォルカニオンに再び会いに行くというのも難しそうだが……。

しかし、それもまたこのドラゴンの「ルール」、つまり個人的な感覚の可能性もある。

だから聞いてみることにした。形だけでも話し合いに応じている今なら可能だろうと踏んでいた。

「俺はそんな意図はなかった。つまり勘違いで殺しに来たってことか？」

『意図があったかどうかは重要ではない。貴様は俺の領域を侵した。それは万死に値する。だからこそ俺は刺客を送り、貴様はそれを撃退した。だがそれは俺と貴様の個人的な問題だ。ルールに則れば、違反である事に間違いはない』

ドラゴン同士にそんなルールがあるかどうか、キコリは知らない。だが……このドラゴンは「そういうもの」としていることだけは確かだ。ならもう、その方向で乗り切るしかない。

「そうか。で……どうするんだ？」

『破壊はここまでとしよう。さて、もう一回分は……どうするか』

「……ゲームを中断するっていうのはどうだ？」

『何？』

「ルールに問題が出たんだ。一度中止して見直す方がいい。そうだろう？」

咄嗟《とっさ》のことながら、なかなか良い「提案」だとキコリは思う。これを呑んでさえくれれば、キコリはここに留まる理由をなくすのだ。

まあ、どう伝えたものかという問題は残るが……あとはドラゴンがそれを了承さえすればいい。

そう考えるキコリに、全身鎧はゆっくりと声を紡ぎ出した。

『そうだな……それも、いいだろう』

よし、とキコリは心の中でガッツポーズをとる。それさえ約束できてしまえば、何も問題はない。

いっそギザラム防衛伯にはドラゴンのことを伝えたって良い。あの人であれば、いいように処理してくれる可能性はある。

だが……全身鎧はこう続ける。

『代わりに、貴様を殺そう』

「……は？」

『そうだ。それがいい。貴様を殺し、その屍《しかばね》を喰《く》らおう。そうすれば……』

鎧騎士たちは身を翻《ひるがえ》し、どこかへ歩いて行こうとする。

「お、おい待て！　なんでそんな……！」

『相応しい装いを整えよう。いっそ町ごと喰らうもいい』

話が通じない。何故そんな話に飛ぶのか。脈絡も関連も何もかも一切が存在しない。

いや、違う。これは、こいつは。何か……変だ。

オルフェの態度からしてドラゴンを思わせる何かであるのは確実だ。だが……あまりにもヴォルカニオンと違いすぎる。

ヴォルカニオンを知っている。ドラゴンかと聞いてそうだと答えた。あらゆる状況が相手をドラゴンだと告げている。なのに、この違和感は何だというのか？

「オルフェ」

「な、何？」

「確か、ヴォルカニオン以外のドラゴン見た事あるって話してたよな」

「したけど。クラゲみたいなドラゴン」

「どんなドラゴンだった？」

キコリの質問の意図が分からず、それでもオルフェは記憶を探る。確か、あのドラゴンは。

「とんでもなく強そうだった……わね」

「でも、オルフェは帰れたんだよな？」

「そりゃまあ、刺激しなかったし。でも、それがどうしたってのよ」

「なんて言えばいいんだろうな……」

キコリ自身、言語化できるほどの何かを持っているわけではない。しかし、一つ言えることがある。

「凄く……頭が悪そうだった」

「は？」

「さっきのやりとりだよ。アレ、ヴォルカニオン相手でも通じたと思うか？」

「え、分かんないけど」

「たぶん通じなかったと思う。ヴォルカニオンが『ゲーム』をしたなら、そこから逸脱はしないし俺の屁理屈なんか鼻で吹き飛ばすと思うんだよな」

あの「ドラゴン」には、不安定さが見受けられた。もっとも、それがドラゴンかどうかを疑う材料になる理由が分からないのだが。

「ドラゴンはエゴの塊だ」

「……その言葉って」

「ドラゴンであるが故にそうなのか。そうであるが故にドラゴンなのか。ドラゴンは自分の生きたいように生きる。そういうふうにできている。そして、それを通せるだけの『性能』を持っている」

ヴォルカニオンがキコリに告げた言葉だ。あの時、オルフェは脅《おび》えるしかできなかったが……。

「ドラゴンは、己のエゴを通すしかできない生き物。でも、アレは……」

エゴじゃない、と。キコリは、そう断言した。

「でもアイツ、自分の言いたいことだけ言って帰っていったじゃない」

「違う。アレはただ支離滅裂なだけだ。ヴォルカニオンは、俺にこうも言った」

ドラゴン相手にドラゴンが、相手の好かぬ意見を通そうとする時。それは互いの存在をかけた争いになると心得ておけ。あの日、ヴォルカニオンはキコリにそう言ったのだ。

「アイツがドラゴンで、俺をヴォルカニオンの縁者か何かだと思ってるなら……俺の言うことなんて聞くはずがないんだ」

そう、それが先ほどは気付かず、しかし引っかかり続けていた最大の違和感。

ドラゴン相手に譲歩を要求するなら、必ず戦いになる。だというのに、アレは引いた。ゲームの中断を選んだのだ。

「いや、でもキコリは結構自分の意見を引っ込めるじゃない」

「え？　そりゃまあ、人間はドラゴンじゃないしな」

「あー……そういう線引きしてんのね」

オルフェの覚えている限り、ヴォルカニオンなら交渉しようとした人間は焼くと思うのだが……キコリの生き方もある意味ではエゴだ。しかし、そこには何も言わない。

「ま、いいわ。なら、ドラゴンみたいな気配を持っていてヴォルカニオンを知っているアレは何？」

「分からん。が、もうそこはどうでもいいんだ。アレはドラゴンじゃない。その確信が大事なんだ」

キコリの言葉にオルフェは首を傾げてしまう。

さっきのアレがドラゴンではないとしても、魔法の通じないリビングアーマーを三体も作れることも、キコリに致命傷を与える剣を作れることも、何一つ変わっていないというのに。

ドラゴンではないという程度で、何が変わるというのか？

「ドラゴン相手だったら、勝てるか分からないけどさ。ドラゴンじゃないなら……なんか、死ぬほど頑張ればどうにか勝てる気しないか？」

「アンタ……」

「あー、いや。また生命のかかった戦いになるのはどうかと思うけどさ？」

オルフェは言葉を呑み込むと、仕方なさそうに肩をすくめる。

「どうせ向こうに殺害宣言されてるんだし。最大限フォローはするけど、死んだら許さないわよ」

「分かってる。なんとか勝って生き残れるように頑張るよ」

オルフェは、言わなかった。「ドラゴン以外が相手なら勝てる気がする」……いくら弱気な風に言葉を飾っても、それは最強の生物たるドラゴンの言葉である、と。

（こんな場所に来なかったら、戦わずにすんだのに。もう少し長く人間らしくいられたでしょうに）

それをオルフェが口にすることはない。ただ、どうしても、そう思わざるを得なかった。

「あ、そうだ。街！　大丈夫なのか!?」

キコリが慌てたように窓を開けると、あちこちに崩れた建物が見えた。

バタバタと人が走っている姿も見えて、襲撃者が消えたとしても終わりではないことを窺わせた。

「オルフェ。俺も色々と手伝いに行ってくる。どうする？」

「……一応ついてく」

階段は壊れているので、キコリは二階の窓から飛び降りる。

そうしてあちこち走り回り、救助活動に参加すると、終わる頃にはすっかり日が暮れていた。

救助活動をしていた獣人たちも疲れ切った様子で座り込んでいるが、熊の獣人がキコリの横にどっかりと座ると、瓶を一本差し出してくる。

「差し入れだってよ。ジュースらしい」

「……ありがとうございます」

「話は色々聞いてるよ。災難だったな」

「いえ、俺は別に」

「ハッキリ言っていいんだぜ。獣人は馬鹿の集まりだってな」

どう答えていいか分からず、キコリは近くを飛んでいるオルフェに視線を向ける。オルフェは肩をすくめて溜息をついた。

「やめなさいよ。今更そういうこと言われても何かの罠《わな》って思うだけよ」

「くっくっく……そうだな。実際、そういうことする奴もいるかもしれねえな」

熊獣人は笑うと、自分の分の瓶の蓋を指で弾いて開ける。

「ずーっと昔の、自分の話でもねえことで普人と喧嘩《けんか》してんだ。馬鹿じゃねえのかって話だ。しかしな……獣人なら皆、親に聞かされる話がある」

「……話、ですか」

「ああ。普人は俺らの毛皮剥《は》いで飾るのが趣味だってな。実際、王都にゃでっかい慰霊館があるよ」

ギザラム防衛伯は、種族間戦争は千年以上前のことだと言っていた。

ずっとずっと……遥か昔の話だ。しかし、だからといって、それは。

「俺にゃ想像もできねえ。戦争が終わって親兄弟恋人が毛皮になって、よく正気を保てたもんだ」

「それが、今も尾を引いている……」

「いまだに普人の中には獣人の毛皮を剥いでる奴がいるって噂も、定期的に出るよ」

勿論《もちろん》噂レベルの話だが、と熊獣人の男は付け加える。

「だが、噂でも怖いもんは怖い。そうだろ?」

「……ええ、まあ」

「つまりは、そういうこった。皆ビビってんのさ。こういうもんは、ゆっくり解きほぐすしかねえ」

「俺に、何をしろって言うんですか?」

「何も」

熊獣人の言葉に、キコリは思わず「えっ」と口を開けてしまう。

「言ったろ? 色々聞いてるって。誰も何も変わらねえ。必要なのは、その事実だけさ」

「じゃあアンタ、昔話しに来ただけ？」

「まあな。話せば分かる、ってよく言うだろ？」

ギザラム防衛伯からも獣人側の事情は詳しく聞いてはいない。しかし、獣人にも事情があるから何でもやっていいという話ではない。あの獣人たちのやったことは、許されるべきではない。

「しかしまあ、卑怯《ひきょう》な話し方ではあったな。同情を誘ったみてえなもんだ」

「全くその通りだと思うけど」

「ちょ、オルフェ……」

「だな。もっと別の言い方もあったかもしれねえ。俺ぁ馬鹿だから思いつかんが」

聞いておくべきだったたと、キコリは思う。獣人が普人に向ける感情は、それで充分に理解できた。

その上で、やはり初日の件は許せない。

「結局のところ、誰も彼もが過去しか見えてねえのさ。今も未来も、前にしかねえのにな」

そう言って、熊獣人の男は立ち上がる。

「応援してるぜ。今のところ、この町の連中にとってはあんたが『普人』の実例だ」

今や普人どころか人間ですらなくなってしまっているのだが、キコリは黙って頷《うなず》くのだった。

「あー……そういえば、家どうしような。壊れちゃったし、もう朝だし」

「呑気《のんき》な悩みねえ」

「切実だと思うんだが」

キコリが言えば、オルフェは呆《あき》れたように首を振る。

「あのさー。生命狙われてるって覚えてる？　労働で吹き飛んだ？」

「いや、覚えてるさ。でもそれはジタバタしてもどうしようもないだろ。とりあえず万全の態勢で戦うしかない。自己紹介しちゃったからな……」

「何の関係があんのよ」

「俺の名前を連呼しながらここ襲われても、困る」

言われてオルフェも「あー……」と納得したように声をあげる。オルフェとしては別に逃げてもいいと思うのだが、それは色々と問題がありそうだ。

キコリはどこだと叫びながら化け物が暴れ、生き残りがあちこちに拡散したら……。

「だから、こっちから行くしかないだろ」

「ま、そうなるわね」

人前では使いにくい技だってある。何の気兼ねもなく戦うのであれば、キコリが出向く方が早い。

今までを考えれば、「生きている町」に出向けば出てくるであろうことも想像できるからだ。

「で、いつ行くの？」

「すぐがいいだろうな。たぶん、もう準備を始めてるはずだ」

そこで、オルフェは首を傾げてしまう。

「ちょっと。それならのんびり片づけに参加してないで出発した方が良かったんじゃない？」

「かもな。でも……それは不義理だろ」

「何の義理があるってーのよ、ここに」

「あまりないけど。俺には関係ないで済ますようになったら終わりって気がしないか？」

「ちょっとその感覚は分かんない。……でもまあ、そういうもんなんだろうな、とは思うわ」

オルフェが言えば、キコリは嬉しそうに頷く。

（ま、やるかやらないかで言えば、あたしはやらないけど。たぶん人間性がどうこうって話よね）

ならば別にオルフェとしては何か言う必要もない。キコリが自分が人間側でいるために無意識に打ち込んでいる楔《くさび》なのだろうと理解できるからだ。

「荷物を纏《まと》めたら行こう」

「荷物ねえ……」

一階にあったものは使い物にならなくなっているだろうし、そうなると二階にあるもの限定になるが……階段は壊れている。というか壊した。

「アンタ、二階の窓までジャンプすんの？　色々大丈夫？」

「すげえ不審者だな、それ」

「あたしが取ってきてあげるわよ」

「ほんと助かる。……ま、そうは言っても、持っていくものはあまりないけどな」

キコリとオルフェは荷物袋を回収すると、そのまま英雄門へと向かっていく。

この状況ではあるが、冒険者は基本的に毎日が稼ぎ時であり、それはイルヘイルでも同じだ。

稼ぎやすいなりの刹那的な暮らし方をする者、自分に更なる投資をする者、あるいは貯める者……様々だが、基本的に「今日はやめておくか」という思考はあまりない。

そういうわけで、キコリが英雄門を出ても特に目立ちはしない。転移門を潜ればソイルゴーレム狩りに精を出す者たちが多く、その先を抜ければ「生きている町」に辿《たど》り着く。

そこには全身鎧たちも待っているはずだが……覚悟は完了している。

転移門を抜け、見た光景は。

「……なんだコレ」

完全に復活した「生きている町」の姿。キコリとオルフェが壊した全てが元に戻っていた。

『ハ、ハハハ。来たのか。そうか、そうだろうな。俺でもそうする』

聞こえてきたのは、あの時の声と全く同じ声。やはり、ここに「何か」が潜んでいるのだろう。

だが、どこに？

町……ではないだろう。壊して反応がないということは「町自体」はそいつではない。

「俺を殺すって言ってたよな。出てこい、こっちから来てやったぞ」

『ああ、言ったとも。貴様を殺し、喰らう。だが……姿を見せる価値は、あるかな？』

飛来する無数の刃物。その全てが「生きている刃物」なのだろうが……キコリは慌てはしない。

「やるぞ、オルフェ」

「はいはい。ちゃっちゃと片づけるわよ」

天へと掲げるのは、手の平。その手に生まれるのは、輝ける槍。

「「グングニル！」」

二つの光の槍が炸裂《さくれつ》し、飛来する刃物を爆発と共に打ち砕く。

生きていようとなんだろうと、所詮《しょせん》はただの刃物。あの鎧剣士が持っていたような特別製のものでなければ、何の意味もない。

次々と投げ放たれるグングニルは飛来するものを壊し、生きている町を壊す。

遠距離戦では、キコリとオルフェが圧倒的優勢を見せつけていた。

『ハ、ハハハ！　この程度では無理か！　ならこれはどうかな！』

声と共にガシャガシャと全身鎧たちが走ってくる。その手には様々な武器を持っている。あの全てがキコリの斧を斬り鎧を裂き、こちらの魔法を防ぎ攻撃をも防ぐものなら確かに脅威だ。

「オルフェ」

「任せなさい！　グングニル！」

オルフェがグングニルを投擲《とうてき》すれば、鎧のほとんどが砕け……二体の全身鎧だけが残る。

そして、キコリもまた走っていた。その手には斧《おの》はなく、しかし「破壊する」イメージだけは明確に持っていた。

振り回される剣を、槍を避けて、キコリは二体の全身鎧に触れる。

「ブレイクッ！」

両手から流し込まれた魔法は、二体の全身鎧を破壊して。キコリは町の方角をじっと見据える。

「……やっぱりだ。あの鎧……無制限に作れるわけじゃないな？」

それができるなら、最初の襲撃でも何体かで襲って来れば良かったのだ。なのに、それをしない。

最初は一体。次に襲ってきたのは、三体。そして今は、二体。

たぶん、魔力の問題ではない。なら、制限のかかっている理由は。

「時間、だな？　強いのを作るには時間がかかる。だからグダグダ言って時間を稼いでるんだ」

『なっ……』

「お前がそれでいいならいいけどさ。いいのか？　俺は昨日この町を壊したんだぞ」

『それがなんだと……いや、待て。まさか』

「この町を更地にするイメージは正確にできてるんだ。俺のブレイクでどこまで壊せるか……試してみるか？」

『ハッタリを……！』

そう、ハッタリだ。

ドラゴンになって「チャージ」をほぼ自動でできるようになったのと、魔力量が増えているのでブレイクの威力は上がっている。だが、それで「生きている町」を壊せるかといえば話は別だ。

町のような広大な範囲に影響を及ぼそうとするのは、それだけで魔力を大量に使う。距離による魔力減衰論といった面倒な話を語るまでもなく、キコリが今言ったのは、使う事すら困難な「大魔法」と呼ばれる類いのものだ。具体的に言えば、ドラゴンブレスを放つのとどちらがマシかというレベル……いや、規模と想定威力を考えれば、ドラゴンブレスのほうがまだマシだろう。

ならば、そんなものを撃つ、とハッタリを言うのは何故か。

「出て来いよ。俺たちが見えてるんだ……ここにいるんだろう？」

『ぬ、ぐ……ううううう！』

グングニルで「生きている町」を壊しても反応はなかった。だが……ブレイクで「町を壊すイメージ」を叩き込めばどうなる？　恐らく、影響があるのではないか。

何故なら、この町の特性を考えるに、敵は……。

『オ、オオオオオオオオオオオオオオオオオオ！』

生きている町が、大地が。大きくうねる。立っていられないくらいの地響きが起こって。

巨大な何かが隆起していく。それは……大地そのものを人型ゴーレムにしたかのような、見上げる程……という言葉では足りない、大巨人だった。

『オオオオオオオオオオオオオ！』

大巨人が腕を振るう。放たれる土塊《つちくれ》が刃となり、刃の雨が降り注ぐ。

「こ、の……！　ナメんじゃないわよ！　フレイム……」

「オルフェ！　俺のすぐ側に！」

オルフェがキコリの近くへ飛ぶと同時に、キコリは両手の斧を高速で振り回し、自分たちに刺さる刃だけを弾き返す。

「ひえー……」

オルフェとしては素直に「凄い」と思える斧捌《さば》きだが……キコリは全く気にした様子もなく、大巨人を見上げる。

「ゴーレム、か」

『否《いな》』

初撃を的確に対処されて冷静になったのか、キコリの呟きに大巨人はそう返してくる。

『否、否否否否否否否否否否否否否否否否否否否否否否否否否否否否否否否否否否否否否否否！

俺はドラゴンだ！　俺こそがドラゴン！　そうだ、俺は！』

放たれる圧力に、オルフェの心が折れかかる。

ドラゴンではないとキコリは断言した。だが、この圧力は……ドラゴン以外の何だというのか？

「いいや、お前はドラゴンじゃない」

キコリは冷静に断言した。まるで確信があるかのように……いや、確信はあった。

「お前は、ドラゴンじゃない」

『貴様……！』

「ヴォルカニオンは、まだドラゴンじゃなかった俺のドラゴンクラウンを見抜いた。あの時は、それを疑問にも思わなかった。そういうものだと流してた」

『何を、言っている』

「分かるんだよ」

『何を言っている、貴様！　ヴォルカニオンの眷属《けんぞく》ごときがよくも！』

キコリは、大巨人に斧を向ける。

「それだ。相対すると分かる。お前はドラゴンクラウンを持ってない。分かるんだよ、同族を名乗っても、違うって直感で分かる。そしてお前は俺が分からない。だから、お前はドラゴンじゃない。ドラゴンを知ってるだけの、別の何かだ」

眷属。それはキコリの知らない言葉だ。きっとドラゴンにはキコリに理解できない力が数多くあるのだろう。それを知っているのであれば、大巨人はドラゴンに深く関わる何かなのだ。そして。

「眷属……だったか？　お前、それなんだろ？　それで全部説明がつく」

オルフェがドラゴンと勘違いして脅える理由。大巨人がキコリを狙った理由。

「迷宮化で引き離されたんだろ。主人から遠く離れて、それでどうしてドラゴンを名乗ったかまでは知らないけどさ」

『き、さまあああああ！』

大巨人の振るった腕から放たれた土塊が凝縮し、巨大な剣となって飛ぶ。

キコリはオルフェを掴んで、横に跳んで回避する。

「俺を喰うとか町を喰うとか……なんか違うんだよな。ドラゴンらしさが微塵もない。そうじゃないだろ、ドラゴンは」

ドラゴンは、人なんて食わない。そんな面倒なことはしない。そんな必要はどこにもないからだ。

ドラゴンは環境に適応する生き物だ。何かを「食べる」必要など本来ない。

キコリが今食事をとっているのは「そういう環境に適応」しているからであり……たとえばの話、食べるのをやめたとしたらキコリの身体はそういうふうに適応するだろう。それがドラゴンという生き物だ。

オルフェのような妖精が必ずしも食物を必要とせず、しかし嗜好品《しこう》として食べることもあるように……モンスターの中には、時折そういう生物が存在する。

ドラゴンはそれを自分で調節可能ということだが……食べるとして、人間など要らない。

わざわざ必要ではない食事をするというのに、美味《うま》くもない人間を襲ってボリボリ食う必要がどこにあるというのか。そんな趣味があるなら別だが、大抵は「もっと美味いもの」を食べに行く。

「半端なんだよ、お前。まるで『人間の想像したドラゴン』みたいだぞ」

『ガ、ア……ッ』

大巨人は大きく震え……その姿を崩すと、別の何かに組み替える。

それはまるで、ヴォルカニオンのような……「ドラゴンらしいドラゴン」の姿。

『俺は……ドラゴンだっ！　貴様のような、貴様のようなモノに何が分かる！』

大巨人……いや、大土竜《どりゅう》の開いた口に、魔力の光が蓄積されていく。

「キ、キコリ！　どうすんのよアレ！」

「大丈夫。すぐに消し飛ばすさ」

何かをしようとするキコリの頭に、オルフェが思いっきり飛び蹴りを喰らわせた。

「いだっ⁉」

「バカなのアンタ！　次やったら許さんって言ったでしょ⁉」

ドラゴンブレス。それを使おうとしていると悟ったオルフェは必死で止める。しかし、キコリは何故怒られたのか分からないとでも言いたげだ。

「いや、オルフェ。この状況」

「アンタが挑発したんでしょうが！　アレ以外でどうにかなさい！」

「どうにかって……あっ！」

キコリはオルフェを掴み、大地を薙《な》ぐ破壊光線をギリギリのところで避けていく。

大地を砕き、巻き上げ、破砕するソレは……まさに破壊そのものだろう。

「今やれば確実に仕留められたぞ！」

「うっさい！　アンタ今、『らしく』ないわよ⁉」

『ハハハハハ！　逃げるしか出来ないのか！　いいぞ、逃げ惑え！』

再び大土竜の口の中に現れる光を見ながら、キコリとオルフェは言い争う。

「俺らしいってなんだよ⁉」

「上から目線やめろ！　それはドラゴンらしいんであってキコリらしくはないのよ！」

キコリらしくない。その言葉は、思ったよりもキコリの心を抉《えぐ》った。

前の名前を捨てて、キコリになって。ドラゴンになったら、キコリを捨てるのだろうか。

今やっているのは、そういうことなのだろうか？

その葛藤は一瞬で。破壊光線を回避しながら、キコリは叫ぶ。

「そんなに俺らしくなかったか⁉」

「ドラゴンらしくはあったかしらね！」

「そうか！　それはなんていうか……間違ってたな！」

この手にあるものは全て「キコリ」として手に入れたものだ。今更「キコリ」を捨てて別の何かになるなんていうのは、間違っている。誰かに愛された「キコリ」を捨てる気は、ないからこそ。

「じゃあ……俺らしくやろうか！」

斧を、その手に握る。キコリがキコリである始まりの武器。

それはもう、普通の「斧」ではないけれども。これこそが、キコリの原点であるならば。

『何を……ゴチャゴチャとォ！』

大砂竜の口の中に、再び魔力が溜まっていく。

アレをあと何発撃てるのか、知らない。どうでもいい。

今、キコリが意識すべきことは……頭の中に満たすべきことは。

あいつを殺すという強い意志。絶対に殺してやるという、溢《あふ》れんばかりの殺意。

空気を吸え、意志を込めろ、声をあげろ。

それはウォークライ。戦いの咆哮《ほうこう》。されど、それに魔力を込めたなら。


「オオ！」


叫ぶ。吼《ほ》える。

それこそは竜の咆哮、ドラゴンロア。ウォークライの発展形であり、進化系。

殺意を魔力に乗せて、キコリは叫ぶ。

『ヒッ……』

瞬間、魔力を口の中に溜めたまま……大土竜は静止した。これ以上ない程、大きな隙《すき》だった。

「ミョルニル」

キコリの斧を、電撃が覆う。

一本投擲して、それは凄まじい速度で大土竜の顎を無理矢理閉じさせる。鳴り響くのはドゴンッという暴発音。大地を砕く破壊光線のエネルギーは、大土竜の頭部を吹き飛ばす。

頭を失った大土竜は、そのままザラリと崩れ……オルフェが歓声をあげる。

「何よ、やれば出来るじゃないの！」

戻ってきた斧を掴むキコリの耳元でそう叫ぶが、キコリは大量の土塊を厳しい表情で睨んでいた。

「……終わりじゃない」

土塊が盛り上がる。小さな人型が、無数に出来上がって。

「グングニル！」

キコリのグングニルが人型を吹き飛ば……さない。

それらは剣持つ全身鎧の姿に変わっている。魔法を弾き飛ばす、高性能な鎧のソレにだ。

『ああ……認めよう。俺は、ドラゴンではない』

『俺は』『俺は』『『俺たちは』』

輪唱するように、それらは喋り出す。

『ドラゴンを目指し造られた失敗作』

『捨てられ彷徨《さまよ》ったドラゴンもどき』

『創土のドンドリウスに従属するもの』

『俺たちはソイルレギオン』

『この全ては俺たちの集合体であり、俺たちの集合体こそが……俺だ』

創土のドンドリウス。それが主人たるドラゴンの名前なのだろう。

造られて、捨てられた。その辺りの事情は不明だが……。

「まだ、ドラゴンを目指してるんだな」

『そうだ。俺はドラゴンになる。貴様を喰えば、それに大きく近づくだろう』

「……どうかな」

実際、どうなるかは分からない。ドラゴンクラウンを持つキコリを喰らったモノは、果たしてドラゴンクラウンを持つのか否か。

ドラゴンスレイヤーの物語は所詮、お伽噺《とぎばなし》。だからこそ真実は分からない。分からないが……その真実を自分自身で確かめようなどとも思わない。

「オルフェ、下がっててくれ」

「嫌よ」

目の前で、全身鎧たちが剣を構える。

『俺の糧《かて》になれ、キコリ。知る限りで最も弱そうなドラゴン』

「断る！」

『ならば、押し潰そう。個で敵わぬなら、数で磨《す》り潰そう』

斧は効かない。だからブレイクで倒すしかない。ブレイクは、手から放つから。

キコリは、斧を捨てかけて。

（………本当に？）

そんな疑問と共に斧を握り、走る。

ブレイクは手から放つ……だけ？　ミョルニルは斧にも自分にも纏わせることができるのに。

なら、ブレイクは？　この斧は斧ではあるけれど、キコリの爪であり牙でもある。それならば、ブレイクを纏わせることだって。

『死ね……っ！』

無数の剣がキコリの鎧を貫き、キコリの生命を貫こうと迫る。

キコリは斧を振るって、その全てを叩き切るイメージを籠めて。

「ソードブレイカー」

輝く斧が、剣の全てを飴細工《あめざいく》のように叩き壊す。そして、それができたのならば。

「ブレイクッ！」

輝く斧が、ブレイクを纏わせた斧が……全身鎧たちを、砕き割る。

まだ終わらない。鎧たちは無数にいる。全てが「特別製」ではなかろうが、確実に紛れている。

「アクアストリーム！」

オルフェの放つ魔法の水流が、全身鎧たちを押し流す。何体かは押し流される中でへこみ、潰されて……無傷な全身鎧はそのまま起き上がる。

「やっぱり全部が『そう』じゃないってわけね！」

「オルフェ、本当に無茶しないでくれよ！」

「アンタがそれ言う⁉」

怒られてしまったが、キコリの本心ではある。こんな所でオルフェを失いたくはない。

絶対に生きて帰って、またニールゲンに戻る。

その強い意志が身体を、この町に来てから一番と言えるほどに動かしている。

オルフェの魔法が「特別製」を選別し、その「特別製」をキコリが壊す。

そうして暴れ回る中で……「特別製」ではない全身鎧の持っていた剣のうちの何本かが、その手を飛び出し、ブレイクを放った直後のキコリを、鎧ごと切り刻んだ。だが、

「ヒール！」

即座にオルフェがその傷を癒《いや》して。

「ソードブレイカー！」

キコリの振るった、ソードブレイカーを纏う斧が剣を破壊していく。

斧は全身鎧たちを叩き壊し……ソイルレギオンから困惑したような声が上がる。

『馬鹿な。たかがリビングメイル一体に苦戦していたはず』

『これだけの数を駆使して、何故押し潰せぬ』

『不可解だ』『不条理だ』

あの「特別製」一体に追い込まれたのは確かで、殺されかけもした。というかさっきもだ。キコリ一人では死んでいただろう。だからこそ、キコリは斧を振るいながらソイルレギオンへと答える。

「俺は一人じゃない。支えられてると知ってるんだ。だから強くなる」

『答えになっていない！』

ソイルレギオンから、さらなる鎧の群れが生まれ、押し寄せる。

『一人でなければ強くなるというなら、俺は貴様よりもっと強くなっているが道理！』

『だが見よ、貴様は個で我に勝ち、数で寄せても受け止める！』

『この不条理を何とするか！』

「なんだ、そんなことか」

その問いかけに、キコリはくだらないといった調子で答える。

そんなものは不条理でもなんでもない。考えなくても分かる、明確なことだ。

「だってお前……たくさんいても一人じゃないか」

『……っ！』

ソイルレギオンは一人だ。たとえ群体であるのだとしても、統一された「個」なのだ。

それ故に意思決定が早く、統率された動きができる。能力も文字通りに「レギオン」であり、その性質もあって非常に強力だ。

だが、一人だ。「自分」がたくさん集まったところで、そこに何かが生まれるはずもない。

「自分じゃ気付かないものはたくさんある。俺はそれに助けられてきた。だが、お前はどうだ？」

……ない。

ソイルレギオンにそんなものは、ない。

どれだけたくさんいようとも自分だから、新しい何かなどあるはずもなくどこまでも「一人」。

「ソイル」でありながら、その身は生命を育まない。どれだけ町の真似事をしても、そこに根付くものもなく……いや、待て。俺は……俺は何故、町の真似事などをしていたのだったか？

ゲーム。そう、ゲームだ。いや、本当にそうか？　そうだっただろうか？　俺は、俺は……！

『が、ががががっががががががががが……』

全ての鎧が、ざらりと土に戻る。

集まり盛り上がり、巨大な金属製の大巨人へとその姿を変える。

『もういい。貴様を殺して喰らう。それには何の変更もない』

巨大になる。それは一見すれば悪手に思える。キコリの「ブレイク」を散々受けていれば、出てくるはずのない思考だからだ。だが、キコリは気付いていた。

「やっぱり、そうくるか……」

「あー、やっぱりダメなの？」

「たぶんな。魔力の総量で軽く超えられてる」

そう、ブレイクは込めた魔力よりも相手の魔力が高ければ、威力が大幅に減衰する。そしてソイルレギオンが「たった一つ」に纏まった現在、キコリのブレイクは有効な手段ではなくなっている。

その上で、恐らくアレは「特別製」だろう。グングニルもミョルニルも通じないはずだ。

『貴様の手の内は知れた。全ての力を防御に結集し、その全てを弾いてくれよう……！』

「いちいち解説してくれるのは何なのかしらね」

「自信の表れだろ」

こうなると手の打ちようがない。キコリが攻撃力の増加を魔法に頼っている以上、それを防がれたらどうしようもない。……ならばどうするか。そこが問題だ。

勝たなければどうしようもない。そこは何一つ変わっていないのだから。

(たぶんだが、ドラゴンブレスでも賭けになる。アレも魔法みたいなもんだしな……)

競《せ》り勝つかもしれないが、そんな曖昧《あいまい》な予想を根拠に撃つわけにもいかない。通用しなければ、死ぬのはキコリだけではないのだから……。

自分たちを踏み潰そうと襲ってくる金属巨人の足を躱《かわ》しながら、キコリは必死で考えを巡らせる。

(どうする？　ブレイクを撃ってみるか⁉　多少は壊せるかも……)

いや、ダメだ。ゴブリンやオークに撃つのとはわけが違う。目の前の金属巨人は、多少壊したところで怯《ひる》まない。足一本壊すようなダメージでなければ意味がない。

『どうした。さっきのブレイクとかいう魔法は使わないのか』

「俺の自由だろ！」

『そうだな。自由だとも。踏み潰されるのも自由だ』

(くそっ……分かってて言ってるな⁉)

あれだけ撃てばブレイクが「どういう魔法」かバレている。今まで倒したもの全部がソイルレギオンなのだ。それだけ喰らえば嫌でも理解できるはずだ。

防御を固める。ただそれだけでキコリを圧殺可能なのが、ソイルレギオンだ。自身の組成を幾らでも組み換え可能だからこそできることだ。そういう意味ではグレートワイバーンよりも厄介な敵とすら言えるだろう。

「グングニル！」

隙をみてオルフェが放ったグングニルも、金属巨人の鎧に弾かれる。

「あー、もう！　どうすんのよコレ！」

オルフェが叫ぶが、どうしようもない。ここで倒すか倒されるか。それしか結末はないのだから。

ならばどうする？　堂々巡りのような問答を頭の中で巡らせながら、キコリは叫ぶ。

「やるしかないだろ！」

そう、やるしかない。勝ち目のない戦いなんか何度も挑んできた。今回だって「勝ち目が消えた」という、ただそれだけの話にすぎない。

勝てないからといって、勝つことを諦めるわけにはいかないのだから。

「ブレイク！」

斧にブレイクを纏わせ、金属巨人の足を薙ぐ。だが、斧はギインと音を立てて弾かれて、僅かなヒビすらつけられない。

『ハ、ハハハ！　これで確定した！　俺の……勝ちだあああ！』

金属巨人の蹴りで吹っ飛ばされ、キコリは転がる。

ブレイクは通用しなかった。それは確かな事実だ。だが、それでも。

（それでも……ブレイクは弾かれてない）

他の魔法と違って、ブレイクは弾かれてはいない。通用しているのだ。ダメージを与えるまでには至っていないだけで、通用してはいる。

それなら、やりようはある。ブレイクは、その性質を考えればダメージ量を変えられるはずだ。

そう、たとえば……ドラゴンブレスに込めるような魔力を込めれば、あるいは。

だが、それをやるということは。

「ごめん、オルフェ。今から無茶する！」

金属巨人の攻撃を回避しながら叫ぶキコリに、オルフェは悩む様子を見せながらも叫び返す。

「やっちゃいなさい、キコリ！　面倒は見てあげる！」

「ああ！」

再度攻撃を回避し、キコリは斧を一本消し去る。そのキコリの姿に、金属巨人の動きが止まった。

『ハハッ、まだ何かしようというのか？』

「ああ。最期の足掻《あが》きだ」

『ハハハハハハハハハハハハハハハハッ！』

楽しそうに金属巨人は笑う。もう勝つと確信しているからこそ、そんな余裕があるのだろう。

キコリの手札を完封した以上、そうなるのが当たり前だ。

しかし、金属巨人……ソイルレギオンは知らない。キコリが比較的初期から奥の手として隠し持っていた「チャージ」が、今のキコリには「そう意識する」だけで使える技になっていることを。身体が壊れるまで、文字通り死にかけるまで使えば、瞬間的な魔力は跳ね上がるということを。

『……貴様。なんだ、ソレは』

「奥の手だよ。俺のな」

キコリの身体から溢《あふ》れる魔力。身体の中に収まりきらない魔力がスパークして、光を放っていた。

魔力が満ちる。キコリに許された器を超える魔力が、自身を壊しながら流れ出る。

だが、それを気にする余裕はない。持てる魔力を全て、一撃に叩き込まなければいけない。

金属巨人を完膚無きまでに消し去る一撃を……この戦いに、完全に決着をつける一撃を。

キコリは壊れながら一つのイメージを形作っていく。金属巨人を破壊する、そのイメージを。

今から放つのは「ブレイク」でありながら「ブレイク」ではない。その枠に収まる魔力を超えた。

だからこそ、新しい名前をつける必要がある。

溢れ出る破壊の魔力を制御して。制御しきれずに、新たな形に収めて。

キコリの斧から、輝く巨大な刃が出現する。その輝く光の巨斧を、構える。

「ギガントブレイカー」

目の前の金属巨人を殺すためにできた魔法だからこそ。

それ以外には、ほぼ意味のない魔法だからこそ、キコリはそう名付けた。

そして、光の巨斧を振りかぶる。

『お、おおおおおおおおおおおおおおおおおお!?』

避ける暇はない。受けるしかない。しかし、これを受ければ。

金属巨人は叫び、腕を突き出して迎え撃とうとし、突き出した腕から、光の巨斧が触れる場所から分解されていく。

自身の存在が、それより巨大な魔力で上書きされ破壊されていく。なんという恐ろしい魔法か。

こうなる前の「ブレイク」という魔法もそうだった。相手そのものを破壊するという、とんでもない発想の魔法。魔力で相手の存在そのものを全ての理を超え捻《ね》じ伏せる、傲慢《ごうまん》極まりない魔法。

だからこそ「この姿」になったのに、まさか、それを上回るこんな方法で。

『そこまでして……勝ちたい、か』

「ああ、勝ちたいね」

そうだ、その通りだろう。勝って、自らの欲するものを手に入れたい。

だからこそ、だからこそソイルレギオンも欲したのだ。

かつて自分を造った普人のことを……天才や英雄と呼ばれた男に対抗し自分を造った普人のことを思い出しながら、ソイルレギオンは思う。

（……ああ、愚かしい。今更俺がドラゴンに至ったところで、あの人はもう褒めてはくれないのに）

『申し訳、ございません。俺は……最後まで、貴方の期待には……』

ソイルレギオンが、両断されて。その身体がざらりと崩れる。

その残骸に残った魔力は、やがて消えていき……最後に残ったのは、土塊の山だった。

「お前の過去も気になるけど、なんとなく、掘り返しちゃいけない気がするな」

キコリはそう呟いて、光の消えた斧持つ手を下げる。次の瞬間、膝から崩れるように倒れて。

「ああ、もう！　分かっててもムカつく！」

オルフェの叫び声が、遠くなる意識の中……しっかりと、キコリの耳に届いていた。


キコリが目覚めると、そこはどうやら、イルヘイルの神殿であるようだった。

「ん、ようやく目ぇ覚めたみたいね」

「……オルフェ。えぇっと、今回は何日寝てた？」

「一日。あたしに感謝なさいよ」

フン、と鼻を鳴らすオルフェに、キコリは寝たまま笑う。

「ああ、ありがとう。感謝してる」

キコリが身体を起こすと、オルフェはその顔の前に飛んでくる。

「今回はあたしもやれって言ったから煩《うるさ》く言わないけど。もうちょい無茶しない生き方できない？」

「……好き好んでそう生きてるつもりはないんだよなあ」

苦笑いするしかない。そんなキコリをオルフェは手でパシパシと叩いてくる。

「笑いごとじゃないわよ。マジで言ってんのよ？　あたしと会ってから何回死にかけたー？」

「最初の一回は、オルフェたちのせいだった気がする」

「……記憶にないわね」

背を向けるオルフェにキコリが笑う。そんなキコリを見てオルフェも笑った。やがて笑いが収まった頃、キコリは一番知りたかったことを聞く。

「それで……あの後、どうなったんだ？」

「どうもこうも。アンタをヒールして、その辺にいる連中に運ばせたのよ」

「ありがとう。でも、その後の話っていうか」

オルフェが肩をすくめる。

「なんかあの後、結構な数の死人が出たらしいわよ。死体を纏ったリビングメイルだって。たぶんアレじゃない？　家に来た連中」

「え、いや。でも」

ソイルレギオンは滅びたはずだ。それなのに何故。

「時間的に考えると、あのソイルレギオンとかいうのが滅びた後ね。だから、普通に考えれば、リビングメイルが制御を外れたんでしょう。で、暴れ出した……と」

高性能なリビングメイルだった。それを倒したのは、冒険者の底力というものだろうか？

「なんていうか、無事に倒せて良かったな」

「そーね。ま、あたしはどうでもいいけど」

ロックゴーレムに関する事件も、これで解決したはずだ。ギザラム防衛伯にどう説明したものかという問題は残るが……一連の事件が終わったことを、キコリは静かに喜んでいた。

それから数日が経過し、ロックゴーレムの出現がないのを確認した上で「依頼完了」の判定が下された。「生きている町」の消滅、そして町を形作っていたモンスターの討滅功績も認められた。

「今考えてもゾッとする。『生きている町』そのものがモンスターだったとはな」

ギザラム防衛伯はそう言って、軽く息を吐く。

防衛都市イルヘイルの入り口。帰る準備を終えたキコリたちを見送るために、ジオフェルドと共に来ていたのだ。

「あんな都合のいい場所があることを、儂を含め誰も疑問に思わなかった。ちょっと行ってみれば、すぐに違和感に気付いたはずなのにな」

「それについては私も同罪です。実際に行っていたのですから」

ギザラム防衛伯とジオフェルドが同時に溜息をつく。

「……キコリ、オルフェ。この町を救う役目を、君たちだけにやらせてしまった」

責任感の強い人なのだろう。しかし、そんな人とも……もうお別れだ。

それを思うと、キコリは少しだけ寂しい気がして、ギザラム防衛伯へと頭を下げる。

「色々と、お世話になりました」

「いや……それは儂の台詞だ。君がいなければ、イルへイルはどうなっていたか分からん」

「閣下の仰る通りです。許されるのならば、共に戦いたかったほどです」

「ハハハ、それは儂もだな！　その場にいなかったのが残念でならん！」

「いやあ……命がけでしたし……」

いられても困る。キコリとしては「いなくて良かった」だが、それを言う訳にもいかない。

「ありがとうございます。このお礼は、改めて正式なものを神殿からお送り致します」

「イルヘイルからもだ。君の功績は誇るべきものだ……獣人と普人の関係改善にも繋がるだろう」

「だと、いいんですが」

そう簡単にはいかないだろうとキコリは思う。根深い問題だ。もっと長い時間がかかるだろう。

それでも、僅かに世界が良くなる方向に進み、その手助けが出来たのであればいい。

「できれば、この街にずっといて欲しいが……難しいのだろうな」

その誘いが光栄なものであることは分かる。しかし、キコリに受けるという選択肢はない。

「待ってくれている人が、いますから」

「……そうか。では仕方ないな」

ギザラム防衛伯はニッと笑う。

「では、達者でな。次に来るときは便りをくれ。歓迎の準備を整えておこう」

「ありがとうございます。では、俺たちはこれで」

しっかりと頭を下げて、キコリとオルフェは防衛都市ニールゲンへの道を進んでいく。

その胸には……銀級冒険者の証《あかし》のペンダントが、光っていた。

第六章 お帰りなさい、キコリ

「ニールゲン……なんか久々な気がするな」

背中に立派な斧を背負った少年は、その巨大な都市を見て、懐かしさすら感じながら呟いた。

無数の家、永遠に続くかのような大きな壁。

防衛都市と呼ばれる巨大な都市の姿は、少年に確かな感動をもたらしていた。

「まー、あっちを経験すればここも多少はマシに見えるわね」

近くを飛んでいる妖精の少女が、どうでも良さそうにそう言って、少年は思わず苦笑する。

人間嫌いは相変わらずだが、これは妖精の種族的なものなので致し方ない。元々人間と相容れない妖精が少年と一緒にいるのは、色々と複雑な事情によるものだ。

少年の名は、キコリ。

少女の名は、オルフェ。

獣王国の防衛都市イルヘイルからこの防衛都市ニールゲンへ、ようやく戻ってきたところだった。

ここは防衛都市、対モンスターの最前線であるニールゲンは、出身を問わず冒険心に溢れた者……すなわち冒険者を広く求めていた。

多少言動が変な程度では誰も気にしない。そういう場所だったのだ。

そしてキコリは今、このニールゲンに初めてきた時とは違う気持ちで巨大な門へと向かう。

「待った。そこで止まるんだ」

巨大な門の前で、衛兵に制止される。

「ドラゴンの意匠の装備……妖精を連れてる……ああ、君がキコリだな」

「はい。セイムズ防衛伯閣下からの仕事をこなして戻りました」

「君の都市への貢献に感謝を。防衛伯閣下への謁見《えっけん》申請をするかい？」

「お願いします」

「よし。では用紙を持って来よう……おい、アレを頼む！」

衛兵が近くの詰所へ声をかけると、その中にいた衛兵が紙と板、羽根ペンを持ってくる。

それは謁見申請書であるようで、名前や連絡先となる宿を書く欄が用意されている。

「文字は書けるかい？」

「勉強してますので、なんとか……」

文字を覚えるのが重要なことだと分かっている。だからこそ勉強したし、書く方もやっている。今までの勉強の成果を振り絞って、何とかキコリが書き切ると、衛兵はそれを見て頷《うなず》く。

「よし。ではキコリ、分かっているとは思うが、今日すぐに謁見とはいかない。明日以降となるだろうが……少なくとも日が落ちる頃には、この用紙に書いた場所にいるようにしてほしい」

分かりました、とキコリは頷く。

「もしいなかった場合は伝言を頼むことになるが、確実ではない。夜更けまでに謁見時間に関する情報を受け取れなかった場合は、衛兵詰所の本部に確認に来るように。いいね」

はい、ともう一度頷くと、衛兵は「よろしい」と笑った。

「では……お帰りキコリ。君のさらなる活躍を期待している」


防衛都市の中は、穏やかで、騒がしく。

こうして見回すと、確かに普人が多めではある。だが、獣人やエルフ、ドワーフの姿もある。

「どしたの、キコリ」

「いや。ここに帰ってきて、種族同士のギスギスした気配を感じたら嫌だなって思ってたんだけど」

「あー……」

イルヘイルでは、大多数であった獣人があからさまに普人を嫌っていたが、ここではそういう雰囲気は微塵《みじん》もない。ただそれだけのことが、キコリをとても安心させた。

向かったのは冒険者ギルドだ。といっても仕事をするわけではなく、その地下に用事があった。

ギルドの建物に入り、階段を下りて、売店のカウンターに近づくと……そこにいた人物が驚いたような表情で立ち上がる。

「キコリ！　帰って来たんですか⁉」

「はい、アリアさん。さっき戻りました」

アリアはカウンターを出てくると、キコリの前に立ち……その身体を、軽く抱きしめる。

「お帰りなさい、キコリ。無事で良かったです」

「アリアさんもお元気そうでよかったです」

「ふふ、私はいつも通りにしていただけですから」

パッと離れたアリアは、キコリの鎧や武器を確かめる。

「装備にも異常なし……つくづく凄い装備ですね。いつも新品みたいな状態を保持するなんて」

キコリは「はは……」と笑ってみせる。正確にはキコリの一部なので、出すたびに「新品」になっているのだが、そんなことを言えるはずもない。

「オルフェも、お帰りなさい」

「はいはい」

オルフェのアリアへの扱いは相変わらず雑ではあるが、妖精としては「相手を尊重している」レベルのものではあるだろう。

「さて……話したいことは色々ありますけど、後でにしましょうか」

「はい。お仕事中にすみません」

「いいえ、来てくれて嬉しいです」

ニコニコと上機嫌なアリアに頷いて、キコリたちは冒険者ギルドを出る。

時間は昼少し前。適当に食事を済ませたキコリたちだったが、食堂でも食堂を出てからも、視線がどうにも突き刺さる。

決して気のせいなどではない。道行く冒険者から見られているようなのだ。

「なんだってのかしらね」

やはり視線に気付いていたらしいオルフェが不愉快そうに言うが、キコリとしては許容できる視線だった。物凄《ものすご》く興味をもたれている、そんな感じだからだ。

理由は……想像がつく。ワイバーンの件だろう。死骸も放置してきてしまったから、何をやったかは大体知られているはずだ。

「まあ、気にしないでおこう。特に害意があるわけでもなさそうだし」

「害意がなくても害があるわよ。あたしがイライラする」

「それは問題だな……」

なんとか我慢してくれとオルフェをなだめていると、キコリの目の前に男が立ち塞《ふさ》がる。

「キコリというのはお前か？」

二十歳くらいだろうか。黒髪の男はキコリをじっと見ていたが、やがてフン、と鼻を鳴らす。

見た目は冒険者そのものだ、随分と高そうなものを身に着けている。腰に帯びた剣も、何らかのマジックアイテムなのだろう。

「俺はアサト。最近来たばかりでな。妖精を連れていると聞いたから、一度会ってみたかったんだ」

傲慢が滲《にじ》み出ている奴だ、とキコリは思う。誰かを見下すような態度が板についている。たぶん、ずっとそうして生きてきたのだろう。

「そうですか。大変失礼ですが、どちらかの貴族の出でいらっしゃいますか？」

「俺は俺だ。それ以外の何者でもねえよ」

冒険者の身分証は付けている。どうやら金級冒険者であるようだが……。

アサトは「じゃあな」と、キコリの横を通り過ぎる。その瞬間、キコリに軽く肩をぶつけた。

「地球、日本」

そんな「訳の分からない」単語を呟いて。

「えーと……チキュ……？」

訳が分からず眉をひそめるキコリに、アサトは少しばかり驚いたような表情になる。

「嘘だろ。絶対そうだと思ったんだが……いや、いい。忘れとけ」

手を振って去っていくアサトを見送って。その姿が見えなくなったあたりで、オルフェが「あー……黙ってないと殺すって言いそうだったわ」と息を吐き出す。

「珍しく何も言わないと思ったら……」

「あたしだって、アンタのために我慢するくらいの度量の広さはあんのよ。ていうか最後のアレ何よ。チキューンとかニフォンとか」

「いや、俺も聞き覚えがない」

そう、キコリには全く覚えがなかった。けれど……もしかすると、だが。

（もしかして……前世関連の単語なのか……？）

すっかり思い出さなくなってきた記憶を探るが、やはり何も出てこない。

（ダメだ。前世の記憶自体が、あまり思い出せない……）

まるで、半端に削り取られたかのように連続性のない記憶の欠片《かけら》たち。それが自分の中で繋《つな》がらないことをキコリは不思議に思ったが……すぐに「別に困ることでもない」で片づけてしまった。


食材を買って、アリアの家に帰る。

記憶と変わりのない光景に、キコリは小さく笑う。

台所に立って料理を始めるキコリの近くを浮遊しながら、オルフェは大きく溜息をついた。

「ったく、こっちに帰ってきたらきたで、変なのが出たわねー」

「まあな。あいつ、俺に何かを感じてたっぽいけど……」

というか「前世」の話だと思うのだが、オルフェに相談した方がいいだろうか？

鍋をかき回す手を止めないまま、キコリは少しの覚悟を決める。

「オルフェ。俺……前世の記憶があるんだ」

「ふーん」

想像の二十倍くらい軽い答えに、キコリは「えっ」と声をあげてしまう。

「それがあるから何だってのよ」

「あー……いや。その前世なんだけど、この世界のじゃないんだ。多分……ここは空を共有してない世界だと思う」

「空を……ねえ」

オルフェはキコリの言葉を反芻《はんすう》するように黙り込んで、やがて「うん」と頷く。

「まあ、どっか遠くってことよね。それで？」

「たぶんあいつが言ってたのは、その前世関連の単語だと思う」

「思うって何よ」

「分からなかったんだ」

今も思い出そうとしてみてはいるが、何も出てこない。以前は……この街に来た頃は、前世の記憶をある程度覚えていたはずなのだが。今となっては、その断片しかキコリの中にない。

「前はもっと色々知ってたはずなのに、いつの間にか思い出せなくなってるんだ」

キコリの言葉に、オルフェは何かに納得がいったかのように「あー」と声をあげる。

「そりゃ、アンタがブレス吐いてぶっ倒れた時に、記憶が削れたんじゃないの？」

「え、そうなのか？」

「それしかないでしょ。あの時は本気で死んでもおかしくなかったし。まあ、そっちにも影響出ても当然な状態だったわよね」

そもそも「キコリがドラゴンっぽくなった」だけで済んでいたのがおかしいくらいなのだ。他にも「ほぼ人間だった」キコリに重大な影響が出ていても不思議ではない。前世の記憶が削れただけで済んだのは、むしろ幸運だったのではないかとすらオルフェは思う。

「良かったわね、消えたのがどうでも良さそうな記憶で」

「え、いや……いいのか？」

「何よ。そんなに役立つ記憶だったの？」

そう言われると……前世の記憶は役に立ったどころか悪魔憑《つ》きと言われた主因だ。むしろ忌まわしいものであったとすら言っていい。

「……そんなに役には立たない……かな？」

「じゃあいいじゃない」

軽く応じて、オルフェは続ける。

「ま、言いたいことは分かったわ。要はあの黒髪がそうだってわけね」

「ああ、俺が同郷か確かめようとしたんだと思う」

鍋のスープは、すでにいい感じになっている。火の魔石を停止させ、キコリは本棚へと向かった。

探すのは、ソードブレイカーの魔法が載っていた本だ。

「『英雄ショウに関する考察』……これだ」

「この本が何だってのよ」

キコリが手にした本を、オルフェが覗《のぞ》き込む。

「前にこの本を読んだとき、俺は『英雄ショウ』が転生者だって確信してたんだ。でも、今の俺にはその『確信に至った理由』が思い出せない」

前世の記憶と照らし合わせて確信した、という感覚だけは覚えている。ただ肝心の記憶が消えてしまったので、確信に至った理由が分からないのだが……。

「でも……妙じゃない？」

「妙？　何が？」

本をまじまじと見ていたオルフェが、表紙をなぞると「コレそのものよ」と言う。

「アイツは自分の知ってる言葉でアンタを同郷か確かめようとした。……で、この本の英雄ショウって奴は、アンタがちょっと読んだくらいで分かる程度には同郷の特徴を持ってた」

「そうだな」

それがどうしたというのか。分からないままにキコリはオルフェの言葉に頷く。

「おかしくない？　人間の社会にだって国も文化も幾つもあるでしょ。なのに、その転生とかいうのがたまたま同郷から何度も出たりするもんかしらね」

「……アイツは偽物ってことか？」

「知らねーわよ。でも、なーんか、こう……引っかからない？」

そもそも、とオルフェは肩をすくめる。

「転生とやらを騙《かた》って、そいつに何の利益があるの？」

キコリは考えて……やがて「ないな」と答える。

「変な奴って思われる確率の方が高いだろ」

「でしょ？」

それでも、転生者を装ってキコリに接触してきたならば。あるいは本物の転生者だったならば。

「……どちらにせよ、あまり関わらない方が良さそうだな」

キコリは本を元に戻すと、台所へ戻った。その後を、オルフェも飛びながらついてくる。

「でも良かったわね。アイツの目的が何であったにせよ、前世とやらの記憶がないおかげで切り抜けられたじゃないの」

確かに、下手《へた》にキコリに記憶があれば動揺していたかもしれない。それは喜ぶべきことなのだろう。

そう考えている間にもドアが開き「ただいま帰りましたよー！」とアリアの元気な声が響いた。


キコリの作った夕食を食べながら、キコリとアリアはイルヘイルであったことを……全部ではないが、話していた。具体的にはドラゴン関連を抜いた「表向きの話」だ。

「そうですか……そんな状況から帰ってこられて、本当に良かったです」

「俺一人じゃ無理でした。オルフェにも随分助けられましたし」

「ふふ……私もその場にいたかったですね」

アリアは少しだけ寂しそうに微笑《ほほえ》む。

「キコリは、いつも傷ついて帰ってきますから。少しでも手伝えたらって、考えてしまうんです」

「アリアさんには、たくさん助けられてます。今の俺があるのもアリアさんのおかげです」

お世辞ではない。キコリは本気でそう考えている。

どうしようもない、木っ端以下だったキコリに手を差し伸べてくれたのは、アリアだ。

何度も助けてくれた。だからこそキコリは今ここにいる。それは何があろうと変わらない真実だ。

「むしろ、俺はアリアさんに何も返せてません。いつも目の前のことで手いっぱいで……」

「それでいいんですよ、キコリ」

アリアは立ち上がると、きつく握りしめたキコリの手を優しく包む。握った手を軽く開かせて、優しく微笑んで。

「今から余裕のある視点を持ってるなんて、そんなのは全力で生きてない証拠です」

「そう、なんでしょうか」

「そうですよ。天才とか英雄って呼ばれた人たちだって、道半ばで倒れてるんです。人生、為《な》すべきことを為そうとするなら目の前には常に巨大すぎる壁が立ち塞《ふさ》がってるはずなんです。そうじゃないっていう人がいるなら、それは……」

それは、なんだろうか。答えを待つキコリに、アリアは笑う。

「人生舐めてるか、本気で生きる気がない『生きてるだけの死人』か、どっちかですね」

「……ちなみにそういう人ってどうなるんですかね」

「心残りを遺《のこ》して死にます。永遠の生命を手に入れても、永遠に満足できずに過ごすでしょうね」

「本当に天才で、なんでも出来ちゃう人もいるかもしれませんよ？」

「苦労を忘れたら、それは人としての成長の終わりです。その天才はそれを悔いて死ぬでしょうね」

それに、とアリアは軽く指を振る。

「完璧は、実は満足とは最もほど遠い言葉なんですよ？」

完璧の「上」はないが、「下」は幾らでもある。故に、完璧を知る者はどうしようもなく不幸だ。

そこから先などないのだから。

「さて、それを踏まえた上で！　キコリはいつでも精いっぱい。これは、とても幸せなことだと思いませんか？　まだまだ『先』があって、見知らぬ未来がそこにある。そうでしょう？」

それは、詭弁《きべん》ではあるかもしれない。完璧の方が、何かと幸せであることも多いだろう。

けれど、それでも。その全てはきっと考え方次第で、足りないことを不幸と思うなと諭《さと》しているのだろうとキコリは思う。だから、こう答えるのだ。

「そうですね。その通りだと思います」

キコリが笑った、その時。玄関のドアを叩く音が、響く。

「衛兵隊だ。謁見申請の件で伝言を伝えに来た」

「おつかれさまです。俺がキコリです」

ドアの外に立っていた衛兵は頷くと、持っていた紙を広げる。

「キコリ。君の謁見申請についてだが、防衛伯閣下より伝言を賜《たまわ》っている。準備がある故、一週間後に再度日程について連絡する……と」

「準備、ですか？」

「そうだ。それと、もう一つ。身辺には充分に気をつけるように……とのことだ」

キコリは軽く首を傾げた。

「何か、あるんですか？」

「聞かされていない。しかし我々の方でも巡回は強化するつもりだ」

そう告げて衛兵は去っていく。やはりあのアサトとかいう男のことだろうか、とキコリは思う。

（……いや、そうとも限らない。俺が獣人都市に行ったのは、面倒ごとを解決するまでの時間稼ぎの意味もあったはず……）

それがまだ終わっていないとして、結果としての「準備」という可能性だってある。

まあ、悩んで解決することでもない。イルヘイルでそうしたように警戒して過ごすしかないだろう。

「……はあ。平穏が戻ったと思ったんだけどな」

「なーに言ってんのよ。平穏とはほど遠い生き方してるくせに」

「それ言われると弱いな」

オルフェに苦笑しながら家の中に戻れば、アリアが「おつかれさまです」と労《ねぎら》ってくれる。

「聞こえてましたけど……冒険者ギルドとしては、確かに多少の治安の悪化は確認していますね」

「それは冒険者の増加とか、そういうことだったりしますか？」

キコリが聞くと、アリアは頷く。

「その通りです。大量のワイバーンと上位種の撃破。そして人と協力する妖精の確認。これって、結構凄いことなんですよ？」

だろうな、とは思っていた。セイムズ防衛伯がキコリを獣人都市に派遣した理由でもある。それだけ大きい問題なのだろうとキコリも分かっている。

「うーん、あんまり分かってない顔してますね」

「え、いや。そんなことは……」

「言っておきますけどキコリ。キコリがいない間、吟遊詩人がウロチョロしてましたからね？　たぶん今頃、いろんな場所で好き勝手に歌われてると思いますけど」

吟遊詩人。言葉だけは知っている。キコリのいた村にも来て歌っていた記憶がある。

村の人間の払いが悪かったのか、すぐに次の場所へと行ってしまったことも記憶にあるが……。

「……なんで俺を。え？　そこまでの話に？」

「つまるところ、有望そうな新人がいれば歌うんですよ、彼ら。一応、事実を元に、派手になるように歌いますから……幾多の苦難の果てに妖精と心を交わしワイバーンを討った戦士、くらいの歌われ方はしてるかもですね？」

「うえっ」

そこだけ聞くとあまり間違っていないが……ようやくキコリは、今日向けられた視線の意味を何となく理解してしまったのだった。


面会まで一週間。それはニールゲンでぼうっとしているにはあまりにも長い時間だ。

ならばどうするか。キコリとオルフェは話し合って、妖精たちに会いに行くことにした。

あれから全く会っていないし、オルフェの里帰りも兼ねて……ということだ。とはいえ、手ぶらも

どうか、何かお土産になるものは、とそんな思考が働いた結果、

「……やっぱり木の実か？」

下手なものを持って行っても「人間臭い」と焼かれて終わりになりそうなので、自然と果物や木の実などの食べ物に偏《かたよ》ることになる。あながち間違った選択ではないだろうとキコリは思った。

店の前に置かれた幾つもの樽の中には木の実がどっさりと詰め込まれているが、その中からキコリは普段オルフェが好んで食べているものをピックアップしていく。

「えーと、これと、これと……あ、それもお願いします。量は大きめの袋に一杯ずつで」

「はいよっ！」

元気の良い店主に代金を渡せば、店主は袋に木の実を詰め始め……チラリとオルフェを見る。

「……そっちの妖精さんが食うのかい？」

「まあ、これから冒険に行くので」

「そっか。なんかイメージ通りなんだなあ」

頷く店主にオルフェが小さく「何こいつ……」と呟いたが、店主には聞こえていないようだ。

そうして受け取った木の実を荷物袋に詰め、他にも色々と必要なものを購入していくが……皆オルフェに変に好意的で、オルフェはそれを物凄く気味悪がっていた。

英雄門を通ると初心者らしき冒険者が妙に目につくが、やはりオルフェに視線が集まる。それを無視して森の中へと進んでいけば、ようやく人の視線がなくなって、そこでオルフェは「はああああああ……」と大きく溜息をつきながらキコリの頭をペシペシと叩く。

「なんなの、マジで。人間どものあの視線、気持ち悪いんだけどー？」

「好意的な視線だったと思うけどな」

「人間に好かれても一つも嬉しくないのよね」

妖精は人間嫌い。少なくとも初手で殺しに来る程度には人間が嫌いであり、オルフェもそれは変わらないし、キコリがいるから我慢しているのだというのは、キコリ自身がよく知っている。

「まあ、昨日アリアさんが言ってた吟遊詩人の歌ってやつだろうなあ」

「ていうかギンユーシジンって何？」

「何って言われるとなんだろう……旅の音楽家？」

キコリも、吟遊詩人について「旅先で歌って報酬を貰《もら》う人」くらいの知識しかない。それでキコリとオルフェを歌にしているなら、噂話を広める人……ということでも良いのだろうか？

森の中を歩きながら、キコリはそんなことを考える。

噂話を広める人。報酬を貰う人。それは……。

「……あっ、そういうことか？」

キコリはそこで思いついて声をあげる。

あちこちで噂を集めて歌う。尾ひれも当然つくのだろうが、つまるところ色々な「人が欲しがりそうな情報」を集める専門家でもあるのだろう。誇張された「歌」ではなく真実を……少なくとも吟遊詩人が認識している真実を知りたければ、吟遊詩人に金を払えば教えてくれるはずだ。つまり、

「情報屋なんだ。各地の情報を集めて売って、ついでに歌も歌う……そういう商売ってことか」

「そういうもんも人間は売り買いするのね」

「妖精にも似たような文化ないのか？　いいこと教える代わりにー、とか」

「ないわよ。いい情報は皆で共有するに決まってるじゃない」

いかにも妖精らしい、とキコリは思う。

「……平和だな」

「まあね。金払わなきゃもったいぶる人間とは違うのよ」

フフン、と自慢気に言うオルフェの左上辺りから「ハハハ」と笑い声が聞こえてきた。

「まあ、そんな側面があることは否定しませんが。そればかりと思われるのも困りますねぇ」

キコリたちがその方向を見上げれば、木の枝に座り楽器を抱えている男が一人。

「うわ、変なのいる」

オルフェが呟く。いかにも吟遊詩人といった風体《ふうてい》だが、こんなところで何をしているのか。

「今一番売れる『少年と妖精の物語』のネタを仕入れに来たんです。これでも吟遊詩人ですので」

「これでもっていうか、どう見ても吟遊詩人ですけど……」

キコリの言葉に、男はにっこりと笑った。

「おや嬉しい。吟遊詩人は一目でそうと分からないと不審者ですからね。こだわってるんですよ」

「あー……」

まあ、怪しい風体の人物が楽器を持ってきても、どの程度「やれる」のか疑うだろう。しかし如何《いか》にも吟遊詩人です、といった格好をしていれば「ああ、歌えるんだな」と大体の人間は思う。

「だとしても、どうしてこんな所に？」

「ええ、それには理由があるのですが……」

吟遊詩人の男はそう言うと、周囲を軽く見回す。

「モンスターに追われてここに登りまして。まだその辺にいませんかね、ゴブリン」

言われて周囲をキコリが見回すと……葉っぱをくっつけた汚い布を被《かぶ》っているゴブリンと目が合う。

偽装して隠れていたようだが、目が合ったと気付くと同時にゴブリンは勢いよく起き上がる。

「ギイイイイイ！」

剣を振りかざし襲ってくるゴブリンを、キコリは踏み込み真正面から叩き切った。

その姿に、木の上から吟遊詩人が「おおー！」と拍手する。

「これは凄い！　恐れのない一撃！　ゴブリン程度問題ではない、というわけですね！」

「俺のことはさておいて……ゴブリンは倒しましたけど、降りて来られます？」

「ええ、勿論です！」

吟遊詩人は枝から幹を伝ってにじにじと降りてくる。無事、下に降りると服についた汚れを払い、
物凄い速度で今度はキコリたちににじり寄ってくる。

「貴方がキコリ、そしてそちらが妖精さんでよろしいですかね⁉」

「うわウザ」

「あー……とりあえず、まずは貴方が誰からか教えて頂けると」

オルフェが顔をしかめ、キコリが戸惑いながらそう聞くと、

「おお、これは失礼いたしました！」

吟遊詩人は、そこで初めて気付いたとでもいうように一歩下がると、帽子を取って一礼する。

その動きは芝居じみていて、何度もやっているポーズなのだろうと思わせた。

「私はパナシア。吟遊詩人をやっています。王都で近頃人気の歌のネタを深掘りしておこうと思いまして。いやあ、雰囲気を探りに来たらご本人に会えるとは。これこそ楽神の導きと言えましょう！」

「導きとかは分かんないですけど……まあ、何しに来たかは分かりました」

「喋るたびに無駄に動くのは何なの？」

「吟遊詩人のサガのようなものです。ご容赦を」

良い人か悪い人かはともかく、変な人ではあるようだとキコリは思う。それとも吟遊詩人は皆「こう」なのだろうか？

「俺はキコリ。こっちがオルフェです」

「別に覚えなくていいわよ」

「いいえ、覚えました。妖精さんのお名前については情報もなく……いやはや、これで他に一つ先んじたというわけです」

フフフ、と満足そうに吟遊詩人のパナシアは言うが、名前などなくても歌えるだろうに、そのあたりはやはり情報屋という側面があるのだろうか。

「それって、やはり俺やオルフェの名前を情報として売るんですか？」

「んっ！」

パナシアの笑顔が固まり、咳《せ》き込み始める。痛いところを突かれた、とでも言いたげだ。

しばらくゲホゲホとやっていたパナシアは、少しばかりきまりの悪そうな笑顔を向けてくる。

「こ、これは驚きました。吟遊詩人の副業をご存じでしたか」

「まあ、想像ですけど。そうかな、と」

「ハハ……まあ、隠すことでもありませんが」

「でも隠してたんでしょ？」

オルフェの冷たいツッコミに、「これは手厳しい」とパナシアは苦笑する。

「あからさまに情報を取り扱いますと言えば、口の堅くなる御仁《ごじん》も多いモノでして」

それはそうだろう、とキコリは思う。お前の情報を売るから寄越せと言われて「はい喜んで」と言う者がどこにいるのか。実際キコリも警戒してしまっている。

「私たちは確かに情報屋の側面もありますが、逆に言えば調べられる程度の情報しか扱わないのです」

「詭弁じゃないですか？」

困ったように笑うパナシアだが……そこで思いついたように「あ、では！」と手を叩く。

こうした動作がいちいち芝居臭くて、オルフェが「ウザ……」と呟いているのだが。

「信頼関係の為に、欲しい情報を提供するというのは？　まあ、私が知っている範囲になりますが」

「え？　いや……んー……」

特にない。そう言いかけて、キコリは少し考える。

「……提供したんだからそっちも何か提供しろとか言いませんよね」

「言いません。これでも信用商売です」

考えて。キコリは、一つだけ聞いてみたいことがあったのを思い出す。

「そういえば昨日、アサトという人に少し絡まれまして。もしかして有名人だったりします？」

その単語に、パナシアはピクリと眉を動かす。

「これはこれは。また面白い名前が出てきましたね」

「面白い？」

「そんなに面白い名前かしらね」

「ハハハ。いや、その名前は少しばかり有名でしてね。脅威の速度で金級冒険者に駆けあがり、しかし彼がどこの出身かも分からない。謎多き人物ですよ」

「出身不明……ですか」

キコリの目を見てパナシアは頷く。

「ジェキニの町で冒険者登録したあたりまでは足取りを追えてるんですけどね。それ以前がサッパリなんです。まあ、成り上がった人の『それ以前』なんて、追えるのが珍しいんですがね」

誰も注目しないせいで記憶にも残りませんから、と軽く笑う。

なるほど、そういうものかもしれない。キコリ自身、似たようなものではあるだろう。突然、全く違う世界に飛び込んだのだ。それ以前など誰の記憶にも残らない「その他大勢」でしかない。

「何しに来たんでしょうね」

「さあ。ですが冒険者が防衛都市に来るのは珍しくありません。自分の力を試したいなら、特にね」

冒険者と防衛都市は、切っても切れない関係だ。むしろ冒険者と言えば防衛都市であり、他の町にいる冒険者は冒険者というよりは「何でも屋」と言った方がいいだろう。

「ただ、そのアサトという人物……ちょっとばかり危険かもしれませんねえ」

「どういうことですか？」

「アサトの敵対者は、大抵破滅しています」

パナシアの言葉にキコリはぽかんとする。

「……は？」

「何と言えばいいのでしょうね。原因は色々ありますが、結果として死に至ることが多いようです」

「そいつが犯人でしょ、それ」

「証拠はありません」

オルフェのツッコミにパナシアは肩をすくめてみせる。

真偽のほどはともかく、アサトという男に対する警戒を高めるには充分すぎる話だった。

あの邂逅《かいこう》だけで敵対者になるとは思わないが、絡まれた以上、注意した方が良いのだろう。

「では、私はこれで。今日の話が何かの役に立ったなら、次は昔話を聞かせて頂ければ幸いです」

優雅に一礼して足取り軽く去っていくパナシアを見送ると、キコリはオルフェと顔を見合わせる。

「どう思う？」

「どっちも要注意」

「だよな」

アサトとかいう男に注意するのは当然だが、パナシアも正直胡散臭い。親切心だと思いたいが、キコリのアサトに対する不信感を煽った可能性だってある。彼の話を全て信用するのも危険だ。

「ゴブリンに襲われて逃げる割には一人で帰るし。それに……ゴブリンは木登りできるだろ」

「あー、そういえば」

木に登って逃げる手が通じるのは獣相手であり、ゴブリンに通じるはずもない。だとすると、パナシアはゴブリンに追われて木に登ったのではなく、彼が木に登った後にゴブリンが来たのだろう。

そのことに同時に思い至り、キコリとオルフェは頷き合った。

「あの人にもできるだけ関わらないでおこう」

「あいつぶっ殺しましょ」

しばらく無言で見つめると、オルフェがビスッとキコリの顔を突く。

「いや、今おかしいのは確実にオルフェの方だったぞ⁉」

「どーせ面倒ごとの種でしょうが。最初から殺した方が早いわよ」

「その理屈は変だし、殺した方が面倒になるタイプの人だろアレ」

頷いて「確かに」と納得するオルフェに、キコリは溜息をつく。面倒ごとに首を突っ込みたいわけではない。なのに面倒ごとの方からやってくる。その事実に、僅かな疲労を感じていたのだ。

◆◆◆

第七章 森の中へ

◆◆◆

新妖精村……であるはずの場所に近づくと、オルフェが「あー」と声をあげる。

「完成したみたいね、村」

「え？　何も見えないぞ？」

キコリの視線の先にあるのは、他と同じ森の風景だった。だが……確かに新しい村の場所はこのあたりだったように記憶している。

「結界張ったんでしょ。ワイバーンのこともあるし、人間の領域も近いし」

「へー、そんなことできるんだな」

「まあね……つーか、これじゃあたしたちも入れないけど」

簡単に出入りできたら意味がないが……壁のようなものなのだろうか？

キコリは試しにと手を伸ばしてみるが、特に何もない。

「何もないぞ？」

「何かあるって分かってどうすんのよ。馬鹿なの？」

オルフェが何かを感じ取るように、前方を見つめる。

「誰かが偶然近づいても気付かない……って感じの魔法ね。なかなかに手間がかかるやつよ。まあ、入れないなら帰るしかないけど」

オルフェがそう言った矢先に、何もない場所から妖精がひょっこりと出てくる。

「あ、やっぱりオルフェだ！　そっちのドラゴンは……なんか前にいたドラゴニアンと似てるね！」

「あー、いや、本人なんだ」

へー、と感心する妖精に、オルフェが告げる。

「そんなのはどうでもいいのよ。入れてくれる？」

「いいよ！　はいこれ！」

妖精がキコリとオルフェに握らせたのは、赤く小さな宝石のような何かだ。砂粒ほどの大きさだが……魔石の欠片《かけら》か何かであるように思える。

それをオルフェが飲むのを見て、キコリも呑み込む。すると、目の前の景色が霧が晴れるかのように変わっていく。

「おー、よくできてるわね」

そこにあったのは、幾つかのツリーハウス。

それだけではない。その空間だけ植物が木も草も妙に元気で、明らかに「何か」が違うと理解できてしまう場所だ。そう……目の前に広がるのは、確かに「村」だった。

「オルフェの家も造ったよー！」

「ドラゴニアンも住めるよ！」

「オルフェと住めるよー！」

「あ、住めるってそういう……」

妖精たちが指差すのは一際大きいツリーハウスだが、なるほど人間サイズに造られている。

「キコリ。あれ出してあげれば？」

「あ、ああ。お土産持って来たんだ」

言いながら荷物袋からナッツの袋を出すと、妖精たちは袋の紐《ひも》を解いて「きゃー」と声をあげる。

「木の実だー！」

「ちょっと人間臭いけど木の実だ！」

「みんなー！　木の実、お土産だって！」

わー、と歓声をあげて飛んできた妖精たちが木の実の袋に群がるが……それに呑み込まれる前に、キコリはオルフェに引っ張られるようにして、数歩引いた場所に移動できた。

「前々から思ってたけど……妖精って、木の実が好きなのか？」

「嫌いじゃないけど。分かるでしょ？　大体あんなノリなの。あたしはオトナなのよ」

フッと笑うオルフェにキコリは曖昧《あいまい》に頷く。確かにオルフェは他の妖精とは大分性格が違う気がする。ただ、オトナかどうかと言われると判断しがたいが……。

「そういえばドラゴニアン、雰囲気変わったね」

ナッツを齧《かじ》っていた妖精の一人が飛んできてそう言えば、他の妖精たちも次々に飛んでくる。

「なんか前よりカッコよくなってる気がする」

「違うよ怖くなったんだよ」

「人間臭いのが、完全に消えたよねー」

やはり妖精には、キコリが「どういうもの」か感覚で分かるらしい。不完全なドラゴンクラウンを持つ「人間」であった時と、完全なドラゴンクラウンを持つ「ドラゴン」である今。その違いを感覚で把握されている。恐らく変装程度では簡単に見抜くのだろう。

「久々に様子を見に来たんだけど、その感じだと変わりはなさそうね」

オルフェに聞かれて、妖精たちは顔を見合わせた。キコリは「何かあったか？」と聞いてしまう。

「何っていうか」

「なんか最近、人間が森の中ウロウロしてるんだよねー」

「何か探してるっぽいよ」

森の中で探すような何か。まさか……妖精だろうか？

ここの妖精たちのことは、キコリからセイムズ防衛伯に話しているが、そこから王都に報告が行った際、周辺から漏れた可能性もあるのか。いや……ちょっと頭が回れば、ダンジョンでキコリとオルフェが出会ったことは予想がつくはずだ。それとワイバーンの件を重ね合わせれば……他の場所に妖精たちが移動したと考えるのは普通だろう。だが。

「妖精を探してるんだろうけど……命知らずだよな」

「死にたいのかしらね」

キコリだって初見で殺されかけたのだ。それでも生きていたのはドラゴンクラウンのおかげでしかない。というか、妖精が危険だというのは知れ渡っているはずだ。

それなのに、妖精を探していそうな人間が出るというのは……。

「妖精と人間が仲良くできるって、勘違いしたのか？」

面倒なことになったなとは思うが……だからと言って、キコリができることは何もない。それに今の妖精村は普通の手段では見つからないし中へ入れない状態だ。どれだけ冒険者がウロウロしていようと、妖精には近づくこともできないだろう。ただ、もし例外があるとしたら……。

「あのさ。しばらく人間がウロウロするかもしれないけど、ここから出ないで無視してくれるか？」

「え？　いいよー」

「関わりたくないもんねー」

「ねー」

妖精たちは意外にもアッサリと頷いてくれる。そして、妖精の一人が「あ！」と声をあげる。

「そういえば、最近ゴブリンも増えてきたよね」

「増えた増えた！」

確かに、森の中にゴブリンがいた。ダンジョン化したせいで来なくなるかと思っていたが、そんなことはなかったようだ。

しかし、どのルートから来ているのだろう？　ワイバーンの渓谷や元妖精の森が空白化したから、そこに住んでいても良さそうなものだが……そこには別の何かが住んで、追い出されたのか。

「ゴブリンか……ここに来る前にも戦ったよ」

「あ、そうなの？」

「アイツらウザイよねー」

「それに変なゴブリンも交ざってたー」

「変なゴブリン？　ホブゴブリンか？」

その言葉にキコリが訊き返すが、妖精たちは首を横に振って否定する。

「違うよー？」

「なんかねー、ゴブリンっぽくないゴブリン」

「オドオドしてた。すっごい変」

「ゴブリンってもっとふてぶてしいもんね」

「ねー」

ふてぶてしくない、オドオドしたゴブリン。なるほど、それは確かにゴブリンらしくない。

キコリにとってゴブリンとは、悪知恵の働く「モンスターらしさ」を体現したような相手だ。オドオドしていたから弱いというわけでもないだろう。そういう偽装の可能性だってある。

しかし……妖精が言うからには確かに変なのだろう。気をつけなければならない。そう考えて……キコリはふと、オルフェがいなくなっていることに気付く。

「ん？　オルフェは？」

キコリの問いに、妖精たちは一斉に木の上を指差す。

そこは、妖精たちがキコリとオルフェの家だと言っていた、ツリーハウスだった。

ツリーハウスに梯子《はしご》はない。キコリはどうやって登ろうか考えて……木を登ることを選ぶ。

「あれー？　ドラゴニアン、飛べないの？」

「あー、まあな。俺には翼とかないし」

「翼なんかなくても飛べるよー」

そんなことを言われてもできるはずがない。空を飛ぶ魔法でもあればできるのかもしれないが、そんな魔法を本で見た記憶はない。

すると、妖精たちが近づいてくる。

「しょーがないなー、運んであげる！」

「飛べないならしょーがないよねー」

「ねー」

妖精が三人がかりでキコリを持ち上げようとして……持ち上がらない。

うーん、と唸《うな》っていた妖精たちは「みんな集まれー！」と仲間を呼び始める。

そうしてたくさんの妖精たちが面白がってキコリを持ち上げ、ツリーハウスの入り口まで運ぶと、
そこにいたオルフェと目が合う。

「……何してんの？」

「運んでもらってる」

ツリーハウスの中に下ろしてもらうと、やりきった顔の妖精たちがハイタッチを始めてしまう。

「やったね！」

「やったー！」

何とも自由で楽しそうだ。ただし、これでキコリが人間だったら、こんな親切どころか命を奪いに来るのだから両者の差は埋めがたい……はずだ。キコリはそこで、ふと思う。

（俺は人間やめてるけど、姿は人間だよな。だったら人間に多少は慣れてたり……）

キコリは近くにいた妖精に「なあ」と声をかける。

「もし人間が仲良くしたいって言ったらどうする？」

「燃やすー」

「凍らすね」

「刺すかなあ」

「溶かしちゃう」

「殺すよ！」

一瞬の迷いすらない多種多様な……実質「殺す」の一択。そんな返答が妖精たちから返ってくる。

「馬鹿ねえ。分かり切ってるじゃない。まさか、人間と妖精が仲良くとか、そういうアレ？」

「違うけどさ。妖精側が仲良くしたいとか興味あるとかだったら、俺にもできることがあるんじゃないかと思ったんだ」

オルフェはそれを聞いて「人間の立場から、ではないわけね……」と思う。

(ドラゴン側からの視点で、かしらね。本人にはそういう意識はないんでしょうけど)

妖精への配慮。それは平等な視点、とも言えるが……あまり人間らしくない思考ではある。

「変な気ィ回すんじゃないわよ。疲れるだけよ？」

だからこそ、深く突っ込むことはしない。触れるべきことではないと、そう直感したからだ。

「それで？　まさかあたしを探しに来たの？」

「ん？　まあな」

話題を変えるためにオルフェが冗談めかして言えば、キコリはそう返してくる。

「なによ、この寂しがり。ちょっとあたしがいなくなったくらいで」

「……にしてもここ、家具とかあるわけじゃないんだな」

キコリの言う通り、中には何もない。机も椅子も棚もない。あるのは箱が二、三個。それだけだ。

「別にあたしたちは料理もしないし、椅子になんか座らないし。ベッドだって要らないでしょうが」

オルフェはいつもふわふわ浮いて寝ているか、うつ伏せでキコリの上に乗って寝ているかだ。椅子もベッドも必要ないだろう。しかし、そうなると一つ疑問が出てきてしまう。

「なら、この家は何のためにあるんだ？」

「縄張りに決まってるじゃない。ここが自分の場所って主張しておけば、その中にあるものを勝手に持っていかれないでしょ」

「あー……なるほど？」

人間社会の場合、縄張りがあれば何かあるかもと泥棒が入ったりするが、妖精社会は違うらしい。

「じゃあ、ツリーハウスの外に置いてあるものは」

「勝手に持ってっていいってことよ」

「分かりやすいな」

外にちょっと置いておくのは、妖精社会では「お好きにどうぞ」ということらしい。その代わり、ツリーハウスの中にあるものには手を出さない。妖精という種族だから成り立つ文化かもしれない。

「見ての通り広いから、今後何か扱いに困るものが出ても置いていけそうね」

「そんなもの出るか……?」

「どっか行く度に面倒ごとに巻き込まれる男が偉そうに」

「いや、否定はしないけど偉そうじゃないだろ」

キコリは抗議するが「うっさいわよ」と切り捨てられてしまう。

「変な人間二人に変なゴブリン。もう面倒ごと三つでしょうが」

「ゴブリンは俺のせいじゃないだろ」

「ゴブリンに興味あるの?」

「えっ」

入り口から覗いていた妖精の一人がキコリにそんなことを聞いてくる。

「最後に見たのって昨日だから、まだこの近くウロウロしてるんじゃないかなあ」

「たぶん巣、作ってるんだと思う」

「この近くに作られても邪魔だよねー」

頷き合う妖精たちから、キコリはオルフェに視線を向ける。

「……やっつけろってことか？」

「でしょうね」

やっぱり面倒ごとになったと言わんばかりのオルフェに、キコリは「だな」と返すしかなかった。


キコリとオルフェは妖精村の外に出て、ゴブリン探索に周囲を歩き始める。

「変なゴブリンか……どんなのだと思う？」

「さあ。でも変って言うからには相当変なんでしょうね」

キコリの問いにオルフェはそう返す。感覚的にモノを見る妖精が「変」と言うからには、外見だけに限らず、魔力などの点から見ても相当に変なのだろう。とすると……異常進化体である可能性は、非常に高い。キコリはそう考えながらオルフェを手元に抱き寄せて。

「ちょっ……」

ガン、と。先程までオルフェがいた場所を矢が通り過ぎ、木に刺さる。

「はっ？　攻撃⁉　嘘《うそ》でしょ、何も感じな……っ！」

更に数本の矢が飛来し、庇《かば》うキコリの鎧が矢を弾く。その矢を視認してオルフェも気付く。

「風の魔法を矢に込めてるの？　なんて器用な！」

矢が空気を揺らさないから、視認されない限り相手は気付かない。ネタ明かしすればそれだけのこと。バレれば対策される程度の手品に近い。けれど気付かれなければ必殺。そんな技を……！

「オルフェ！」

「ええ！　ウインドショット！」

「ゴゲッ⁉」

木の上で弓を構えていた、やけに装備の良いゴブリンが落ちてきて、そのまま動かなくなる。

キコリたちはゴブリンに駆け寄り、死んでいることを確認する。

「木から落ちて死ぬとか、あんな手ぇ使う割には間抜けな最期ね」

「うーん……なんか技だけ覚えて、あとは普通のゴブリンって感じだよな」

一芸特化、という言葉がキコリの中に浮かぶ。オルフェに気付かれないような矢を使うのに、それ以外何もない。そこに妙な違和感がある。

「変なゴブリンって……コレだと思うか？」

「違うと思う」

だよな、とキコリも頷く。変な技を使うゴブリンであっても、変なゴブリンではない。

きっと技がどうこうなどという話ではなく、もっと……。

「……となると、お前らでもないよなあ」

別の装備の良いゴブリンたちが、二人を囲むように展開している。それを見ながらキコリは呟く。

周囲の草むらに偽装しながら潜んでいたようだが、工夫を戦術に昇華させているのだろうか？

ゴブリンらしからぬ、統一された意志をキコリは感じていた。それはまるで、かつてニールゲンが襲撃された時の……何者かの意志の下で一つになっている感覚に似ている。

「こいつら……何か『変』だ」

統率ではなく。そう、「統一」されているのだ。

「ミョルニル」

「アイスアロー」

キコリは電撃纏う斧を投擲してゴブリンを灰塵《かいじん》に帰《き》し、オルフェは氷の矢を数本放ちゴブリンたちを貫いていく。次の瞬間、ゴブリンの一体が悲鳴をあげて逃げ出し……それに触発された他のゴブリンたちも蜘蛛の子を散らすように逃亡する。

「やっぱりだ。アイツら、『上』には何もいないんだ」

「そーね。調子乗ったザコってだけだわ」

何か自信を持つようなことがあって、それ故に気が大きくなっていた。そんなイメージだ。

では、それは何だ？　戦術？　装備？　それとも、その両方だろうか？

使いこなせているようには見えなかったが、それで上手くやれた経験があるのかもしれない。

「オドオドしたゴブリン……か」

キコリは考える。もしかして……だが。その「オドオドしたゴブリン」が他のゴブリンに教えたのだとしたら。それが狩りか何かで上手く機能して、ゴブリンの気が大きくなったのだとしたら。

しかし、戦術にせよ装備にせよ、ちょっと頭が良い程度で、どうにかなる問題だとは思えない。

（だとすると……前世持ち……？）

充分有り得る話だ、とキコリは思う。前世の記憶を持つ者が、人間にしか生まれ変わらないという法則があるわけでもないだろう。ゴブリンに生まれ変わる者だっているかもしれない。

そうした者がゴブリン社会の中で、持てる知識を使ったとしたら……？

まあ「オドオド」という点を考慮すると、ゴブリン社会のカースト上位にいるとは思えないが。

「とにかく、連中の住み家を探そう」

「アイツ等、ほっとくとすーぐ巣を作るのよねえ」

ゴブリンの住処《すみか》は「巣」と呼ばれるに相応《ふさわ》しいものが多いらしい。上位種のゴブリンに統率されている場合は別だが、そうでなければ非常に原始的な生活を営むとされている。

しかし、だ。「オドオドしたゴブリン」が知識を持っているなら、そんな生活には甘んじないかもしれない。少なくとも、小屋くらいは建てている可能性がある。

そう考えたキコリとオルフェは森を進み、布を木に括《くく》りつけたテントのようなものを見つけた。

テントは幾つかあり、中央は草が刈られて焚火《たきび》の跡もある。

その、広場のように整えられた空間。そこに、鍋にどんぐりを入れているゴブリンの姿があった。

（ドングリ……？　食べるのか？）

見たところ、鍋は火にかけられているわけでもない。今調理を始めたばかり……かもしれない。

「ちょっと、キコリ？」

あのゴブリンは何をやっているのか。それが分かれば「オドオドしたゴブリン」の正体を探れるかもしれない。そう考えたキコリはオルフェをなだめながら、木陰に隠れて様子を窺《うかが》う。

火をおこす様子もなく鍋を見ていたゴブリンは、やがて幾つかのドングリをポイ捨てし始める。

どうやらドングリの選定をしていたようだ。「ケッケッケ」と笑っているのが聞こえてくる。

「アイツら、俺を適当に扱いやがって……こんな真似もできねえくせによ』

その「声」を聞いてキコリとオルフェはギョッとする。

（喋った……⁉）

ゴブリンが喋るのは独自の言語であり、人間の使う共通語ではない。オルフェや妖精が共通語を理解するのは「覚えた」からだが……ゴブリンが共通語で喋るなどとは聞いたことがない。

前世持ちだとしても「共通語」を喋れるかといえば話は別だろう。となると、共通語を覚えるくらいの頭の良いゴブリンという可能性はある。ならば、とキコリは踏み出し、わざと足音を立てた。

「に、人間……と妖精⁉」

鍋を見ていたゴブリンは振り返り、慌てたように近くのこん棒を持って立ち上がる。

「ち、畜生！　殺《や》られやしねえぞ！　か、かかってこい！」

「だってさ。めんどくさそうだし殺そ？」

ゴブリンはみるみる脅えた表情を見せると、こん棒を投げ捨ててその場に平伏する。

「待った！　待ってください！　俺っちは悪いゴブリンじゃねえんです！　単純に住処を求めて流れて来ただけの、哀れなゴブリンなんです！」

「共通語をそんだけペラペラ喋るゴブリンとか、生かしてもロクなことになりそうにないし……」

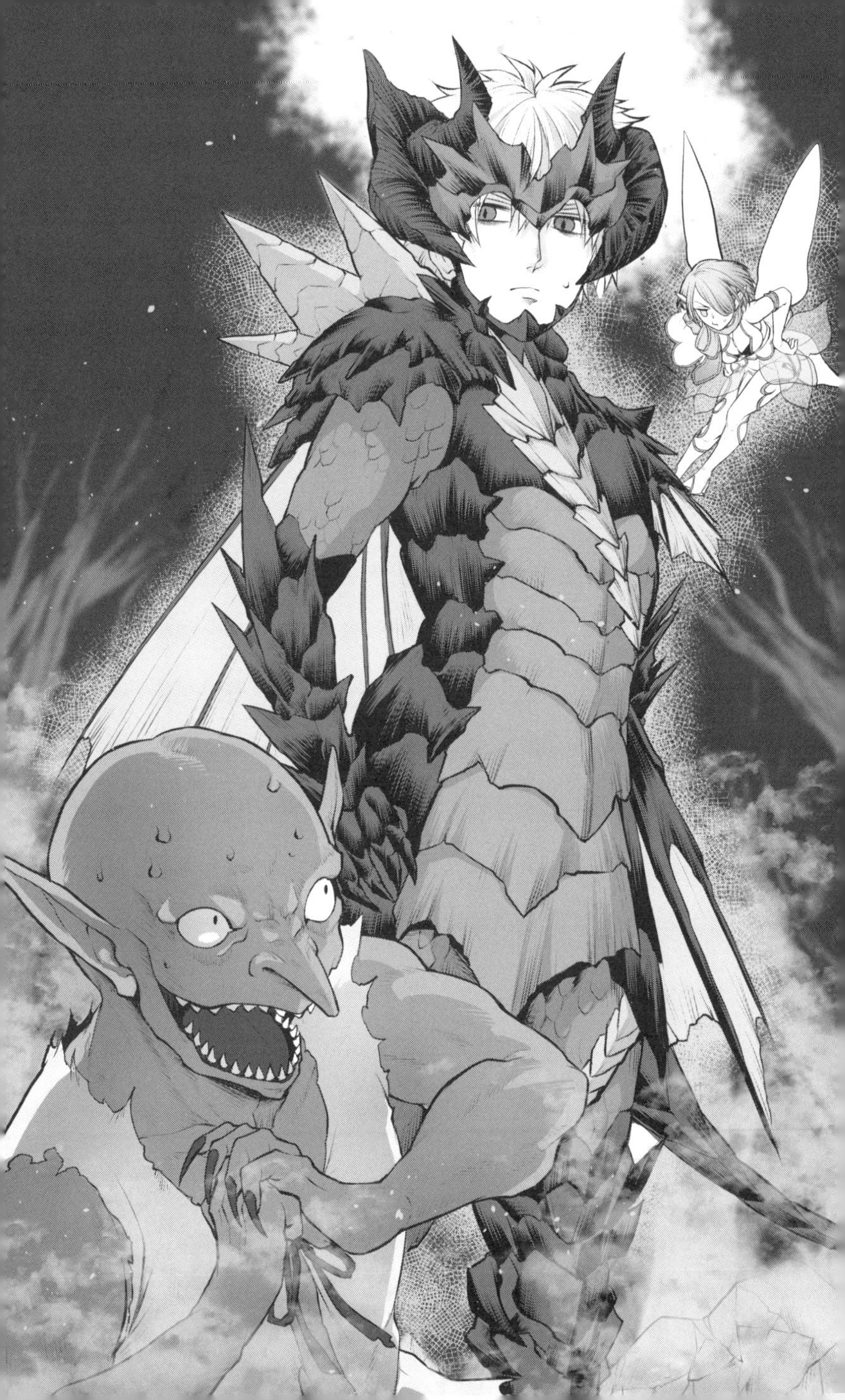

「いやいや、待ってください待ってば！　待ってくださいってば！　俺はお役に立てる奴ですってば！」

必死の形相のゴブリンに、今にも魔法を放ちそうなオルフェをキコリが押さえる。

「オルフェ、ちょっと待ってあげよう」

すると、ゴブリンは卑屈な笑みで「ふへへ……」と笑う。

「さ、流石です旦那。よっ、色男！　まあ、人間の美醜とか分かんねえんですが」

「やっぱキモいわよこいつ。殺した方がいいわよ」

オルフェは眉をひそめるが、キコリは会話を試みることにした。

「えーと……色々聞きたいけど、とりあえず。なんでそんなに共通語が上手なんだ？」

「共通語とやらはわかんねーんですが……俺っち、生まれた時から誰とでも会話ができたんですよ」

今も他のゴブリンと話してるのと同じように喋ってますぜ、と。ゴブリンは、何でもないことのようにそう言った。

震えるゴブリンを見ながら、オルフェは小さく息を吐く。

「……たぶん魔法の一種ね。声に微弱な魔力が混ざってる。どういう仕組みかまでは知らないけど」

「単純にゴブリン語が相手の言語になる魔法じゃないのか？」

「単純じゃねーわよ馬鹿。理解できる部分だけで考えても結構とんでもない魔法よ！　こいつは一つの言語しか理解してないのよ？　なのに、全く違う言語とも意思疎通できてる。でもこっちに干渉してるわけじゃなくて、あくまでも一人で完結してる。理解できないわ」

もし相手に干渉するタイプの魔法だったら、オルフェは気付いている。しかしその気配はない。

だからこそ、ゴブリンがほぼ無自覚に発動させている魔法が高度だと分かるが……。

「そうなると、やっぱり異常進化体ってことか」

先程から視線の合わないゴブリンをじっと見ながら、キコリは考える。

誰とでも会話できるゴブリン。つまり、意思疎通ができる……ということだが。こちらと積極的に戦う意思はないように見えるし、わざわざ倒す必要はない、のだろうか？

しかし……そう判断する前に、確かめなければいけないことがある。

「一つ聞きたいんだけど、いいか？」

「へへっ、どうぞどうぞ」

「さっき、戦い方を誰かから学んだふうのゴブリンに会ったんだけど、仲間だったりするか？」

「へ⁉　いやいや、俺っちはそんな物騒なもんはとてもとても！」

ゴブリンは、キョロキョロとせわしなく視線を動かしながら後ずさる。

「別に責めてない。ただ、どこでそういうのを学んだのか知りたかったんだ」

「ああ、そういう！　ちょ、ちょっと待ってくだせえ」

ゴブリンはそのままテントへと走って行って……ガサゴソと中から音が聞こえてくる。

まさか本だろうか？　「天才」関連の本とか出てきたらどうしようとキコリは考えるが……いつまでたってもゴブリンが戻ってこない。

「……まさか」

キコリとオルフェはテントに近づき、布を捲《めく》る。そして、乱雑にガラクタの置かれた場所の奥に、ぽっかりと穴が開いているのを発見する。

「抜け穴……！　あのゴブリン！」

「こりゃやられたな。頭いいぞ、アイツ」

どこまで行ったか分からないが、すでにそれなりの距離を逃げているだろう。

「まさかグングニルで周囲を吹っ飛ばすわけにもいかないしな……」

同時に分かったこともある。それはキコリの中での分類の決め手でもあった。

「アイツは敵だ。次会ったら問答無用で殺そう」

「そりゃ賛成だけど。さっきまで渋ってたのにどうしたの？」

「簡単だよ、この穴だ。アイツ、最初から追われる可能性を考慮してたんだよ」

キコリの示す抜け穴に、オルフェは「そうね？」と首を傾げる。

「つまり，仲間を見捨てて逃げるつもりだったんじゃないか？」

ゴブリンに仲間意識があったようにも思えないが、少なくとも戦い方を教えた相手だ。

その上で仲間に不満があった……のだろうだから、抜け道を共有するとも思えない。事実、こうして荷物で穴を隠していた形跡がある。

「こっちに手札を隠した上で逃げた。今考えると、最初にこん棒を持ったのもブラフだと思う。自分は大したことができないって、思わせたかったんだ」

「他に何か……あっ」

オルフェが思い出したのは、風の魔法を込めた矢だ。アレもさっきのゴブリンが教えたのならば。

「アイツ、普通に魔法も使えるってこと!?」

「たぶんな。下手するとこの穴も魔法じゃないか？」

「……確かに魔力の残滓《ざんし》を感じるわね」

さっきのゴブリンは、魔法で戦う力を持っていた。それをやらなかったのは、単純に不利だと判断したからで、「敵対する気がなかったから」ではない。その可能性は、あれが逃げたことで消えた。

「オルフェはともかく、俺は殺そうとなんてしてなかった。それでも逃げた。つまり……アイツの中で俺は敵に分類されてたんだよ」

積極的に戦う意思を見せなかったのは、こちらに攻撃する理由を与えないため。友好的なゴブリンと思わせたまま、情報を与えずに逃げ切るためのものだ。言葉の魔法について隠さなかったのは、すでに知られているのと……こちらを信用させるためだろう。

あのゴブリンは、こちらに勝てると確信するまでは逃げ回る可能性が高い。

「失敗したな。アイツ、逃がしちゃダメなタイプの奴だった」

「だから殺しときゃよかったのよ」

キコリが止めるのは、オルフェにも簡単に想像がついたことだ。それでもいいと思っていたし、その程度のザコだとも思っていた。それはオルフェの判断ミスでもある。

「ま、切り替えていきましょ。悩んでも仕方ないわ」

妖精たちからの依頼が未解決になってしまったが……そこは謝るしかない、とキコリは思う。

だが、次に会ったら殺す。それだけは確定した。

「とにかく、この場所は壊しとかないといけないな」

「そうね。ゴブリンの巣なんか放置できないし」

そんな話をしながら、キコリは積んである木箱の中身に触れる。

大したものはない。ボロいナイフや革袋、手斧なども入っている。道具入れというよりは、本当にガラクタが多い。だが……それが逆に気になった。

あの抜け目のないゴブリンが、明らかにガラクタじみたものを大事にとっておくとも思えない。もしかすると、何かの偽装……他のゴブリンがパッと見て興味をなくすように仕向けた可能性はある。

そう考えて、キコリは斧で一番上の木箱を薙ぐ。

ガシャンッと地面に落ちる木箱とキコリを見比べたオルフェが、何かを見つけて声をあげる。

「何これ。壊れた木箱から……針？　二重構造になっててんのかしら」

「罠だろ。たぶん、木箱をどかそうと持ち上げたら針が出てくるんだろうな。毒が塗ってあるかは分からないけど」

「ああ、そういう……確かに悪知恵が凄いわね」

となると、罠の箱の下にある木箱にこそ何かがある、はずだが。

念のため、次の箱にキコリは斧を叩きつける。

音をたてて割れた蓋を斧で弾き飛ばし、仕込んであった針に気付く。

「……こっちにも針か。薄い板を張り付けて本命を誤魔化すって、ほんとに頭いいな」

そうまでして守りたかった物とは何か。

キコリは箱の中を覗き、樹皮の束らしきものを見つける。穴を開け、何かの植物のツルを通して纏《まと》めているようだが、要は手製のノートであるようだ。

キコリには分からない文字。ゴブリン語……なのだろうか？

いや、キコリに記憶があれば理解できただろう。それはキコリの知る「異世界」の言語であると。

そして最初の一文には、異世界の言葉でこう書かれていたと。


――俺は生まれ変わったらしい。


だが、キコリには読めない。異世界の記憶が、ほぼ消え去っているが故に。

その「謎の言語」で記されたノートを捲っていると、オルフェも横から覗き込む。

「……何語？　これ」

「ゴブリン語じゃないのか？」

「アイツらにそんな文化があるとも思えないけど……持って帰るの？」

「ああ。街で調べたら読めるかもしれないしな」

荷物袋にノートを入れると、キコリとオルフェはテントを出た。

「じゃ、ぶっ壊すわよ」

「ああ、頼む」

オルフェの魔法が、ゴブリンの「巣」を跡形《あとかた》もなく吹き飛ばした。

ゴブリンの巣をきれいさっぱり消し去ると、キコリは妖精に状況を伝え、街へ戻ることにした。

途中でゴブリンには何度か出会ったが、「あのゴブリン」には遭遇しない。それが胸にしこりのように残りながらも、キコリは街に……アリアの家に戻ったのだった。


もう夜が近かったせいか、アリアは家に帰ってきていた。

今日のキコリの話を聞くと、アリアは「うーん……」と難しい表情になる。

「確かにそれは変なゴブリンですね……そのゴブリンのものかもしれないっていうノート、見せて貰えます？」

「勿論です」

荷物袋から取り出したノートをアリアはじっと見るが、やがて首を傾げてしまう。

「読めませんね」

やっぱり、とキコリは思うが、アリアは「でも」と続ける。

「これ、少なくとも書いた人は『この文字』を当たり前のものとして認識しているみたいです」

「そう、なんですか？」

「なんでそんなの分かるのよ⁉」

オルフェも興味を持ったらしく、ノートに改めて視線を巡らせる。アリアは「簡単ですよ」とノートを指で叩いてみせた。

「だって字、汚いですし」

「え……？」

どうしてそれが理由になるのか、キコリにはピンとこない。

「これを見る限り、殴り書きみたいな文字もありますし、丁寧に書いたような文字もあります。どれがどういう意味なのかはサッパリ分からないですけど……共通する文字が幾つか出てきて、殴り書きでも丁寧書きでも変わらない。それってつまり、その文字が『そういうもの』であるっていう認識が染み付いてるってことなんです」

「ええっと……書いた奴にとってはその文字が普通ってこと、ですか？」

「そういうことです。多少崩れたくらいなら読める程度には常識なんです。その形の文字に、それ以外の意味がない。つまり、暗号ではなく間違いなく『言語』です。対応表さえあれば読み解ける程度には気楽に書けるものなんじゃないかと思いますよ」

聞かされて「なるほど」とキコリは思う。

これをあのゴブリンが書いたとして、どこから「文字に関する知識」を持って来たのか。まさか、自分で文字を作ったというわけでもないだろう。

「アリアさん。この文字に心当たりとかってありませんか？」

「いえ、ないですけど……神殿なら、何か分かるかもしれませんね」

ニールゲンの神殿には一度行った。だが、ここで神殿が出てくる理由がキコリには分からない。

アリアはそれをキコリの表情から察して、「神殿は結構凄い所なんですよ？」と笑う。

「知識の集積地なんです。各地の風習やローカルな言語についても知識が当然あるでしょうから」

「つまり、このノートも……」

「読み解けるかもしれませんね」

もしそうなら、あのゴブリンが何を考えていたか分かるかもしれない。

それはあのゴブリンをどうにかする上で、大きな進展に繋がるかもしれなかった。

それから色々と話をしたが、アサトという男については最低限のことしか話さなかった。

転生者らしき人間がどうのという話を、アリアにしても仕方がない。それに、その話をするとキコリの記憶に関する話もバレるかもしれない。何より、アリアの心を余計なことで乱したくなかった。

だから表面的な「ちょっと絡まれた」ことしか話さなかったのだが、アリアもどうやら心当たりがあったようだ。

「ふーむ……そのキコリに絡んできたアサトっていう男、たぶんですけど、地下の販売所にも来てましたよ。結構高いポーションを何本も買っていきました。財布に余裕があるみたいですね」

金級冒険者みたいですし稼いではいるんでしょう、と頷くアリアは、ふと気づいたようにキコリに笑いかける。

「ま、全然好みじゃないですけど」

「聞いてねーわよ」

すかさずオルフェがツッコミを入れるが、アリアは構わず囁くように続けた。

「会話らしい会話はしてませんけど。かなり性格悪そうですよ、アレ」

「はあ……」

もとよりキコリも関わる気はない。あの男はこちらが転生者だと思って絡んできたのだろうし、そうではないと判断した以上、もう絡んでくることもないだろう。

「キコリが獣王国に行ってる間、色んな人が出入りしましたけど……同様の状況は続いてます。他にも変な人が出てくるかもですけど、注意してくださいね？」

キコリがいない間にセイムズ防衛伯が動いてくれていたはずだが、まだ問題は残っているということなのだろう。「分かりました」と返事をしつつ、ふと気になって、キコリはアリアに聞いてみた。

「……あの、色んな人って……面倒な人ってことですか？」

「ええ、勿論。大変だったんですよ」

たとえばどこかの貴族の遣い。キコリを怪しげな仕事に従事させる気満々で、セイムズ防衛伯に叩き出されたらしい。そして怪しげな商人。妖精の話を聞いて売ろうとし、ついでにキコリも騙《だま》して売ろうとやって来て、すでに捕まえて処理済であるらしい。

その他、オルフェを買おうとやってきた馬鹿がたくさん。立場にモノを言わせてオルフェを奪い取ろうとした馬鹿もたくさん。その他オルフェ関連で何人か。

オルフェが聞いていて「うわぁ……」とドン引きしている。

「……えーと。ほとんどオルフェ関連のような」

「そうですよ？　『少年と妖精の物語』を吟遊詩人があっちこっちで歌ってるらしいですけど……キコリにも話しましたよね」

「ええ、妖精と心を交わしてどうこうって」

キコリが応じると、アリアは少し困ったように頷いた。

「一回聞いてみるといいですよ。たぶん色々分かると思います」


翌日。神殿に行く途中の広場で、キコリは吟遊詩人が歌っているのを見た。

リュートの旋律が流れる中、歌うのは……何やら妙な歌詞だった。

「少年の勇気に妖精が応えし時、輝ける武器が目を覚ます。おお邪悪なる飛竜よ、その輝きを見よ！

妖精武器フェアリオスの尊き光は、邪悪を天より撃ち落とす……」

もしかしてアレが「少年と妖精の物語」なのだろうか？

キコリは聞いていて、微妙な気持ちになってしまう。耳にしたのは途中からではあるが、すでに何か色々と違っている。……いや、グレートワイバーンを撃ち落としたのは事実で、その際に派手に光が出たのも事実だ。妖精武器フェアリオスとやらは……まあ、妖精の造った武器を持っていたし、なんだかんだあって、もう持ってはいないが……かつて持っていたのは事実だ。それでも今、キコリの武器は「そういうこと」になっている。

「妖精の造った武器のこと、フェアリオスって呼ぶのか？」

キコリが聞くと、オルフェは肩をすくめる。

「人間がどう呼んでるかとか知らないし。そもそも人間に何か造るわけないでしょ」

「まあ、そうだろうけど……」

吟遊詩人が適当に名付けたのだろうか。まさか今の武器がキコリのドラゴンとしての爪や鱗にあたるものだとは言えない以上、歌のほうの設定に「のっかる」のが最適かもしれない。妖精の造った武器ということにしておけば、何が起きても「そういうものなのだろう」で済んで便利だ。

それにしても、自分のことを語っているらしい歌を聞かされるのは……どうにもくすぐったい。

そしてそれ以上に気になるのは、とある点だ。

「……オルフェのこと、随分誤解してるよな」

「なんであたしが勇気とやらに応えてやらなきゃいけないのよ。馬鹿じゃないの。大体アンタのは勇気じゃなくて無茶っていうのよ」

そんなことを言っている間に吟遊詩人の歌は終わり、投げ銭をされている。

要は「勇気ある少年が妖精と出会い、凄い武器を貰ってワイバーンに勝利する話」であるらしい。

広場では二曲目が始まったが、注意がこちらに向く前に、キコリたちはその場を離れた。

「つまり、今の騒ぎは妖精武器フェアリオスを欲しい連中が起こしてるってことか……面倒だな」

「何を今さら。あたしはそういう面倒に巻き込まれるの込みで、ついてってあげてるんですけど？」

そう言われると、キコリは苦笑するしかない。

「いつも感謝してる」

「もっとしなさい」

胸を張るオルフェに頷きながら、キコリは道を進んでいく。

神殿に辿り着いた時、キコリは少しばかり微妙な表情になる。頬を掻きながら、イルヘイル獣王国の防衛都市にあった神殿を思い出していた。

「あっちの国だと色んな神様を祀《まつ》ってる合祀だったけど、こっちだと『大神エルヴァンテの神殿』になるんだよな……」

キコリの言いたいことを理解して、オルフェは「あー……」とうんざりしたような表情になる。

「そういうことね。めんどくせーわねー、人間」

いつだったか、クーンが「人間は大神信仰が強い」的なことを言っていた記憶があるが……こうして獣人国の神殿と比べてみると、その意味がよく分かる。

他の神々を崇める神官との交流も積極的に行っているとのことではあったが、合祀にはなっていないあたりに限界を感じてしまうのだ。まあ、そのあたりの詳しい事情に首を突っ込む気は一切ない。

「ひとまず、その辺の事情は置いとこう。今回は祈りに来たわけでもないしな」

今回の目的は、言語についてだ。ゴブリンのノートに書かれていた文字。あの言語の解読に来たわけだが……気軽に協力を仰げる程、神官も暇ではないだろう。セイムズ防衛伯のペンダントを見せればあるいは協力してくれるかもしれないが、身の危険をどうにかするわけではない時に使えば、セイムズ防衛伯からの好感度は下がるだろう。

信用もそうだが、こういったものは目減りする。使いどころは考えないといけない。つまり、防衛伯の威光以外の方法で神官に交渉しなければならない。

キコリは考え、以前会った神官のことを思い浮かべる。キコリ一人のために、この世界の基礎の基礎、創世神話から熱く語ってくれた初老の……随分と情熱のある神官だったことは覚えている。

彼なら、あるいは協力してくれるのではないだろうか？

そうを考えて周囲を見回すと、見覚えのある姿を見つけた。その背中へ、キコリは声をかける。

「あの……っ」

「ん？　んん……おお！　確か貴方はあの時の！」

振り返った神官は、キコリを見ると凄い速度で一瞬にして距離を詰めてくる。

「聞きましたよ、最近流行の歌を！　いやあ、素晴らしい！　貴方は普人の誇りでいらっしゃる！」

「は、はは……ありがとうございます」

とっくに普人はやめたとも言えず、キコリは曖昧《あいまい》に笑う。……まあ、大神エルヴァンテはドラゴンのキコリも許容してくれたので、神の視点から言えば些細な問題だろう。たぶん。

「そちらが噂の妖精……ですか。初めまして妖精殿、私は神官のイドレッドです」

「オルフェよ。あたしはキコリの相棒ではあるけど、他の連中と仲良くする気はないわ」

イドレットはニコニコと笑いながら深く頷いている。

「ええ、ええ。構いませんとも。それでキコリ殿、今日は当神殿にどのようなご用でしょうか？」

キコリは「ちょっとご相談がありまして」と小声で切り出す。イドレッドの声がデカいせいで絶妙に注目されているし、そんな中で未知の言語がどうのという話をするわけにもいかない。

「ふむ……では中にご案内しましょう。お茶くらいなら出せますので」

「助かります」

「いいえ。相談にのるのは、神官の務めです故に」

解決できるとは限りませんが、と言い足すイドレッドにキコリは苦笑した。

そうして案内されたのは、一般の人間は入れないであろう神殿の奥であった。

見張りが立つ場所を抜け、階段を上って、キコリたちは休憩所のようなスペースに辿り着いた。

恐らくは神官の休憩所なのだろう。椅子や机の他に、調理台などの台所機能や本棚まで置いてあるのが見えた。忙しいのか少し物が乱雑に置かれているのが分かる。ソファの上に毛布が畳まれて置いてあるのは……まあ、見なかったことにしたほうがいいのだろうとキコリは視線を逸《そ》らす。

勧められた椅子にキコリが座ると、イドレッドも真向かいに座り、ニコリと笑う。

「それで、相談というのは何でしょうか？」

「はい。実は英雄門の向こうで、知らない言語で書かれたものを見つけまして。神殿であれば何か分かるかと思って持って来たんです」

「ほう、それは興味深い！　拝見しても？」

キコリは荷物袋からノートを取り出し、机に置く。それを見たイドレッドは、目を見開いた。

「ほう！　これはこれは……異界言語ですな」

異界言語。その言葉に、キコリだけでなくオルフェもピクリと反応する。

「異界……ですか」

「はい。意味としてはこことは違う世界の言語、ということになりますが」

「そんな世界がある、という確信が？」

「フフッ、いえいえ。順番にご説明しましょう」

そう笑うと、イドレッドはノートの文字を指し示す。

「実を言うと、過去にも幾つか事例があるのです。確実に何かの言語でありながら、現存するどの言語とも法則の違う……まさに異界の言語としか思えないようなものが」

そのうちの一つがこれです、と文字をなぞっていく。

「私が知っているだけでも四パターン。どれも法則性を持ち、だというのに未《いま》だに解読できていない言語群です。これはその中の一つに酷似《こくじ》していますが……まさか新しいものが見つかるとは、思いもしませんでした」

「ていうか、言語じゃなくて文字でしょ？　誰かがそれを喋ったわけでもなし」

「ええ、ええ。オルフェ殿の仰る通りです」

イドレッドはあっさりと認めながらも、ノートを捲っていく。

「ですが……これらが文字であるならば、当然対応した発音もあるわけです。ならば、それは私たちの知らない『言語』であるということです。そう考えると、浪漫《ロマン》があるでしょう？」

「全然分かんない」

「おや、ふふふ」

オルフェに肩をすくめるイドレッドだが、キコリは先程の彼の言葉を反芻《はんすう》していた。

異世界の記憶は、もうキコリの中にはない。それ故に言語についても当然理解できないが……そうなると、確かめたいことがあった。

「他の異界言語は、どんな場所から見つかったんですか？」

「色々です。死んだ妻が謎の文字で書いた日記を所持していた、悪魔ではないか……とかね」

「悪魔……」

キコリは、自分が生まれ故郷を出た理由を思い出してしまう。

悪魔。キコリもまた悪魔憑きと呼ばれ、追われた。結果として今は人間をやめているのだから、なんとも人生とは分からないものだ。

「ちなみに『天才』や『英雄』と呼ばれる方々の一部も、そうしたものを遺すことがあります」

天才。キコリも以前、そうと呼ばれた人物に関する本を読んで転生者と確信したのだ。それが何故かは覚えていないが、「異界言語」が何かは想像できる。しかし、それをここで言えるはずもない。

「面白いと思いませんか？　生まれた時代も国も種族も何もかもが違う人々が、同じ法則を持つ言語を操る……共通語を自分の言語としていながら、です」

面白いと言いながら、イドレットの目がギラギラしている。余程「異界言語」を解読したいのだろう。そうなるとますます言えない。解読の手掛かりだなどと思われては、たまったものではない。

だから、キコリは残念そうな表情をする。

「確かに浪漫はありますが……何が書いてあるかは純粋に興味があったので、少し残念です」

「いや、それは本当にお役に立てず。せっかく頼ってくださったというのに、私ときたらこんな話など。いやはや……」

「いえ、結構面白かったです。それで、これなんですが」

キコリの言葉に、イドレットが身を乗りだす。

「宜しければ、お預かりしても？　あるいは異界言語の謎を解くカギになるかもしれません」

「ええ、どうぞ」

解読に期待はしていないが、そういう謂《いわ》れのつくものであれば早めに手放した方がいい。

どのみち、相手の正体に見当はついたのだ。だからキコリはもう、ノートの内容にはほとんど興味を持ってはいなかった。

イドレッドに見送られながら神殿を出て、キコリはふと神殿を振り返る。

異界言語。つまり……転生者は「前の世界の文字」を覚えていたということになる。しかし、それならおかしなことがある。

(俺は……異界言語なんて、知らない)

キコリにも「異世界の前世」があった。だからこそ悪魔憑きと呼ばれ、それでも記憶の欠片を持ち続けると誓って、失ってしまった。それが今のはずだ。だから「知っていたのに忘れてしまった」という可能性はある。だが……悪魔憑きと呼ばれた当時も、異世界の文字を書けた記憶は一切ない。

文字らしきものを書けるようになったのは、ニールゲンに来てから。しかも共通語だ。

だというのに、転生者は「異界言語」を理解し、書くことができる？

なら、キコリは何故、それを一度も書いた記憶がないのか。

（それもたぶん、俺が変なんだ。俺は何を忘れた？　違う……俺は「何を知ってた」んだ？）

「ちょっとキコリ？　大丈夫？　また何か悩んでるんじゃないでしょうね」

オルフェに顔を覗き込まれ、キコリはハッとする。

「あ、ああ。大丈夫だ」

そう答えて、キコリは歩きだす。ひとまず、考えるのはやめておこう。それより今考えるべきは、恐らく転生者であろう、あのゴブリンだ。

転生者の中に天才とか英雄とか言われた者が出るように、あのゴブリンにもゴブリンらしからぬ行動力や知識が存在する。前回は「逃げる」という選択をしたが、次回はこちらを迎え撃つ準備を整えてくる可能性だって充分にある。

「……オルフェ、あのゴブリンを殺しに行こう」

「え、いいけど。突然何よ」

「放っておくほど危険な気がする。早めに殺しておきたいんだ」

そんなキコリをオルフェはじっと見ると「まあ、そうね」と溜息をつく。

「じゃあ行きましょ」

オルフェに促され、キコリは英雄門へと歩いて行く。

その姿を見ながら、オルフェは思う。

あのゴブリンは「転生者」なのだろう。そして、アリアの家の本にあった「天才」だか「英雄」だかも転生者で、そう呼ばれるくらいには何かをやらかした。それを前提にすれば、ゴブリンも何かをやらかす可能性が高い。ならば、余計なことをされないうちに殺しておこうという思考は正しい。

（転生者、ねえ……たぶんアサトとかいうのもそうよね？　そんな何人も同じ時期に出てくるようなもんなのかしらね？）

その疑問をオルフェが口に出すことはない。答えなど返ってこないと、分かり切っているからだ。


英雄門へ向かって歩いて行けば、自然と人通りが多くなる。

普人、獣人、エルフ、ドワーフ……色々な種族がいるが、恐らくはその全てが冒険者なのだろう。

相変わらずチラチラと視線が向けられてはいるが、誰も話しかけてはこない。

広場には、いつもと変わらず露店がたくさん並んでいた。

「妖精も大好き、木の実だよー！　定番からレア物まで揃《そろ》えてるよ！」

「森の素材を使ってエルフの技術で染めたマントだよー！」

「炎への耐性を高めた装備ありますよ！　見てってよ！」

「妖精モチーフのアクセサリーあるよー！」

「名剣揃えてるよ！　ドワーフの鍛冶師の鍛えた逸品《いっぴん》揃い！」

……何やら、ちょっと様子が変わっていた。妖精がどうの、という呼び込みが増えている。

「あー……外で食事した時の、見られてたからな」

「別に木の実が好きってわけじゃないんだけど」

そもそも食事とかする必要ないっての、とオルフェは吐き捨てるが、妖精は人間と交流がほぼないのだから分からなくても仕方ないのでは、と自己弁護を含めてキコリは思う。

英雄門を抜けて森に入っていけば、それなりの数の冒険者が「冒険者の道」を外れて探索しているのが見える。

何を探しているかは……まあ、よく分かる。おそらく目的は妖精なのだろう。だが、妖精に出会っても「運良く」ではなく「運悪く」だし、かなりの確率で殺されるから会わない方がいいと思うのだが……それをキコリが言っても説得力はないだろう。

「ゴブリンだ！」

「回り込め！　そっちだ！」

あちこちから戦闘音も聞こえてくるが、確かにゴブリンが増えている。

その中にはあの転生ゴブリンもいるのだろう。しかし、アッサリ殺されているとも思えなかった。

森の中を歩き、進んで。何度かゴブリンとの戦闘もこなしながら進んでいくと、キコリたちは放置されたゴブリンたちの死骸を目にする。

魔石を抜かれたと思われるそれらは、一見すれば冒険者に倒されたゴブリンに見えるが……転がっていたモノにキコリは気付く。

「石……？」

状況を見る限り、投石で殺されたようだが、石でゴブリンを殺すとなると相当なパワーが必要なはずだ。キコリも投石でゴブリンを追い払うことが出来ても、殺すとなると自信がない。

「オルフェ、これって魔法か？」

「違うわね。魔力を感じないもの」

「そう、か……となると、本当に投石で倒したのか」

あるいはオークならば、投石でゴブリンを殺すことも可能だろうか？　以前オークが森まで来ていたことを思えば、有り得ない話ではない。しかし……キコリは別の可能性を考えてしまう。

「あのゴブリンがやったのか……？」

「アイツが？　仲間のゴブリンを？」

「仲間意識なさそうだったろ」

他の仲間に便利に使われていたようだし、それに対する不満もあって、一人で逃げる脱出口も用意していたくらいだ。そういうことをやってもおかしくはない。それに、何よりも。

「オークがゴブリンの魔石を欲しがったんだとしたら、もう少し凄惨な感じになってると思うんだ」

「あー、まあね」

どちらかというと綺麗な、目的だけを手早く果たした死骸だ。殺され方が石でなく他の武器なら、キコリも「冒険者の仕業《しわざ》」と判断しただろうことは間違いない。

「でもゴブリンが魔石を欲しがる理由って何だ？」

「知らないけど。ロクな理由じゃない気はするわね」

どのみち、この近くにはもういないだろう。あの頭の回るゴブリンが、同じ場所にいつまでもいるとは思えない。

「……魔石、か。食べるためだったりしてな」

実は、今のキコリは魔石を「食べる」ことができる。以前、魔石を美味しそうだと思ってから、試しに舐めてみたことがあるのだ。すると体内に魔石の魔力が回り、多少の充足感があった。

それ以来試したことはない。ないが……そういう目的の可能性もあるだろう。

「だとしたら、もうゴブリンじゃないわよ」

オルフェから返ってきたのは、そんな答えだ。

「魔石っていうのは魔力の凝縮体よ？　あたしたち妖精だってそんなもの食べないってのに。ゴブリンなんかアレよ。その辺の変な物食べて生きてるような連中なのに、魔石なんか食べたら死ぬっての」

「そういうもの……か？　俺はいけたけどな。ちょっと気になって……いてっ！」

「なんでも口にしてんじゃないわよバカ！」

オルフェはバシバシとキコリを叩いていたが、やがてぜえぜえ肩で息をしながら声をあげる。

「とにかく！　あのゴブリン見つけりゃ話はすぐ済むのよ。行くわよ！」

「あ、ああ」

再び探索に戻ろうとしたキコリの耳に、木々の薙ぎ倒される音、そして破壊音が聞こえてきたのはその直後のことだった。

「う、うわああああああ！」

「なんだこいつ！　ぐあっ⁉」

人の悲鳴も聞こえる。明らかな異常に、キコリたちは迷わず走り出していた。

辿り着いた時、騒ぎは収まっていた。

「……ハッ、くだらねえ敵だったな」

そこには、剣を振り抜いたアサトとかいう男の姿があった。

近くには斬り倒された巨大なネズミ型モンスターの死骸が転がっている。

見たことのないモンスターだ。アリアの家の本に載っていた「ビッグラット」に多少似ている。だがビッグラットには角《つの》など生えてはいない。異常進化体、なのだろうか。

「ん？　お前は……」

剣を鞘に収めていたアサトは、キコリたちに気付き振り向く。

「コイツは俺が倒した。残念だったな」

「いや、それはいい。悲鳴が聞こえたから来ただけだ」

「あー、なるほどな。それに関しても残念だったな」

アサトが顎で示した先、そこには焦げた冒険者の死体が倒れている。魔法か何かで焼かれたのか。

先程の破壊音が関係しているのは間違いないだろう。

「電撃を放つネズミだ。異常進化体ってやつだろうな」

アサトは言いながら魔石を取り出し……「フン」と声をあげる。

「小せえ魔石だな。ま、このくらいの雑魚《ざこ》なら妥当か」

アサトは言い放つと、そのまま踵《きびす》を返してどこかに去ろうとして……「お、そうだ」と思いついたように振り向き、剣を抜く。その瞬間には、カッと軽い音を立ててネズミ型モンスターの角が切られて地面に転がっていた。

「一応持って帰って報告しねえとな。あとの素材は好きにしていいぜ」

そう言い残すと、今度こそ去っていく。その姿が消えた辺りでオルフェは軽く舌打ちした。

「あー、罵倒しないのってほんっとストレスね」

「ハハ……助かるよ」

どうにも上から目線が凄い男だから、オルフェがいつもの調子で喧嘩を売れば、どういう態度に出るか分からなかった。だからこそ黙っていてくれたオルフェにキコリは感謝だ。

そして、キコリはネズミ型モンスターの死骸に視線を向ける。

「異常進化体……だとは思うけど、そもそもここにビッグラットなんかいたか?」

ビッグラットは人間サイズのネズミ型モンスターだが、この辺りで出たという話は聞いていない。

その異常進化体が出るならば当然、通常のビッグラットがいないとおかしいということになる。

だが居ない。それは非常におかしなことなのだ。たった今、常識が覆されようとしている。

「……嫌な、予感がするな。これもあのゴブリンの仕業、てのは考えすぎか?」

「んー。まあ、最悪の可能性は常に想定すべきね」

とはいえキコリにもオルフェにも、どうすれば「ビッグラットの異常進化体『らしきもの』」を用意できるのかはサッパリ分からない。そんな方法はないかもしれないし、あの転生ゴブリンは何も関係ないのかもしれない。このおかしなモンスターは、全く別の案件なのかもしれない。

謎ばかりが増えて、奇妙な居心地の悪さを感じる。

「ああ、本当に嫌だな。何もかも斧で真っ二つにできたら楽なのに」

「やってみる？　その辺を全部焼き払えばあのゴブリンもこんがり焼けるかもしれないわよ」

「いや、やらない。そんなことしたら、妖精に迷惑かかるだろ」

キコリがそう言えば、オルフェはニヤッと笑う。

「そうね。そのくらい考える頭は残ってて嬉しいわ」

「ひどいな……」

しかし、頭をリセットできた。あの転生ゴブリンを炙《あぶ》り出すには、森をくまなく探すしかない。

このネズミ型モンスターの件がアレの仕業なら、森のどこかにいるのは間違いないのだから。

そうして森の中を再度探索すれば、時折、あの投石で殺されたと思われる、魔石を抜かれたゴブリン、そして角兎《つのうさぎ》の死骸を見つけることになった。

「……角兎だ。魔石を抜かれてる。でも、肉を回収してない。やっぱり冒険者じゃないな」

売れると聞く前のキコリもそうだったが、角兎の肉は高く売れる。だから角兎を倒して肉を回収しないのはよほどの金持ちか、以前のキコリのような物知らずだけだ。

しかし、こうして見ると角兎の角は……。

（なんだかさっきのネズミの角に似てるな？）

気のせいかもしれないが……何かが、キコリの中で引っ掛かった。

「オルフェ。普通のネズミが角兎の魔石を食べたら、さっきのネズミみたいになると思うか？」

「はあ？」

オルフェは何を馬鹿な、と言いかけてしばし考える。一目見て本能的に有害と察するから、普通は食べたりしない。しかし、もし、それでも食べたなら。

「分かんない。少なくともあたしは、魔石は魔力の凝縮体って認識よ」

そう、魔石は魔力の凝縮体だ。それ故に人間社会においてもマジックアイテムの材料、あるいは燃料に使われたりもする。魔法士の魔法補助にも使われたりと、基本的には「魔力」として使われる。

だが、食べるようなものでは断じてない。外部から体内に魔力を吸収することの有害性は広く知られているし、特に魔石……モンスターの魔力を体内に取り込みたいと思う人間がいるはずもない。

そして妖精やモンスターも、魔石を好んで食べたりはしない。

触感は石そのものであり、見るだけで有害と察するようなものだ。特殊な趣味でもなければ口に含んだところで、すぐに吐き出すだろう。しかしその上で、ネズミが魔石を吐き出さないようなことがあるとすれば。

「仮に、例のゴブリンがネズミに魔石を食わせた結果、あのモンスターになったんだとしてよ？　アイツは仲間のゴブリンからも魔石を奪ってるかもしれない。なら……その目的は？」

オルフェの問いに、とんでもないことだ、と思いながらもキコリは答える。

「自分で食べる。ネズミに魔石を食べさせたのは、その実験か……？」

つまるところあの転生ゴブリンは、さらなる力を得ようとしているのだ。ゴブリンの魔石を奪ったのは、自分にゴブリンの魔石が合う……あるいは悪影響が少ない、と考えたからだろう。

角兎の魔石を奪ったのは実験のため、そして角兎の能力をどういった形で得られるか試したのだ。

結果を転生ゴブリンがどう判断したのかは分からないが……魔石を食べることで自分を進化させようとしている。そう考えるしかない。そしてゴブリンの魔石を奪った以上、もうホブゴブリンになっているかもしれない。いや、あるいはビッグゴブリンだろうか?

どこまで強くなるのかは分からないが、懸念通り、放置すればするほど手に負えなくなると確定したとみていいだろう。そして、転生ゴブリンが何をやろうとしているかは……恐らく分かった。

何故そんなに急いで強くなろうとしているのかは分からないが、向こうもキコリが殺しに来ると警戒しているのかもしれない。ならば、やるべきことは、ただ一つだ。

「……近くにいるのは確定だ。行こう、オルフェ」

「ええ、そうね」

そして、オルフェも思う。確かにあの転生ゴブリンは殺すべきだと。

魔石を食べるという発想が、まずヤバい。本能が警告するはずのソレをやろうと思い立ち、実験までするという思考がすでに常識から外れている。

その過程で同族殺しをやらかす奴は、もう何をやってもおかしくない。そんな危険な奴は、すでにモンスター側の視点から見ても駆除対象だ。

だから、殺す。

オルフェはそう決め、いつでも最大威力で魔法を放てるように、集中し始めていた。

二人は探す。探し、探して……ようやくソイツが倒れた姿を見つけたのは、あの転生ゴブリンの集落のあった場所だった。

前回会った時と何も変わっていない、ゴブリンそのものな姿。

まだ魔石を食べていないのか？　しかし、倒れているのは何故だろう。地面を引っ掻き倒れたその姿は……まるで毒でも飲んで苦しんだかのようだ。

「ウインドショット」

試しにオルフェが風の魔法を放てば、転生ゴブリンは弾かれて力なく転がっていく。

死んでいる。間違いなく死んでいる。しかし……何故、転生ゴブリンは死んだのだろうか？

キコリは「あっ」と声を上げる。

「……魔力超過現象」

「そういうこと、ね」

オーバーマナ、魔力超過現象。キコリが以前、ゴブリンジェネラルと戦った際、チャージのしすぎで倒れた時と同じ。自分の魔力容量を超える魔力を外部より吸収することによる、過剰魔力が肉体機能を破壊する現象だ。そして、魔石とは魔力の凝縮体。それを過剰に摂取すればどうなるか……目の前に実例がある。進化も変異もすることなく、転生ゴブリンは死んだのだ。

「あっけないな」

しかし、これでよかったのかもしれないとキコリは思う。魔石で自分の力を超えるような何かを得られるなどというウマい話はない。いや、正確には多少は得られるのかもしれないが……過剰に得るのは無理なのだろう。

「まあ、それでも念の為っていう言葉もある。消し飛ばしておくか」

「賛成。じゃあ早速……ブラストショット！」

オルフェの放った魔法弾が着弾と共に爆発を起こして、転生ゴブリンの死骸は木の葉のように吹っ飛んで……はいなかった。

爆発の中、転生ゴブリンは立ち上がった。視点の合わない瞳がギョロギョロと動いている。だらしなく開いた口からは「ゲ、ゲガ……」という呻《うめ》き声のようなものも漏れている。

（生き返った……⁉）

「ミョルニル！」

キコリは迷わず斧に電撃を纏《まと》わせ投擲《とうてき》する。無抵抗の転生ゴブリンに斧は叩き込まれ、電撃がその場に炸裂《さくれつ》するが……当たっていない。いや違う。当たってはいる。それなのに。

「効いてない……？」

斧は外皮に弾かれ、電撃が効いていない。通常のゴブリンでは有り得ない防御力。やはり進化していたのだろうか。何か……とてつもなく嫌な予感がする。

「オルフェ、アレを！」

ええ、と応じたオルフェが、キコリと同時に放つ。

「『グングニル！』」

直後、キコリがオルフェを抱えてその場を高速離脱する。

しかし……背後で起こる大爆発の中、嫌な感覚は微塵も消えてはいなかった。

ヒュンヒュンヒュン、と。爆発の煙も収まらぬ後方でおかしな音がする。

何かは分からないまま、キコリはオルフェを抱えて横へ跳ぶ。次の瞬間、飛んできたモノが木を一撃のもとに砕き折る。

「石……投石⁉」

投石攻撃で殺されていたゴブリンのことを思い出しながら、キコリは斧を構え向き直る。

再度響くヒュンヒュンという音。煙の晴れた先で、転生ゴブリンが何かを振り回している。

革と紐……だろうか？　そのような何かで作られた器具を、ゴブリンは振り回し、石を放つ。

投石具から凄まじい速度で放たれた石は、避けたキコリの近くを通り過ぎ、別の木を破壊する。

「アイスアロー！」

オルフェの放った三本の矢が、ゴブリンへ向かって飛び、しかし表面で弾かれる。そこが一瞬ではあるが僅かに輝いたのを、キコリは見逃さなかった。

「今の光は……」

「魔石の魔力よ！　濃すぎる魔力で無意識に結界を張ってるんだわ！」

「どうすればいい⁉」

「効くまでやる！」

「いつも通りだな！」

キコリは両手に斧を呼び出し、ミョルニルの電撃を纏わせる。

「喰らえ……っ！」

投げた斧はやはり弾かれ、電流もその表面を滑る。

「ボルテクス……スフィアッ！」

続けてオルフェの放った巨大な電撃球が、転生ゴブリンに命中し、無数の電撃が襲い……しかし表面を滑っていく。

どのくらいまでやれば効くのか。いや、そもそもアレは……あの目から不気味な光を放つ転生ゴブリンは「生き返った」のだろうか？

キコリを執拗《しつよう》に狙って放たれる石を避け、斧を投げて。やがて周囲が瓦礫《がれき》と化し始めた頃……転生ゴブリンの動きが止まる。投石具に石が補充されなくなったのだ。使い切ったのだろう。

転生ゴブリンは、投石具を捨てると突如、素手でキコリへと突進してくる。

「ガアアアアアアアアアア！」

「ミョルニル！」

キコリは片手にだけ斧を構え、電撃を纏わせる。

凄まじい速度で地面を滑るように走る転生ゴブリンは、キコリに拳を振るう。輝くその拳が、迎撃するキコリの斧を砕く。反撃のように流れ出た電撃もゴブリンの表面を滑ってしまう。

止まらぬ拳を避けながら、キコリの手の平が転生ゴブリンの頭へと添えられる。

魔力を、集中して。

「ブレイク」

ゴブリンを覆う結界がブレイクをも弾こうと輝く。しかし、ドラゴンの特性を使い、外部から存分に取り込んだ魔力を徹底的に込めたキコリのブレイクは、その防御を貫き、転生ゴブリンの頭部を微塵に崩壊させた。

「やったか……？」

頭部を砕かれて生きている者はいない。これで転生ゴブリンは死んだはずだ。

だが……本当に？　現に先程、死んでいたはずの転生ゴブリンは動き出した。頭がなくなった程度ではまた動くのでは？

そこまで一瞬のうちに考えたキコリの動きは速かった。手の内に斧を呼び出し、唐竹割《からたけわ》りにするべくゴブリンの身体に振り下ろす。だが、ズドン、と何かに撃ち抜かれるかのように吹き飛ばされた。

「ぐっ……！」

「キコリ！　って、何アレ⁉　キモッ！」

キコリに駆け寄ろうとしたオルフェは、頭部を失った転生ゴブリンの身体が急速に増殖し巨大化していくのを見た。

それはホブゴブリン、いや、ビッグゴブリン……もっと大きい体軀へ。

巨人としか言いようのない巨体は、森の木々をも超え、やがて失われた頭部がボコリと音を立てて隆起した。そこにゴブリンの二つの頭部が生えている。これは……異形以外の何者でもない。

あえて名付けるのであれば、ツインヘッドヒュージゴブリンといったところか。

「この……っ！　グングニル！」

オルフェの放ったグングニルはしかし、ゴブリンの頭の一つが吐いた炎に阻《はば》まれ爆発する。

凄まじい爆発に、オルフェは悲鳴を上げることもできずに吹き飛び、地面に落ちる。

「う、嘘でしょ……どんな魔力濃度してんのよ、あの火……！」

ゲラゲラと笑うツインヘッドヒュージゴブリンの額には、角が生えている。その二つの角から電撃が放たれ、無差別に地面を砕く。

それだけではない。二つの口が、もごもごと何かを言っている。

「「グ、ン……」」

「……ちょっと。冗談でしょ」

「「グングニル」」

二つのグングニルが、投擲される。同時にキコリが立ち上がり、オルフェを抱えて跳ぶ。

だが逃げ切れるものではない。オルフェを庇《かば》ったまま、キコリが吹き飛ばされる。

「が、はっ……」

鎧を砕かれ、身体をグングニルのエネルギーに焼かれ、キコリが血を吐く。

「ハ、ハハ……ゲホッ。グングニルを初見で真似されるのは……これで二度目か」

「そんなこと言ってる場合!?　ヒール！」

「離れててくれ、オルフェ。グングニルを真似してきたってことは、アイツ……たぶん」

ツインヘッドヒュージゴブリンが、手近な木を引き抜く。それを、振りかぶって。

「ミョルニル」

「グングニル」

二つの口がそう叫ぶ。

オルフェが飛び離れ、キコリも両手に斧を構え「ミョルニル！」と叫んだ。

投擲した斧が、投擲された木とぶつかって電撃を周囲にばらまく。グングニルの衝撃が地面を砕き粉塵を巻き上げる。キコリはその中で斧を構え、ヒュージゴブリンに向かい走る。

狙いは足。だが、辿り着くその瞬間、ツインヘッドヒュージゴブリンがキコリを蹴り飛ばした。

二つの頭が。地面に転がるキコリを見下ろして嗤《わら》う。

勝った、と思っているのだろう。キコリにトドメを刺そうと動き出す。そこへ。

「死ね」

オルフェが太陽と見紛うような大火球を、その頭上から撃ち下ろす。

フレイムスフィア。以前オルフェがイエティを焼いた魔法が、ツインヘッドに命中する。

「ギッ、ギャアアアアアア⁉」

「グングニル！」

輝ける槍を、オルフェは掲げて。ゴブリンの角から放たれる電撃が、四方八方へと放たれる。

グングニルは電撃に迎撃され、爆発の余波でオルフェは声もなく地面に落ちる。

「オル、フェ……逃げろって、言ったのに……」

キコリは倒れたまま、小さく呟く。

ああ、分かっていた。オルフェはキコリが逃げろと言ったくらいでは逃げやしないと。

「ああ、情けない……弱いな、俺は……」

ツインヘッドヒュージゴブリンが、キコリへ振り向く。今度こそ殺してやる、そんな意志を込めるかのように。

「「グングニル」」

輝く二つの槍。それを、キコリは見上げる。

「ミョルニル」

キコリの身体を、電撃が覆う。キコリ自身を強化する、そのやり方で。動かない身体を無理矢理に動かしながらキコリは跳ぶ。

二つのミョルニルが地面を吹き飛ばし、キコリの蹴りがツインヘッドヒュージゴブリンを弾き飛ばす。そのまま電撃がツインヘッドヒュージゴブリンを襲い、汚い悲鳴を上げさせる。

「ミョルニル」

更に一撃の電撃。続けて二撃目の電撃。そして、三撃目。

「ギャ、ガアアアアアアアアアアアア!?」

「ミョルニル」

通算五度目の電撃を纏って、キコリは自分を嫌悪する。

「安全に戦おうだなんて……そんなに強くないだろ、俺は」

余裕のある戦いができるようになって、弱くなった。安全とか安定なんて言葉を覚えてしまった。

弱いくせに、ザコのくせに。未だに守られているくせに。何を……勘違いしてしまったのか。

思い出せ、原点を。

殺せ、殺せ、殺せ。殺意を高めろ、吼《ほ》えろ、お前を殺すと世界に宣言しろ。

「ガアアアアアアアアアアアアアアアアアアアアアアアアアアアアア！」

ドラゴンロアが響いて、ツインヘッドヒュージゴブリンの動きが止まる。

「ブレイクッッッ！」

ミョルニルの電撃を纏ったキコリのブレイクが叩き込まれて、外部から凄まじい量の魔力をチャージし放たれたブレイクは、ミョルニルの電撃と共に相手の身体を微塵へと変えていく。

それは今度こそ、一片の残骸すらもなく塵《ちり》へと変わって。

着地したキコリはゆっくりと歩いて、倒れたままのオルフェを見つけ、笑いかける。

「……ごめんな。でも、勝ったから」

「それで喜ぶと思ってんならアンタ、救いようのないバカよ」

「分かってる。だから、ごめん」

キコリはその場に倒れこんで、そのまま意識は暗転した。

目を開くと、見知らぬ場所に立っていた。

海岸。どこかで見たような、そうでもないような……そんな場所にキコリは立っていた。

砂浜に寄せては返す波。そこには何もないけれど、かつてそこには何かがあったような気がした。

キコリがそれが何であったかを考える前に、背後に足音が響く。

振り返ると……あの竜神ファルケロスを名乗った神が立っている。

「さて、こういう場合はどう言うべきか。『また会ったね』か『久しいね』か」

「竜神様」

「うん……やあ、キコリ。元気にやっているようで何よりだ」

笑みを浮かべるファルケロスには、大神と比べるとどことなく胡散臭さが漂っている。

同じ笑顔のはずなのに、何故そう思ってしまうのかまでは分からないが……。

「どうやら面白いモノと戦っていたようだね。ああいうのが出るのは、どのくらいぶりだろう」

「転生ゴブリンのこと、ですよね？」

「実に簡潔で分かりやすい。然《しか》り、アレは異世界転生者だ」

「俺と同じ……ってことですよね？」

そこでファルケロスは首を傾げ……やがて「あー、なるほど」と納得したように頷く。

「君の話はさておき。あの転生ゴブリンは排除するべきものでね。私が見張っていたんだが……手間を省いてくれて助かったよ。引き継いだ案件だがね。ほら、近くにヴォルカニオンがいるだろう？

いざとなったら焼き払ってもらうつもりだった」

森が焼かれる光景を想像して、キコリは「うっ」と声を上げてしまう。妖精が住んでいることに、ヴォルカニオンが配慮してくれるとは……あまり思えない。

「本当に助かった。ヴォルカニオンに頼むと、少しばかり被害範囲が大きくなるからね」

「えっと……光栄、です」

「ああ。それに『破壊魔法ブレイク』だったか。アレは良い魔法だ。実にドラゴンらしい」

「……真似されてたら俺が死んでました。魔法である以上、いずれ誰かに真似される。そういう意味では危険だと思います」

「おかしなことを言う。君にブレイクをかけて効果を発揮できる奴がどれだけいると？」

え、と思わず聞き返すキコリに、ファルケロスは大げさに肩をすくめた。

「いいかい、君はドラゴンなんだ。世界の魔力をいつでも無制限に吸収できる君の魔力量は、つまるところ世界の魔力量と同じだ。君をあのブレイクで壊すのは、世界を壊すのと変わりないんだよ」

もっとも、そこまでの魔力を吸収した君がどうなるかまでは保証しないがね……と、ファルケロスは楽しそうに笑い始めた。

そこまでの魔力を吸収すれば、キコリは死ぬ。今まで何度も死にかけたのだ。

「……ん？」

ふと、頭の中に疑問が浮かぶ。

魔力を過剰に吸収すれば死ぬ。なら、あの転生ゴブリンは？

「ようやく疑問に行きついたかな？」

「あの転生ゴブリンは魔石を食べて強力な怪物になりました。でも、よく考えればそれはおかしい。どうしてあのゴブリンは死ななかったんですか？」

「転生者だからさ」

またしても、え？　とキコリは訊き返した。

「そもそもおかしいとは思わないかね。『転生者』だから天才？　『転生者』だから英雄？　多少異世界の知識があるからと、そう都合よくいくかね？」

言われてキコリは考える。確かに知識があることと使いこなせることは別問題だ。キコリ自身、その「記憶」を上手く使えずに悪魔憑きと呼ばれていたのだ。

「転生者は迷い子なのだよ。この世界に合わない魂を持ったままこちらに来てしまった。だからこそ、そこに『空白』とでも呼ぶべきものが発生する」

空白……そこに魔力が入ったから死なずに変異した、ということか。

「その『空白』故に、転生者は必ず身の丈に合わぬ巨大な魔力を持っている。それ自体は罪ではないから、基本的には放置されるというだけだ」

つまり、あの転生ゴブリンのやっていたことは、神々の基準で罪に該当するのだろう。

「罪、とは？」

「簡単だよ。取り返しのつかない事態を引き起こそうとしている場合だ。あの転生ゴブリンの場合は……まあ、説明せずとも分かるだろう？　いずれアレは世界を喰らうモノになっていた」

理解はできる。しかし、神の視点からも「そう」なのであれば、いっそ哀れだと思ってしまう。

確かに相容れないし、それ故にキコリはできる限りの手段をもって転生ゴブリンを殺し、転生ゴブリンはできる限りの手段で生きようとした。ただ、それだけなのだ。

「何を考えても、勝者の余裕でしかないよ。キコリ、もう一度あれに会ったらどうする？」

「殺します」

ファルケロスはニヤリと笑うと、「そういうことだ」と背を向ける。

「気をつけたまえ、キコリ。平穏も余裕も思い出も、生き残ってこそ持てるものだ」

その言葉と同時に、キコリの視界が歪む。

「……まあ、あまり心配はしていないがね。君は……」

その言葉を最後まで聞く前に、キコリの視界は再び暗転した。

「あ、目が覚めた！」

「覚めたよ！」

目を開けると、妖精たちがキコリの顔を覗き込んでいた。

「……おはよう？」

「おはよー！」

「おはよ！」

「おっはよー！」

何が楽しいのか笑いながら妖精たちは飛び回り、そのままどこかへ飛んでいく。

キコリは、ゆっくりと身体を起こす。どうやら新妖精村のオルフェ……とキコリの家であるようだが、そのオルフェは？　考えながら周囲を見回し、横に座る「誰か」に驚く。

「うわっ⁉」

「ようやく起きたわね」

顔はオルフェに似ているが……明らかに人間サイズのその姿に、キコリは思わず目をこすった。

そんなキコリを見てオルフェは満足そうにフフンと笑うと、光に包まれ元のサイズに戻る。

「え、ええ……？　何だ今の？　魔法？」

「あの後、できるようになったのよ。アンタがブレイクで砂みたいにしたアイツの欠片がちょっとあたしの中に入ったから、その影響かもしれないわね」

それは……大丈夫なのだろうか。キコリはにわかに不安になる。

「見てみなさいよ、アレ」

オルフェの指す窓の外を見ると、妖精たちが人間サイズになったり元の姿に戻ったりして遊んでいる。実に楽しそうだ。

「砂のほとんどは風ですっ飛んでいったけど、残ったのを回収したらしくて。で、アレよ。デカくなるのが面白いらしいわよ」

「いいのか？　出自も作成方法も『危ない』の塊だろ」

「アンタ、妖精に『面白そう』以外の行動基準があると思ってんの？」

「いや、んー……」

オルフェに突つかれてキコリは唸《うな》る。まあ、妖精が良いなら良い……のだろうか？

「とにかく、人間どもが来る前に諸々回収して撤退したってわけ」

転生ゴブリンの残骸にそんな効果があるのなら、放置するわけにもいかないだろう。新妖精村に回収して貰えたのは、むしろ良いことだ。

「えーと……オルフェ？」

自分を睨んでいるオルフェに気付き、キコリは居心地の悪い思いをしながらも向き直る。

「無茶したのは悪いと思ってる。ごめん」

「でも次もやるでしょ？」

「ああ、やる。それしかないなら」

躊躇せず答えるキコリに、オルフェは大きく溜息をつく。

「……ま、やりなさいよ。フォローできる範囲でなら、してあげるから。大バカ。無茶ドラゴン」

オルフェは思う。キコリがオルフェの存在に甘えているようにも見えるが、そうではない。オルフェがいなければいないで、キコリは無茶をする生き物なのだ。

前にバーサーカーがどうのと言っていたが、まさに生き様が「それ」なのだ。誰もいなくても結局キコリは無茶をして、どこかで死ぬのだろう。

勝たなければ死ぬから無茶をする。それがバーサーカーであるのなら……なんとも面倒くさい生き方だとオルフェは思う。

ドラゴンになってしまったせいで、無茶の度合いが格段に上がってしまったのも余計に悪い。

勿論、ドラゴンもどきでもないキコリに、オルフェが興味を持つことはなかっただろうが……キコリがまだ生きていられるのは、オルフェの頑張りの結果とも言えるのだ。

「せめてバーサーカーじゃなけりゃ、もう少しマトモに生きてたのかしらね」

「どうだろうな。防衛都市に来た時の俺は『命を懸ける』しか手札がなかったしな」

オルフェは黙ってキコリの頭の上に移動すると、髪の毛をグイグイ引っ張る。

「つまんねーのよ。何アンタ、バカなの？　バカはヒールじゃ治んないわよ？」

「そこまで言うか⁉」

キコリの反論を、オルフェはフンと鼻で笑った。

「ま、いいわ。転生ゴブリンもぶっ殺したし、緊急の問題は残ってないわね」

「そうだな」

アサトという男も傲慢なだけに思えるし、緊急の問題はない……とキコリも思う。

「防衛伯閣下とのお話もあるし、一度戻らないと」

「こっちのオッサンがどんな顔してたか忘れちゃったわ」

「……まあ、ギザラム防衛伯閣下は、一度見たら忘れられない感じだもんなあ」

蜥蜴獣人の防衛伯の顔を思い出すキコリに、オルフェも「そうよね」と頷いた。

「えー、またどっか行くの⁉」

「もっとゆっくりしていきなよ！」

今まで隠れていたのか、妖精たちが窓から顔を出した。

「物好きだよねー、オルフェも」

「はあ？」

首を傾げる妖精の一人に、オルフェは不機嫌そうな声を上げる。

「ドラゴニアンに付き合って人間の街、行ってるんでしょ？」

「私人間臭いとこムリー」

「そんなもん、あたしの勝手でしょうが」

オルフェが溜息をつけば、妖精たちは顔を見合わせて「そうかもね」と頷き合う。

「じゃあ、さっさとどっか行きなさい」

「うん、用事終わったらねー」

言うが早いか妖精たちは窓から部屋に入り、キコリの前まで飛んできた。

「あげる！」

「変なゴブリン倒したでしょ？　そのお礼！」

妖精が差し出したのは、親指程の大きさの青い半透明の玉だ。しかも濃い魔力を感じる。

「あ、ありがとう……？」

キコリが玉を受け取ると、妖精はアハハッと楽しそうに笑う。

「それはねー、『妖精の星』だよ！　たくさんの妖精で魔力を捏《こ》ねると出来るんだー」

「百回に一回くらいは成功したりしなかったりするよ！」

「……凄い貴重品なんじゃないか？」

リーダーらしき妖精がふふーん、と自慢気に胸を張る。

「ドラゴニアンはオルフェと仲良くて、私たちの恩人だから特別だよ！」

「感謝の証《あかし》！」

「ねー」

キコリは青い玉を手のひらにのせたまま、オルフェを見る。

「それでこれ……どうしたらいいんだ？」

「ドラゴニアンなら呑めばいいんじゃない？」

言われてキコリが玉を呑み込むと、オルフェが「あーあ」と声をあげる。

「まあ、平気とは思うけど……そいつが言ったじゃない、魔力を練ったって」

その途端、キコリは体内で何かが暴れているのを感じた。

「うっ⁉　なんだこれ……！」

「やっぱり呑んで正解だね！」

「成功だー！」

「ねー！」

きゃっきゃと喜んで飛び回る妖精たち。オルフェはキコリの顔をじっと覗き込む。

「まず要点から説明するとね。それは妖精特有の能力を外部に付与するものなのよ。まー、アンタが何を得るかは大体予想つくけど、とりあえず……おやすみ？」

体内で暴れ回る魔力の衝撃にキコリは昏倒し、次に起きたのは夜も更けた頃であった。


「……ひどい目に遭った」

キコリが起き上がると、辺りはもうすっかり暗くなっていて、オルフェがふわふわ浮きながら寝ているのを見つける。

妖精の星。自分が体内に入れたモノのことを思い出しながら、キコリは小さく息を吐く。

「いや、なんていうか……やっちゃったな」

相手がオルフェの仲間だから無警戒になっていたのか、それとも自分が結構救いようのないアホなのか。両方という気もするが、重要なのは、玉を呑んだことで「得た」ものについてだ。

妖精特有の能力を付与するという話だから、キコリにも何か与えられているはずだが……。

あの玉は本来、道具や防具や武器に組み込むものだったのではないか、とふと思う。まあ、キコリに限って言えば普通の道具類は持つ意味がないので、結果、問題はない……のかもしれないが。

「……妖精特有の能力って、なんだ？」

飛ぶ。違う、別に妖精特有というわけでもないだろう。小さい。違う、こんなことを言っただけでオルフェに怒られそうだ。魔法が得意。これも違う気がするが……。

オルフェを夜に起こすのもはばかられて、キコリは入り口へとそっと移動する。

妖精の家には扉など無いので、入り口から出るとなれば落下する必要がある。キコリは特に躊躇《ためら》うこともなく飛び下りて、思ったよりもずっと軽い感覚に目を見張る。

自由落下ではなく、羽でも生えて移動したかのような柔らかく素早い跳び方。着地時の衝撃も重たいものではなく、非常に軽いものだった。

「なんだ？　これ……」

思わず背中に触れてしまうが、羽など生えてはいない。

キコリが疑問符を浮かべていると、妖精の一人がフワフワと飛んでくる。

「あー、ドラゴニアンだあ。こんな夜に何してるのぉ？」

「君は……『ねー』の子だっけ」

「すっごい覚え方だぁ」

あははー、と妖精は笑うが……大体それしか言わないので、そういう認識になるしかない。

「そういや自己紹介もしたことなかったな。俺はキコリだ」

「私はねー、セランだよぉ。で、ドラ……キコリは何してたのぉ？」

「君たちから貰った『妖精の星』の効果を確かめようかなって思ってた」

そっかぁ、とセランは応じた。

「凄いでしょー？　うまく変わったぁ？」

「いや、それが……まだよく分かってないんだ。良かったら俺に教えてくれないか？」

「そんなこと言われても、誰かに呑ませたの初めてだしぃ。そもそも作るのも初めてだよぉ？」

「え、そんなものを俺に……」

妖精の妖精たる所以《ゆえん》と、オルフェは妖精の中では結構真面目なタイプだったんだな……という想いが混ざり合い、キコリは微妙な表情になる。

「大丈夫だったんだから、うまく変わってるはずだよぉ？　見た目は変わってないけど、何か『今までと違うな』ってことないのぉ？」

それならある。妙に軽く、素早く跳べた感覚。

「さっき上から跳んだら、いつもよりずっと軽かったんだ。あれがそうなのか？」

「あ、それだねぇ。『フェアリーマント』って他の連中が呼んでるやつだと思うよぉ？」

「他の連中？」

「妖精の星は、人間とかがたまに持ってるんだよねぇ。見たら全力で殺せって教わってるけどぉ」

武器、防具、アクセサリー……そうした物に着けることで特殊な能力を得るらしいのだが、人間が持っているモノは妖精を襲って手に入れたものだから、着けている奴を見つけたら殺せ、と妖精の間で申し送りがされているらしい。

「……大丈夫か俺？　他の場所の妖精に襲われたりしないか？」

「ドラゴンは襲わないよぉ。オルフェもいるしねー」

そういうものなのだろうか。内心キコリは安堵《あんど》する。

「で、フェアリーマントだけどねえ。なんか身体が軽くなるんだってぇ。便利だねぇ」

説明がふわっとしているが、要は身体が軽くなったが故にジャンプも楽になった……ということなのだろう。力がそのままで跳ぶ物体の重さが軽いなら、説明はつく。

試しに拳《こぶし》を空中へ繰り出してみると、普段の勢いよりも遥かに速いジャブになる。

「何やってるのぉ？」

「どのくらい身体が軽くなったかなって」

「なら跳べばいいんじゃないのぉ？」

セランは悪戯っぽくニッと笑う。

「いっぱい跳んだら、みーんな起きちゃって面白がって喜ぶと思うよぉ？」

それは、とても妖精っぽい言葉で。キコリもつられて笑ってしまう。

「よし、じゃあやってみるか」

力を込めて、跳ぶ。キコリの身体は、キコリ自身が思うよりも高く跳んで、木の枝を蹴るとさらに高く跳ぶ。月よりは下、森の上をセランと共に舞う。翼はないからゆるやかに落下するが、また木の枝を蹴って新妖精村の中を跳んで回る。

タン、タン、タン、と。まるで羽が生えたかのようにキコリは跳ぶ。ミョルニルの副産物による飛翔や力任せのジャンプに比べれば、余程軽やかに、ずっと美しく。

「あはは、面白いねぇキコリ！」

「ああ……！　これがあれば大分違う！」

フェアリーマント。妖精の軽やかさ。その力はキコリの中の「できること」を大幅に増やしてくれるという確信があった。

「感謝してくれていいんだよぉ？」

「おいおい、俺へのお礼じゃなかったっけ？」

「そうだったかもぉ！　あははっ」

そうしてキコリが着地すると、セランがその頭に着地して。

「あー、セランだけずるーい！」

「ドラゴニアンと遊んでる！」

「私も遊ぶー！」

そこかしこの家々から、起きてしまったらしい妖精たちが飛び出してくる。

「起こしちゃったか」

苦笑するキコリに、「起こしちゃったねー」とセランも笑って。

「何やってたの？　わたしともやろーよ！」

「私も私もー！」

「えー、あたしとだよー！」

妖精たちに四方八方から引っ張られてキコリが笑っていると……目の前に、スッと出てきた影がある。そのよく見知った顔に、キコリの口の端がヒクッと動いた。

「ずーいぶんと楽しそうじゃないの？　ええ？　おい」

「オ、オルフェ……」

「相棒が寝てる間に他の連中とワイワイと……普通起こすもんじゃないの？」

「い、いや。寝てるとこ起こすと悪いだろ？」

キコリがそう言えば、オルフェは大きく溜息をつく。

「……アンタの場合、それが言い訳じゃなくてマジだから、怒りにくいのよねえ」

「えーっと？　ごめん、よく分からない」

「その場を取り繕《つくろ》おうと嘘つくヤツは妖精が嫌うってこと。ま、その様子だとどんな能力を得たかは分かったんでしょ？　すぐ近くにいたアタシを放置してね！　ふーんだ」

どう機嫌をとったものかとオロオロするキコリの頭上で、セランが「おもしろーい」と笑った。

第八章 新たなる目標

キコリとオルフェが防衛都市ニールゲンへと帰還した翌日。

セイムズ防衛伯の準備が整ったという知らせが来て、キコリとオルフェは市内に存在する防衛伯邸の前にやって来ていた。

「デカい家ねー……」

「こういうのはお屋敷っていうんだよ」

そんな会話をする程度には、視線の先にある屋敷は巨大だった。門の先に見える四階建ての青い屋根は、今までも見えてはいたが近づかなかった場所だ。

何しろ明らかに「お偉いさんの家」だ。警備も厳しく、近づけば不審者扱いされかねない。

とはいえ、今回はちゃんと招待されて来ているのだ。気圧《けお》されてばかりいるわけにはいかない。

「そこで止まれ！　名前と目的を述べよ！」

近づくと、衛兵たちが武器に手をかけ誰何《すいか》してくる。

これは迷宮都市では当然のことであり、怪しげな者を近づかせないためには必要なことだ……とい
うことを事前に伝えてあるため、オルフェもいきなり魔法をぶっ放すことはない。

「俺はキコリ、こっちはオルフェです。防衛伯閣下よりご招待頂きました」

「ああ、聞いている。武装は……ないようだな」

ないというか引っ込めているだけだが、説明しても面倒臭いだけなので、キコリは黙っている。

そもそも、オルフェがいる時点で武装の有無など無意味で些細《ささい》なことだ。

衛兵に促されて、開かれた門から庭へと入ると、オルフェは溜息をつく。

「くっだらな……アレで何を守るってのよ」

距離をとって誰何したところで、魔法を使う暴漢が相手なら遠距離から狙撃できる。だが、門の前
に立つ衛兵は一定以下の戦力に対する威圧になるし、犯罪を未然に防ぐためのものなのだろう。

庭を抜けると、建物の前に執事らしき男性が待っていて、キコリたちに軽い礼をする。

「ようこそおいでくださいました。防衛伯閣下がお待ちです。こちらへ」

扉を潜《くぐ》り屋敷の中に入ると、巨大なホールがキコリたちを出迎える。

置かれた鎧《よろい》は実用にも耐えそうな立派な造りだが、よく磨かれて綺麗な装飾もされているので、明
らかな「飾り」にも見える。ただし、手にした槍は妙に鋭い。いざという時に使うのかもしれない。

立派な絵。同じく立派な彫像。高そうな壺……そうした物の並ぶ場所を抜け、キコリたちは一つの
部屋の前に案内される。

「閣下、お客様をお連れしました」

開かれた扉の先。質実剛健という言葉が似合う机の前に、セイムズ防衛伯の姿があった。

「うむ、よく来たなキコリ、そして妖精殿。さあ、遠慮せず入るがいい」

「失礼します」

頭を下げて部屋に入れば、執事が外から扉を閉める。セイムズ防衛伯が立ち上がり、歩いてきてキコリの肩を叩く。

「まずはよくやったと伝えておこう。イルヘイルからも獣王国側からも礼状が届いている。特に君の活躍については国王陛下もお喜びでな。何らかの形で報いたいと仰《おお》せだ」

「こ、国王陛下がですか⁉」

「うむ。向こうのギザルム防衛伯殿にえらく気に入られたようではないか。そこから獣王陛下へも報告がいってな。『くだらぬ悪習に曝《さら》されてなお腐らず両国の懸け橋となるその姿勢、そして武功たるや見事！』と仰《おっしゃ》られ、我らが国王陛下に礼状を送られたそうだ」

獣王国からは礼状だけではなく、要請に応えた礼という形で相当量の財物も贈られたらしく、それには単純な「お礼」ではなく両国の友好の再確認の意味もあったという。

そういう経緯で、外交的にも手柄をあげることになったキコリに、国王が「何か褒美を」と仰せられた……というのが、今回の準備時間をかけた招待の理由だったらしい。

「しかし、そのおかげでまた騒ぎが大きくなってしまったようでな。大局的視点を持たんアホ共が、ピーチクパーチクと騒ぐ騒ぐ。ほれ、最近吟遊詩人どもが歌っとるのがあるだろう。聞いたかね？」

「はい。『少年と妖精の物語』……ですよね？」

「そうだ。凄いぞ？　王都の歌では、君は妖精に聖剣を授かったことになっとるらしい。……困ったものだ。聖剣を国に献上させるべきでは、という阿呆《あほ》な手紙を送られる身にもなってほしい」

キコリは目を丸くした。ありもしない聖剣のせいで、風評被害もいいところだ。

「その、それって国王様は……」

「陛下はそんなものを真に受けるお方ではない。心配要らんよ」

そこで、セイムズ防衛伯は大きな溜息をついて天井を見上げる。

「君をここに呼ぶのが遅れたのも、そのあたりが理由でな」

丁度、扉を叩く音が聞こえる。

「失礼します。お茶をお持ちしました」

「うむ。いつまでも立ったままではなんだな。其処のソファに座るといい」

促されてソファセットにキコリは座った。オルフェは近くに浮いている。

少なくとも、お茶とお菓子が出される程度には「面倒な話」が出るのは確定らしい。

「まずは結論から言おう。キコリ、君には防衛都市ニールゲンでの住民権を与える」

「ありがとうございます」

「何それ」

オルフェの言葉に、防衛泊は頷《うなず》く。

「妖精殿の疑問ももっともだ。説明しよう」

住民権。その名の通り「住民になる権利」である。ただし、各都市において「住民」とは、そこに住んでいるだけの人間を指さない。きちんと権利を得て、法的に認められた者が住民なのだ。

そして防衛都市という場所においては、防衛伯のみが正式な住民である……と聞けば、誰もがその重大さを知るだろう。冒険者ギルドの支部長だろうと衛兵隊の隊長だろうと、防衛都市においては正式な住民と認められないのだ。

「私とて防衛伯の爵位を返上する時には、住民権も返すことになる。つまり本当の意味でニールゲンで住民権を持つのは、キコリ……君だけということになるな」

「ふーん、全然興味ないけど価値があるんだってことは理解したわ」

聞きながら、キコリはそんな「価値のあるもの」が自分に与えられた意味を考える。

防衛都市は性質上、今はダンジョンとなった場所からの侵攻を防ぐ場所だ。つまり、住民の権利などというものは、あるだけ邪魔なわけだが……それをあえてキコリに与える。

それは、キコリをニールゲンに縛る意味があるようにも感じられた。

「で？　理由は何？　その権利とやらをあげれば、キコリをここに縛れると思った？」

オルフェの遠慮のない発言に、セイムズ防衛伯は笑う。

「ハ、ハハハ！　そんな大層な意味はない。だが普段いない街の住民権など得たところで無意味だろう。これは国王陛下よりキコリへ授与された『ひとまずの褒美』であると考えたまえ」

「はい。感謝しております」

「……それで、だがな。君へのちょっかいは可能な限り防ぎ続けているが……まだしばらくは過熱したままだろう。良い話にせよ悪い話にせよ、何かあれば私に投げたまえ。どうせ君にたかる虫だ、ロクなことにはならん」

「は、はは……」

商人だろうと貴族だろうと、防衛伯の睨《にら》みを受けてなお何かやるなら、それなりの力を持った者たちであるだろうに……それを「虫」と言い切るセイムズ防衛伯は頼もしい。

「さて、もう一つ。君にはニールゲンの『土地』が貸与される。これは住民権に紐《ひも》づくものだが、要は君の家だと考えてくれていい」

家、とキコリは口の中で復唱する。

「君が住んでいる場所の報告は受けている。それを尊重したいが……現状、やかましい連中が君を狙おうとした場合、その方面から攻めてくる可能性が高い」

つまり、アリアをどうにかしようとする、ということだろう。

だが、真正面から来るのであれば、キコリが矢面に立てば済む話にも思える。

「報告は受けているが……君は獣王国で、冒険者ギルドからも被害を受けただろう？」

「ええ、まあ……」

「ギルドの内部に関しては、国は基本的に不干渉だ。故にああいうことも起きるわけだが」

「それよ。国とかいう枠組みの方が強いんでしょ？　干渉すれば面倒の半分は消えるじゃないの」

オルフェが即座にそう突っ込む。あの件は、獣王国の冒険者ギルドが獣人の冒険者に過剰に肩入れしているとしか思えない出来事だった。まあ、正確にはそれだけではないが……。

「当然の疑問だな。しかしだ、国は『冒険者』というものにあまり力を与えたくないのだよ」

「それは、どういうことですか？」

矛盾している、とキコリは思う。防衛都市は冒険者の存在によって成り立っている。そして防衛都市と壁は世界各国の協力で成り立つものだ。冒険者はこれ以上なく国に貢献しているはずなのに。

「キコリ。君は冒険者としては珍しく善良な気質を持っている。そんな君に聞くが……冒険者になるのは、どんな人間かね？」

言われてキコリは考える。冒険者になるような人間。それは……。

「それしかない人間、ですか？」

「あるいは、腕っぷしでの成り上がりを夢見る人間、だな。そうした人間に権力を与えることを嫌う者は多い。文と武に求められる才能は違う、と言い換えてもいいがね」

「そうかもしれません。ですが……」

キコリの言葉を遮《さえぎ》るように、防衛伯は続けた。

「そこでランクというものが存在する。持っていれば身分証にもなり、信用の証にもなる。関連する店では割引などもあるし、それを自尊心の源《みなもと》にしている者も多いだろう」

「ランクは虚栄心を満たすためのものである、と？」

「そこまでは言わんがね。君もランクの儚《はかな》さは知っただろう」

何も反論できはしない。実際、その通りであった。今は戻ったが、獣王国でキコリのランクは銀から一気に下がったのだから。

「ちょっと、話がズレてんじゃないの？　なんで干渉しないのって話でしょ」

「ああ、ここからが本題だ。つまりだね、『冒険者ギルド』はあくまで国が支援する民間組織であり、活躍する冒険者は、国ではなく民間の仕事としてやっているにすぎない。そこで評価されたとしても『組織』としての評価になる。建前上、そうなっているというわけだ」

それはつまり、冒険者の活躍で個人が評価されることはない、という宣言に等しい。

「なら、国王陛下が俺を評価されているのはどうしてですか？　先ほど頂いた住民権もです」

「選別しているのだよ。それを与えていいかをな。そして君は、私の期待以上に応えてみせた。故に冒険者ギルドを通さず、こうして直接、君に与えることにした……というわけだ」

期待以上……つまり獣王国での件が、そうした評価に繋がったのだ。

あの状況に置かれたら、普通は仕事を放棄する。それは獣王国側の不義理による放棄だから、セノン王国側としては、そうなっても良かったのだ。

要請に応えて赴《おもむ》いたが、現地で手荒い扱いをされ断念せざるを得なかった……そういう結果でも問題なかった。冒険者ごときにできるのは、その程度のことだと王国上層部は考えていたからだ。

しかし実際はどうだろう。キコリは見事役目を果たし、セノン王国の普人としてこれ以上ない評価を得るに至った。これが獣王からの礼状という形で国王の目に入れば、使える人材として記憶される。

冒険者ギルド内での評価ではなく「国」として評価することが今後のためになる……そうした判断が働いた、ということだ。

だがセイムズ防衛伯は、それを丁寧に教えたりはしない。いちいち説明しなければいけないようなら、重用する価値もないからだ。言ってみればこの謁見《えっけん》は「次の選別」の場でもあった。

（さて……君はどうかな……？）

純粋で清廉なだけなら、必要ではない。だからこそ、セイムズ防衛伯はキコリをじっと見つめて。

キコリもまた、防衛伯を真正面から見つめ返す。

「分かりました。模範になれるとは思いませんが、羨望の的程度ならなれると思います」

「うむ、それでいい」

模範など期待していない。実力主義の冒険者に礼節がどうのと説いたところで意味はない。礼節を一つ覚えるより、モンスター知識を一つ覚えたほうがずっとマシだ。

大切なのは「自分も頑張れば国に評価されるかも」と思わせること。

栄光への道は自分で駆け上がるものではなく、周囲に舗装《ほそう》されるもの。それを理解できる者こそが評価される。そういう意味ではキコリは合格だが……。

（理想的だが、この子はこうしたものに興味が薄すぎる気もする。しかしその方が、王都の雀《すずめ》どもは喜ぶのだろうな）

防衛伯の見立てでは正解だ。キコリは人間社会の地位にはこだわりがない。ただ、僅かな楔《くさび》のみが、ドラゴンとなったキコリを人間社会へと繋ぎとめている。

防衛伯の屋敷を出たキコリはアリアの家に戻ったが、家主はまだ仕事中で戻ってきてはいない。

キコリはつまらなそうな表情で椅子に座り、溜息をつく。

オルフェはキコリを放置して瓶からナッツを取り出している。

「……困ったな。前の俺だったら喜んだはずなのに、ちっとも嬉しくない」

「そりゃそうでしょ。今の価値観に合わないものだったらそうなるわよ」

この町に来た頃のキコリなら、住民権の授与を喜んだはずだ。それは「ここで生きる」という目標を認められた証になるからだ。しかし今回は、驚きはしたが喜びはなかった。それは何故か。

「つまるところ、今の俺にとって『ここで生きる』っていうのは、あまり重要じゃないんだと思う」

「ふーん。じゃあ、次は何を目標にするの？」

オルフェに聞かれて、キコリは考える。今の自分がやりたいことは……。

「……そういえば。疑問に思ったことがあるんだ」

「それ、目標の話でいいのよね？」

「ああ。あの異界文字のことなんだが……俺、アレは読めなかったんだ。そもそも俺、共通語の読み書きをここで覚えるまでは、そういうの一切できなかったんだよ」

「はあ？　それが……って。ん？　んん？」

オルフェはナッツを食べる手を止めて、首を傾げる。

「おかしいわね。前世とかいうのがあるならアンタ……前世でそういうのできなかったってこと？」

「もう記憶がないから分からない。でも、過去の天才が残した魔法や道具については理解できてたんだ。少なくとも、そういう技術か何かが発展した世界の記憶があったのは、確かだと思う」

「んー……可能性は三つかしらね」

言いながらオルフェは、指を立てながら可能性について挙げていく。

一つ目、異界文字は裕福な者や貴族階級のためのもので、キコリは同じ世界の前世持ちだが庶民だったので文字を知らなかった。

二つ目、異界文字はこちらでいう人類のためのもので、キコリはモンスターか何かだったので文字を知らなかった。

三つ目、そもそもキコリは異世界からの転生者じゃない。

「どれもあり得ると思うけど。ま、前世がどれでも今のアンタの何かが変わるわけでもないわよね」

その後、夜になって帰ってきたアリアは、キコリの話を聞きながら、何度も頷いた。

「なるほど、異界文字……キコリがそれの読み書きをできなかったっていうのは、不思議ですね」

「アリアさんはどう思いますか？」

「うーん……前世の記憶があるから異界文字も読み書きできる、ってわけでもないでしょうし。そんな気にすることでもないと思いますが」

「そう、ですか？」

「ええ。キコリだって共通言語を読み書きできなかったでしょう？」

言われてみればその通りではある。アリアに文字を教えて貰《もら》わなかったら読めないままだったし、もしそのまま死んで「転生」したなら、やはり文字を書けなかっただろう。

「文字の読み書きは必要と思わなければ覚えないものです。事実、田舎に行けば行くほど識字率は下がると言われていますからね」

キコリの生まれた村でも、読み書きが出来たのは村長や神官だけだったような気がする。

「あと、問題は住民権ですね。こうなるとキコリはもう下手な宿には泊まれませんよ？」

「どういうことですか？」

「夜這《よば》いされます」

あまりにもアレな言葉に、キコリは思わずゲホッと咳《せ》き込んでしまう。

「え、いや。な、なんでですか⁉」

「住民権を持ってるからですね。既成事実作ってキコリの奥さんの座に収まれば、キコリの住民権の庇護下《ひごか》に入りますから。住民権っていうのは、それだけ強い権利ですし……」

「人間ってくだらないわねえ」

オルフェも呆《あき》れたように言うが、キコリはドン引きだ。

住民権が凄いのは理解していたが、そんな危険性が生まれるのなら欲しくなかった。

「ちなみに住民権の返還とか譲渡って」

「できません」

アリアにきっぱりと否定されて、キコリは肩を落とす。

「ていうか、そこの人間に夜這いされるんじゃないのー？」

「失礼な、私は純愛派です」

「どうだか」

アリアとオルフェが何やら睨《にら》みあっているが……キコリは止める気も起こらない。

転生ゴブリンの件が解決したのに、面倒ばかりが増えていく。

いや、違う。今のキコリには目標がないから、全てが面倒に感じてしまうのだ。


翌日。英雄門へと向かう道すがら、キコリは「目標を決めたよ」とオルフェに切りだした。

「はあ？」

「だから、目標だよ。俺が『先』に進むために必要な物だ」

「アンタ、そんな面倒なこと考えながら生きるの？」

「面倒って……」

「まあ、いいわ。何なの、目標って」

「とりあえずは世界樹だ。アリアさんの身体を治して、その後は俺の同族を探してみようと思う」

「は？　……いや待った」

オルフェは周囲を見回すと路地裏まで飛んでいき、誰もいないことを確認した上で手招きする。

キコリが路地裏に行くと、オルフェはキコリの耳を引っ張りながら小声で叫ぶ。

「バカなのアンタ！　それってあのデカくてヤバいのを探すっていう！」

「まずはヴォルカニオンに会って、それから他のドラゴンにも会ってみたい。確かめたいんだ。今の俺が『どっち』なのか」

オルフェは気付く。キコリ自身、人間社会とのズレを感じているのだと。

ドラゴンになる前は人間だった。以前の思考や行動とズレが生じれば、自分は何なのかという問いに行きつく。人間か、ドラゴンか。自分はどちら側か確かめたいという想いは、当然出てくる。

(……危険って言っても、やめないんでしょうね)

キコリは意外に頑固だ。オルフェは小さく溜息をつくと、キコリの耳を離す。

「ま、仕方ないわね。で、世界樹の場所に見当はついてんの?」

「分からないから聞きに行こうかな、と」

つまりヴォルカニオンに聞きに行こうと、キコリは言っているのだ。かろうじて会話をする余地はあるが、何かあればすぐ焼いて済ませばいいと思っている、あの爆炎のヴォルカニオンに。

「……アンタがちゃんと話しなさいよ。アタシ口は出さないわよ? 死にたくないもん」

「分かってる。でも俺も変わったから……向こうがどう出てくるか分からないな」

キコリがヴォルカニオンと会ったのは「ドラゴンになる前」、正確には「ドラゴンになりかけ」の頃だ。完全にドラゴンになった今のキコリに、相手がどんな反応をするかは未知数だ。

しかし、それが第一歩だ。

「行こう、オルフェ」

次の旅は、もう始まっている。まだ……その終わりは、見えないけれども。

《了》

あとがき

皆さま、またお会いできましたね。天野《あまの》ハザマです。

これが初めてという方もたぶんあんまりいらっしゃらないと思われますので、今回は「初めまして」は申しません。

そう、本書は『キコリの異世界譚』の二巻でございます。

一巻に引き続き、本書をお手に取っていただきましてありがとうございます！

本書が出たのも、ご購入くださった皆様のおかげです。重ねてお礼を申し上げます。

さて、本書を買われた皆様は恐らく先に帯が目に入ったことでしょう。

はい。本作、コミカライズが始動します。

凄い！　コミカライズですよ皆様！　私この話を聞いた時には踊ってしまいました。

とはいえ私がコレを書いている現時点ではまだ「先の話」なのですが。

詳細につきましては、今後の情報をお待ちくださ い……というところでございます。

いやはや、とてもありがたい話でございます。

これも本作を買い支えてくださる皆様、そして一二三書房様のおかげです。

そう、皆さまが一巻を買ってくださったことで「お、コミカライズいけるな」となったわけでございます。

本当にありがとうございます。買い支えてくださる皆様のおかげで本書は出ております。

本書を手に取ってくださった皆様、是非ご友人にも本作を薦めてください！

えーと、あとはこの二巻についてですね。

この二巻ですが、いわゆるテーマタイトルとして「竜冠の主」というものが設定されていました。

まさにそれに相応しい内容となったと思います。

キコリの大きな転機と再出発なるこの二巻、お楽しみいただけましたでしょうか？

もしそうであるならば、至上の喜びです。

それでは皆様、またお会いしましょう！

二〇二三年　初夏　　天野　ハザマ

キコリの異世界譚 2
～転生した少年は、斧１本で成り上がる～

発　行
2023 年 6 月 15 日　初版発行

著　者
天野ハザマ

発行人
山崎　篤

発行・発売
株式会社一二三書房
〒101-0003　東京都千代田区一ツ橋 2-4-3 光文恒産ビル
03-3265-1881

編集協力
㈱セイラン舎／リッカロッカ 萩原清美

装丁デザイン
コイル 世古口敦志・清水朝美

印　刷
中央精版印刷株式会社

作品の感想、ファンレターをお待ちしております。
〒101-0003　東京都千代田区一ツ橋 2-4-3 光文恒産ビル
株式会社一二三書房
天野ハザマ 先生／藤本キシノ 先生

Printed in Japan, ISBN 978-4-89199-977-3 C0093
※本書は小説投稿サイト「小説家になろう」（https://syosetu.com/）に
掲載された作品を加筆修正し書籍化したものです。